„Survival ... of the Fittest?– Sophias Überleben
2.0" ein Fantasy-Abenteuer

Für alle, die gerne mal abtauchen!
Aus dem Alltag, der Schule oder überhaupt.

Kurz zu mir:
geboren 1974, Abitur,
Studium der Veterinärmedizin,
approbiert und promoviert,
der Meeresbiologie immer schon sehr zugetan,
glücklich mit Mann und Tochter
auf den Bergen oder unter Wasser.

Alexa Frech

Survival ... of the Fittest? Sophias Überleben 2.0

Roman

Autorin: Alexa Frech
Umschlag, Illustration: Alexa Frech
Lektorat, Korrektorat: Irmgard Perkounigg

Verlag & Druck: tredition GmbH, Halenreie 40-44, 22359 Hamburg
ISBN
Paperback   978-3-7439-0442-2
Hardcover   978-3-7439-0443-9
E-Book   978-3-7439-0444-6

Bibliografische Information der Deutschen Nationalbibliothek:
Die Deutsche Nationalbibliothek verzeichnet diese Publikation in der Deutschen Nationalbibliografie; detaillierte bibliografische Daten sind im Internet über http://dnb.d-nb.de abrufbar.

Teil 1

Studienalltag

Der Regen prasselte gegen die großen Panoramafenster des Hörsaales. Die Biologiestudenten des zehnten Semesters versuchten den Ausführungen von Frau Prof. Traub zu folgen. Die Dozentin war auf ihrem Fachgebiet der zoologischen Zuordnungen zwar unschlagbar, hatte aber eine so einschläfernde Stimme, dass es sehr anstrengend war, ihr konzentriert zuzuhören. Sophia jedenfalls hatte bei der Großfamilie der Unterart irgendeiner Gattung damit aufgehört. Immer wieder klatschten große Tropfen an das Fensterglas und bahnten sich ihren Weg nach unten.

„Sieht aus wie Straßen, die sich immer weiter verzweigen, um im Nirgendwo zu enden", dachte sie resigniert, „genauso wie das Leben."

Bis zu den Semesterferien waren es noch ein paar Wochen. Der Gong ertönte. Endlich war die Stunde vorüber. Gedankenverloren packte sie ihre Sachen zusammen. Ralph, der wie Sophia seit fünf Jahren Biologie studierte, holte sie in die Gegenwart zurück.

„Beeil dich mal! Da draußen regnet es, falls du das noch nicht bemerkt hast. Sonst bekommen wir wieder keinen Sitzplatz mehr!"

In Biochemie war der Hörsaal immer hoffnungslos überfüllt, und bis zur nächsten Vorlesung hieß es raus in den Niederschlag und fünf Minuten Fußweg überstehen, um sich dann um einen der noch wenigen freien Plätze zu schlagen. Die Proteste der Studenten gegen die unzumutbaren Zustände mit überfüllten Vorlesungsräumen und viel zu wenig Professorenstellen waren im Sande verlaufen. Zumindest kam es den Studenten so vor. Die Doktorarbeitsangebote waren spärlich gesät und zu Bedingungen ausgeschrieben, bei denen man entweder reiche Eltern oder sonst einen Sponsor brauchte.

Zügig gingen Sophia und Ralph durch die Pfützen Richtung Strandstraße, in der die nächste Vorlesung stattfand. Sophia blickte auf das Straßenschild und blieb abrupt stehen.

„Strand ... Meer ... Sonne, klingt besser, als einer Abhandlung über Prionen zu lauschen. Was meinst du?"

„Schön wäre es, ja", antwortete Ralph, während er Sophia Richtung Vorlesungsgebäude zog. „Doch erstens ist meine Kasse leer und zweitens hab ich für die Semesterferien einen Job in der Werkstatt meines Onkels bekommen, damit wenigstens die Studiengebühren wieder reinkommen. Aber die Hoffnung stirbt zuletzt", sagte er grinsend, „wie wär´s mit nächstem Jahr?"

Sie waren an der Drehtür angekommen. Das Wasser tropfte von ihren Jacken, und – wie sollte es anders sein? – der Hörsaal war bereits überfüllt und die Videoübertragung nach draußen viel zu leise. Die ersten Rauchergrüppchen sammelten sich schon wieder im Freien unter dem Gebäudevordach. Seufzend bahnte sich Sophia den Weg nach innen. Die Luftfeuchtigkeit war viel zu hoch, Wasserlachen bildeten sich um die nassen Schuhe am Boden. Sie ließ ihren Blick über die verschiedenen Aushänge an der Wand gleiten. Ein Jobgesuch hing neben dem anderen. Doch plötzlich stach ihr ein grünes Plakat ins Auge:

Wissenschaftliche/r Mitarbeiter/in gesucht – voraussichtlich über die Wintermonate – Meereswissenschaftliches Institut auf einer Insel, in der Nähe von den Bermuda-Inseln.
Voraussetzungen: Tauchschein CIMS Bronze oder ein vergleichbares Brevet und ornithologisches Fachwissen – Näheres unter ...

Ralph trat neben Sophia.

„Hey, das ist ja genau das Richtige für dich!"

„Quatsch, wann war ich denn das letzte Mal unter Wasser? Außerdem hab ich lediglich ein paar ornithologische Kurse belegt."

Aber verlockend klang das Ganze ja schon. Ralph hakte sie unter und zog sie endgültig in den Hörsaal. So blieb Sophia keine Zeit, länger darüber nachzudenken. Eineinhalb Stunden später bahnte sie sich einen Weg zwischen den Mitstudenten hindurch wieder hinaus in den Regen. Ralph hatte noch ein Treffen mit seinem Doktorvater, um seine Dissertation zu besprechen.

Tropfen blieben am Rand ihrer Kapuze hängen und später an ihrer Nasenspitze. Sie schloss die Augen und stellte sich vor, sie stünde im Regenwald bei 38 °C. Da würde ihr die Luftfeuchtigkeit mit Sicherheit viel weniger ausmachen.

„Schluss jetzt!", rief sie sich zur Vernunft. Sie hatte weder das Geld, irgendwohin zu fliegen, noch die Zeit, sich ein Urlaubssemester zu gönnen.

In dieser Nacht schlief Sophia schlecht. Wundersame Greife mit weißem Gefieder und Adlerköpfen durchstreiften ihre Träume. Ihr vor Jahren verschollener Großvater lächelte ihr zu, und seltsame Fischmenschen mit Reißzähnen schwammen neben ihr in den Tiefen des

Ozeans. Das Meer war opalblau, Meeresschildkröten und Teufelsrochen säumten ihren Weg. Dabei fühlte sie sich schwerelos und frei. Doch plötzlich wurde es schwarz über ihr, ein Schmerz durchdrang sie von Kopf bis Fuß, und sie wachte schweißgebadet auf.

Der Regen trommelte noch immer an die Fenster. Die Nachttischlampe war eingeschaltet, und ihr Biobuch lag aufgeschlagen neben ihrem Bett. Bei den Darwin-Finken und ihren Spezialisierungen auf Galapagos war sie wohl eingeschlafen. Da sie ohnehin nicht mehr schlafen konnte, stand sie auf und brühte sich eine Tasse schwarzen Tee. Ich glaub, jetzt fang ich genauso zu spinnen an wie du, Opa, dachte sie.

Ihr Großvater, Herr Prof. Dr. Karl Ferdinand Baum. Das ganze Leben lang hatte sie nur gehört, er sei zwar genial, aber ein Spinner gewesen. Ihre Großmutter sprach natürlich nur in den höchsten Tönen von ihm. Der Dekan der Uni sah das aber etwas anders.

Als sich Sophia vor fünf Jahren für ihr Biologiestudium eingeschrieben hatte, hatte sie auch den Unidekan kennengelernt. Ihr Nachname – ebenfalls Baum – war ihm aufgefallen, und er hatte auf etliche Veröffentlichungen und Skripte in der Universitätsbibliothek verwiesen, die ihr Großvater verfasst hatte. Allerdings war Sophia damals der merkwürdige Unterton in seiner Stimme aufgefallen. Sie hatte diesen nicht recht zuordnen können, da sie den Inhalt der Veröffentlichungen ihres Opas noch nicht gekannt hatte. Doch inzwischen konnte Sophia verstehen, warum der Dekan damals so merkwürdig gewesen war. Ihr Großvater galt zwar als Koryphäe auf dem Gebiet der Ornithologie, der Vogelkunde, doch auch als ziemlich verschroben und hatte merkwürdige Theorien, die letztendlich wissenschaftlich nicht haltbar waren. Oft war er irgendwo auf der Welt unterwegs gewesen.

Sophias Mutter kannte ihren Vater kaum. Zuletzt war er nur noch für ein paar Wochen im Jahr zu Hause gewesen, bis er schließlich gar nicht mehr zurückkam. Ihre Großmutter hoffte bis zum heutigen Tag auf seine Rückkehr.

Als Sophia noch klein gewesen war, hatte ihre Oma immer erzählt, dass ihr Opa eines Tages zurückkehren und den Nobelpreis für die Erforschung irgendeines bisher unbekannten Vogels oder einer Krankheit erhalten würde.

„Und wer weiß?", beendete sie immer ihre Erzählungen, „vielleicht fliegt er ja heute Nacht auf dem Rücken eines Vogels an deinem Fenster vorbei und schaut auf deine Träume."

Sophia wärmte ihre Hände an der Teetasse.

„Tja, Oma", dachte sie, „dann hatte Opa heute Nacht wohl keine Zeit, böse Träume abzuwehren." Sie fröstelte immer noch, während sie versuchte, die Nachwehen ihres Traums loszuwerden.

Erste Entscheidung

In den nächsten Tagen besserte sich das Wetter, nicht aber Sophias Stimmung. Egal, was sie anstellte, das Gefühl einer drohenden Gefahr war unterschwellig immer da.

Der grüne Aushang war inzwischen verschwunden, gemeldet hatte sie sich darauf nicht. Sie hatte sich nicht mal die Nummer aufgeschrieben.

„Ach, was soll's", sagte sie sich, „das hätte sowieso nicht geklappt." Zumindest redete sie sich das immer wieder ein, um ihren inneren

Angsthasen zu beruhigen. Sie konnte es sich nicht erklären, aber sie spürte, dass ihr mulmiges Gefühl mit diesem Aushang irgendwie in Zusammenhang stand.

Es war ein Dienstag, und Sophia saß mit Ralph in der Mensa bei pappigen Kässpatzen ohne Käse und versalzener Gemüsebrühe. Die Konsemester Andrea und Marie saßen dabei.

„Hab ich euch eigentlich erzählt, dass ich mich auf diesen Aushang gemeldet habe? Ihr wisst schon, der von der Südsee?", fragte Marie. Sophia sah auf.

„Ganz schön abgefahrene Vorstellungen haben die. Am besten sollte man fix und fertig mit dem Studium sein, bereits mikrobiologisch gearbeitet haben und mindestens schon fast Tauchlehrer sein oder zumindest Rettungstaucher. Und selbst dann muss man noch ein Auswahlgespräch überstehen ... Hey – und ich dachte, ich spanne auf einer Insel etwas aus, um dann meine Abschlussprüfung zu machen." Marie widmete sich wieder ihren Kässpatzen.

„Ich war bereits bei denen", nuschelte Andrea plötzlich zwischen zwei Gabeln Spatzen. Alle sahen sie erwartungsvoll an. Andrea schwieg aber beharrlich.

„Ja und?", fragte Ralph nach.

„Ja nix und", entgegnete Andrea gereizt.

„Jetzt lass dir doch nicht jedes Wort aus der Nase ziehen", drängte Ralph erneut.

„Also gut." Andrea schob ihren Teller zurück. „Ich war da und gab meine Daten an, und plötzlich fühlte ich mich wie mitten in der Zoologieprüfung mit Schwerpunkt Meerestiere und Ornithologie. Ich glaube, da hätte sogar die Traub sich anstrengen müssen. Fakt ist, die haben mich nicht genommen."

„Willkommen im Klub!", warf Marie ein.

Ralph sah Sophia erwartungsvoll an. Diese schüttelte stirnrunzelnd den Kopf.

„Und du? – Wie ist es dir ergangen?", insistierte Ralph.

Sophia schluckte. Sie fühlte sich ertappt. Ihre Freunde sahen sie erwartungsvoll an.

„Äh – ich habe die Nummer verlegt." Sophia stocherte in ihrem Teller herum. Ihre Mitstudenten warfen sich vielsagende Blicke zu.

„Du hast Schiss!", warf Ralph schließlich in die Runde.

„Du hast Schiss, dich bei denen zu melden. – Hey, Sonne, Meer, Strand, verrückte Vögel um dich rum ..."

„Wahrscheinlich auch auf zwei Beinen!", kicherte Marie. Sophia winkte ab.

Ralph verdrehte die Augen.

„Wer hängt denn die ganze Zeit an den Lippen von der Traub? Bist du nicht schon für dieses Institut in Italien getaucht? Und wer ist hier der Vogelnarr und wirft ständig mit den neuesten Zitaten aus GEO um sich und nervt mit seiner Doktorarbeit in Genetik?"

„... die auf Eis gelegt wurde, als meine Doktormutter krank geworden ist. Mein Onkel ist für dieses Institut getaucht, und ich war nur dabei", warf Sophia ein, „seit vier Jahren war ich nicht mehr auch nur in der Nähe einer Tauchstation, da wir uns hier ja ständig um irgendwelche Sitzplätze prügeln müssen."

Ralph grinste: „Und wessen Großvater ist im Auftrag eines großen Rätsels als anerkannter Professor auf der Suche eines noch unentschlüsselten Genoms irgendeines Vogels verschwunden?"

„Bist du fertig?", raunzte Sophia Ralph an.

Dieser schmunzelte, sagte aber nichts mehr.

Am Nachmittag standen anorganische Chemie und Genetik an. Ralph schenkte sich die letzte Stunde. Beim Hinausgehen steckte er Sophia noch einen Zettel zu.

Wolkenfetzen rasten über den Himmel. Die Sonne bahnte sich einen Weg Richtung Erde, und einige Krähen stritten sich um den besten Sitzplatz in der fast kahlen Kastanie im Innenhof des Instituts. Genetik zog sich in die Länge, und Sophia war unaufmerksam. Sie klappte den Zettel von Ralph auseinander: Eine Telefonnummer stand darauf. Seine Telefonnummer? Die hatte sie doch im Handy. Sie stopfte den Zettel in ihre Hosentasche, doch er ließ ihr keine Ruhe. Sie wartete die Vorlesung noch ab, fuhr nach Hause, kochte sich einen Tee und zog dann den Zettel wieder aus der Tasche. Gedankenverloren betrachtete sie ihn. Die Nummer kam ihr bekannt vor. Es war genau die Nummer, die sie sich absichtlich nicht aufgeschrieben hatte.

„Ruf an!", raunte ihr eine innere Stimme zu, doch der Angsthase meldete sich ebenfalls zu Wort und ließ sie zögern. Auch war da wieder dieses Beklemmungsgefühl, das sie nicht genau zuordnen konnte. Draußen begann es bereits zu dämmern. Der Wind pfiff um die Hausecken. Der Gedanke an Sonne, Meer und Strand gewann die Oberhand.

Nach weiteren zehn Minuten des Herumgrübelns setzte sie sich ans Telefon.

„Institut für Meereswissenschaften – Außenstelle München. Was kann ich für Sie tun?", meldete sich eine freundliche Stimme. Sophia legte wieder auf.

Und wenn Ralph recht hatte? Dass sie die Richtige wäre? Dass dieser Job genau auf sie gewartet hatte? Wenn womöglich genau deshalb Andrea und Marie an den Hürden gescheitert waren? Doch gleich verwarf sie den Gedanken wieder. Was, wenn sie sie auch nicht wollten? Oder schlimmer: Wenn sie dieses Auswahlgespräch nicht bestand? Und warum ergriff sie jedes Mal diese komische Angst, wenn sie an diese Insel dachte? So ein Quatsch!

„Genau – was soll's?!", sagte sie sich schließlich. Das Studium war so gut wie fertig, ihre Dissertation lag bis auf Weiteres auf Eis. Also – no risk no fun! Sie wählte noch einmal.

„Institut für Meereswissenschaften – Außenstelle München. Was kann ich für Sie tun?", fragte die freundliche Stimme wieder.

„Ja, hmm, ich rufe wegen der wissenschaftlichen Stelle an. Mein Name ist Sophia Baum."

„Einen Moment bitte, ich verbinde."

Es klickte ein paarmal in der Leitung, eine Computerstimme bat sie freundlich, nicht aufzulegen. Dann wurde „Für Elise" gespielt, wieder gebeten, nicht aufzulegen und gerade, als sie den Hörer schon wieder Richtung Gabel senkte, meldete sich jemand.

„Dr. Thornton, hallo?"

„Äh, Sophia Baum, hallo! Ich wollte mich nur mal erkundigen, ob die Stelle als wissenschaftliche Mitarbeiterin noch frei ist."

„Wenn Sie die Stelle meinen, die im Biologischen Institut in München aushängt, ja, die ist noch nicht besetzt. Sind Sie denn Biologin?"

Sophias Puls beschleunigte sich schlagartig. Irgendwie hatte sie mit dieser Aussage nicht gerechnet. Was sollte sie sagen? Sollte sie sich bewerben oder doch lieber auflegen? Irgendwie fehlten ihr die Worte, während sie zögernd antwortete.

„Ja, beziehungsweise Studentin im letzten Semester. Schwerpunkt Ornithologie und Genetik."

„Sagen Sie", kam es erneut freundlich aus dem Hörer, „darf ich fragen, ob sie vielleicht die Tochter von Professor Dr. Karl Ferdinand Baum sind?"

Sophia seufzte. Dass ihr Opa auch immer in ihre Entscheidungen hineinfunken musste. Als sie vor der Entscheidung stand, Biologie oder Medizin zu studieren, hatte sie sich lange mit Oma unterhalten, und als sie dann eine Nacht oder mehrere darüber geschlafen hatte, in denen sie – wie könnte es anders sein? – von Opa geträumt hatte, war die Entscheidung klar gewesen, und sie hatte es nie bereut.

„Nein", antwortete sie.

„Oh, das ist aber schade. Ich dachte, die Namensähnlichkeit – und dann Biologie mit Schwerpunkt Ornithologie und Genetik."

„Nein", meinte Sophia wieder, „natürlich dürfen Sie fragen, aber ich bin nicht die Tochter, ich bin die Enkelin."

„Ah ... die Enkelin." Eine kurze Pause entstand.

„Warum wollen Sie denn zu uns kommen?", fragte Dr. Thornton schließlich.

„Weil es hier scheißkalt ist, ich zum Strand und dem Meer will, mein Taucheranzug im Schrank vergammelt und ich im Moment sowieso nix anderes vorhabe", dachte Sophia. Was sie dann letztendlich in den Hörer gesprochen hatte, klang dann aber doch etwas anders. Sie erzählte, dass sie auch wegen der abwegigen Theorien ihres Opas als Schwerpunkt Ornithologie gewählt habe und sie im Moment aus Krankheitsgründen der Betreuerin nicht an ihrer Doktorarbeit in Genetik arbeiten könne.

Ob sie Taucherfahrung habe? Sie antwortete wahrheitsgetreu, dass ihr Onkel Rettungstaucher gewesen sei und sie bereits als Kind viel Zeit unter Wasser zugebracht habe und – ja, dass sie auch eine Ausbildung als Taucherin habe, aber seit Beginn des Studiums nicht mehr getaucht sei.

Wann sie denn terminlich vorgesehen habe zu kommen?

„Ähm, wohin? Zum Auswahlgespräch?"

„Nein, ich dachte eher an den Aufenthalt hier bei uns im Internationalen Institut für Meereswissenschaften auf Isla de las Stellas im Atlantischen Ozean."

So schnell? Kalte und heiße Schauer liefen Sophia über den Rücken.

„Näheres klären Sie bitte mit meinen Mitarbeitern in Deutschland. Kommen Sie einfach, sobald es Ihnen möglich ist."

Sophia konnte später nicht mehr sagen, wie sie das Gespräch beendet hatte oder wie die kommenden Tage und Wochen verlaufen waren. Ihre Kommilitonen waren fassungslos. Irgendwie hatten es dann doch schon einige versucht, über den Atlantik zu kommen. Ergebnislos. Alle waren spätestens nach dem Auswahlgespräch abgelehnt worden. Als sie Ralph erzählte, dass sie nun auch einen Job in den Semesterferien habe und den Atlantischen Ozean erwähnte, grinste er nur und konnte sich ein „Ich hab's doch eh gleich g'sagt" nicht verkneifen.

Das beklemmende Gefühl blieb zwar, aber Sophia schob es auf die Aufregung und achtete nicht weiter darauf. Sie war in den nächsten Tagen verschiedene Male im Tropeninstitut wegen diverser Impfungen. Was jedes Mal in einem Dilemma endete, da sie panische Angst vor Nadeln hatte und es ihr immer schwarz vor Augen wurde, wenn sich ihr wieder eines dieser Dinger näherte. Zum Glück war immer ein anderer Assistent da, und sie erzählte einfach jedes Mal, dass sie heute besonders aufgeregt sei. Heimlich blieb sie dann noch zehn Minuten auf der Liege, um leise zu gehen, wenn die Sternchen vor ihren Augen wieder verschwunden waren.

Auf *Google earth* versuchte Sophia etwas mehr über das Institut herauszufinden, aber viel war da nicht zu holen. Der Flug sollte nach San Salvador gehen, dann fuhr man mit dem Auto weiter zu einem kleinen Motel und schließlich mit dem Boot zu einer kleinen Insel, auf der sich das Institut befand. Einen großen Internetauftritt konnte das Institut nicht aufweisen. Die Leitung hatte wohl dieser Dr. Thornton. Er war Genetiker und von einer Schar wechselnder Mitarbeiter umgeben. Schließlich entdeckte Sophia einen Link zu einem Nachschlagewerk, das ihr Großvater mit verfasst hatte. Sie druckte sich die entsprechenden Seiten aus und legte sie zu dem Stapel an Kleidung, die sie mitnehmen wollte. Sie grinste in sich hinein: Ihr Opa war wohl wirklich immer mit von der Partie.

Vier Wochen später war es so weit. Die Tasche war gepackt, das Visum, der Pass und die restlichen Unterlagen steckten im Rucksack. Die Impfungen – Gott sei Dank – waren alle überstanden. Auch die Abschiedsparty, die Ralph ganz spontan gegeben hatte. Fast wurde Sophia wehmütig und war sich plötzlich gar nicht mehr so sicher, ob sie wirklich wegwollte.

Wenn die anderen nun recht hatten? Würde sie ihrem Großvater folgen und verschwinden? – Quatsch, alles Schauermärchen. Es gab keine Geheimnisse mehr auf dieser Welt. Aber wenn doch, dann würde sie diese nicht erforschen können, wenn sie hier weiter rumsaß. Sie atmete tief durch und straffte die Schultern.

Draußen hatte es fast null Grad. Sophia konnte sich überhaupt nicht vorstellen, in ein paar Stunden quer über den Atlantik zu fliegen. Auf den Zweigen der Bäume hing der Raureif, und die Sonne spiegelte sich in den Eiszapfen, die von der Dachrinne hingen. Die Meisen ließen sich die Fettknödel schmecken, die Sophia noch vor das Fenster gehängt hatte, und selbst der dicke Dompfaff war da, der sich nur selten bequemte vorbeizuschauen.

Es sah ganz so aus, als wollten alle Sophia eine gute Reise wünschen. Die Blumen in der Wohnung waren gegossen, ihre Mitbewohnerin freute sich auf etwas mehr Platz in der Bude, und das Geschirr war gespült. Sophia ging noch mal durch das kleine Appartement und verabschiedete sich. Dann schickte sie noch einen Abschiedsgruß per whatsapp an alle Gruppen und schaltete ihr Handy aus.

Noch hatte sie drei Stunden Zeit bis zum Abflug in die USA. Dort musste sie umsteigen Richtung Süden nach San Salvador. Sie saß auf ihrem Koffer, das Ticket in der Hosentasche, seufzte noch einmal tief und lächelte, bevor sie die Treppe hinunterstiefelte.

Auf ins Abenteuer Leben! Jetzt oder nie!

Die S-Bahn war fast leer. Es war ja auch mitten am Vormittag und alle Studenten waren in den Unis, die Arbeitslosen beim Arbeitsamt und alle anderen in der Arbeit. Nur ein paar Rentner und Geschäftsleute hatten wohl auch den Flugplatz als Ziel.

Sophia musste lachen und fühlte sich immer noch überwältigt von dem Gefühl, als Einzige genommen worden zu sein. Dass das geklappt hatte, erschien ihr so unwirklich. Nicht nur, dass sie die Stelle bekommen hatte, sondern auch das Umorganisieren ihrer Vorhaben in der Uni hatte reibungslos geklappt. Das letzte Semester zu schieben war kein Problem gewesen, nur ihr Dekan hatte sie ermahnt, nicht zu verschwinden, wie das ja in ihrer Familie schon vorgekommen sei. Sie überlegte, ob ihr Großvater überhaupt mal auf den Bermudas gewesen war. Wahrscheinlich. Sophia konnte sich nicht vorstellen, dass Orte existierten mit interessanten Vögeln, zu denen ihr Opa nicht gereist war.

Der Check-in klappte reibungslos, und wiederum zwei Stunden später rollten sie auf die Startbahn. Die Sonne spiegelte sich auf den Kunststoffflügeln der Boeing 747, die Rollbahn war ausreichend gesalzen und der Rumpf des großen Vogels frisch enteist worden. Nachdem sich alle angeschnallt hatten und das Gepäck verstaut war, setzte sich das Flugzeug in Bewegung. Es beschleunigte und hob bei knapp vierhundert Stundenkilometern vom Boden ab. Sophia wurde in ihren Sitz gedrückt und hielt die Luft an. Erste Wolkenfetzen näherten sich. Ein Schwarm Krähen blieb hinter dem viel größeren Vogel zurück. Sie befanden sich jetzt buchstäblich über den Wolken, doch Sophia fühlte sich eher eingesperrt und gar nicht so toll, wie ihr das andere geschildert hatten. Aber ihr blieb gar keine Zeit, sich weitere Gedanken zu machen, da nun die Stewardessen mit ihren Ausführungen begannen, wie die Schwimmwesten fachmännisch angelegt wurden und wie man in die Pfeife an der Schwimmweste blasen musste, um im Notfall auf sich aufmerksam zu machen. Immer vorausgesetzt natürlich, die Boeing zerbarst nicht auf der Meeresoberfläche nach einem Sturz aus acht Kilometern Höhe, man schaffte es irgendwie mit seiner Schwimmweste in den Atlantik zu kommen und war nicht sofort so unterkühlt, dass man nicht mehr in die Pfeife pusten konnte. Sophia musste grinsen und dachte an den Kabarettisten

Michael Mittermeier. Der hatte schon recht, wenn er in den Raum stellte, dass bei einem Seegang mit drei bis vier Meter hohen Wellen und kreischenden Windböen ein Pfeifen schlecht zu hören war und da wohl nur Flipper helfen könne. Und auch das musste schnell gehen bei vier bis acht Grad Wassertemperatur.

Nach ein paar Stunden Flugzeit bekam Sophia schwere Augenlider. Der Schlafmangel der letzten Wochen meldete sich mit Nachdruck, und sie schlief fast sofort ein. Als sie aufwachte, war der Atlantik bereits überflogen und die Landung stand bevor. Das Essen hatte sie glatt verpasst.

Sophia streckte sich und sah nach draußen. Es war tiefschwarze Nacht. Zweiundzwanzig Uhr Ortszeit. Sie hatte einen Mordshunger.

Der Flugplatz in Atlanta war riesig. Es dauerte eine Weile, bis sie sich zurechtgefunden und ihren Anschlussflug erkundet hatte. Aber ein netter Amerikaner gab ihr gerne Auskunft. Trotz der späten Stunde herrschte Hochbetrieb. Heute konnte sie auch ganz ohne schlechtes Gewissen bei den Fastfood-Läden rumhängen, schließlich war nichts anderes da.

Eine Stunde später saß sie in einem viel kleineren Flieger mit knapp dreißig Sitzplätzen, hatte den Zucker- und Cholesterinbedarf von mindestens einer Woche durch ein Maxi-Burger-Menü gedeckt und bewunderte die Sterne am Himmel, die wie glitzernde Lämpchen leuchteten. Die Ankunftshalle in San Salvador wirkte gegen den großen Flugplatz in Atlanta wie ausgestorben. Das Laufband für das Gepäck stand sogar, als sie durch die Passkontrolle schritt. Das Neonlicht flackerte.

Obwohl es mitten in der Nacht war, hatte es bestimmt sechsund-
zwanzig Grad Celsius. Sophias Jacke und Pulli waren längst in den
Rucksack gewandert. Außer ihr gab es kaum andere Fluggäste, und
das Bodenpersonal befand sich anscheinend komplett in der Kantine.
Plötzlich setzte sich das Laufband für die Koffer mit einem Knarzen
in Bewegung. Sophias Puls raste. Völlig unbegründet zwar, aber irgendwie kam ihr das alles ziemlich unheimlich vor. Das altbekannte
Gefühl der Beklemmung meldete sich wieder. Das Flackern des Ne-
onlichts hörte vollständig auf, und nur eine einsame Glühbirne über
dem Gepäckband und das Wort Exit an der Ausgangstür leuchteten
noch. Ein paar Fledermäuse flogen hektisch in der Halle umher. Das
Ziehen in Sophias Magengrube verstärkte sich. Ihre Tasche wollte
einfach nicht auf das Band kommen. Die Minuten zogen sich wie
Kaugummi dahin. Dann ging das Licht wieder an, und das Beklemmungsgefühl verschwand. Fünfzehn Minuten später hatte Sophia
dann ihr Gepäck und fand auch einen Taxifahrer, der sie zu dem an-
gegebenen Motel fuhr. Mit einem erleichterten Seufzer ließ sie sich in
den Autositz fallen. Für heute wollte sie nur noch ins Bett.

Zusammentreffen

Der Weg führte in die hell beleuchtete Stadt. Sophia war froh,
die unheimliche Flughalle hinter sich gelassen zu haben.
Der Taxifahrer redete ununterbrochen, wobei Sophia nur
einen Bruchteil verstand. Aber das machte ihr nicht im Geringsten
etwas aus. Jetzt im Moment war die Welt in Ordnung, und es fühlte

sich gut an in diesem Taxi mit dem redseligen Fahrer. In den Straßen waren wieder etliche Menschen unterwegs. Die unheimliche, ausgestorbene Ankunftshalle mit ihren Schatten war weit weg. Die Menschen hier trugen leichte Kleidung und T-Shirts. Das war ja schon mal sehr positiv, fand Sophia. Kurze Zeit später hielt der Fahrer vor einem gut besuchten Lokal an. Sophia sah ihn fragend an, doch er nickte freundlich und zeigte auf das Namensschild über der Tür. Es stimmte mit den Angaben auf ihrem Merkzettel überein, und so nahm sie Tasche und Rucksack, bedankte sich, bezahlte und betrat die Lobby oder das Lokal, oder was auch immer es sein sollte.

Inzwischen war sie wieder etwas munterer geworden. Das Licht war etwas gedimmt, der Boden mit Teppichen ausgelegt. Rechts von der Eingangstür befand sich ein etwa fünf Meter langer Tresen, hinter dem eine freundlich dreinschauende Frau stand und Zeitung las. Dahinter hing ein Brett mit Zimmerschlüsseln. Gegenüber dem Tresen ging es zwei Stufen hinunter ins Lokal. Dort standen runde Tische, auf denen einladend Kerzen brannten. Dahinter erhob sich die Bühne, von der kubanische Klänge herüberkamen. An einem der Tische saß eine Gruppe junger Leute, die sie neugierig musterten. Sophia wollte erst mal unter eine Dusche und ging zum Tresen. Da sie bereits vom Institut angemeldet war, musste sie sich nicht erklären, bekam sofort ihren Schlüssel und genoss kurz darauf die warmen Wasserstrahlen auf ihrem verspannten Körper. Anschließend drehte sie auf kalt. Das Wasser wurde zwar nur lauwarm, aber es tat seinen Dienst. Erfrischt und mit noch nassen Haaren war sie zu aufgedreht, um gleich ins Bett zu gehen. So zog sie Shorts und ein T-Shirt an und legte Pulli und Jacke ganz unten in die Tasche.

„Die werde ich wohl so schnell nicht mehr brauchen."

Kurz darauf betrat sie den Gang, ging die Treppen hinunter und stand wieder im Lokal.

Die Gruppe junger Leute löste sich gerade auf, und die Musiker packten zusammen. An der Bar, die sich neben der Bühne befand, saß noch ein junger Mann mit einem Glas Campari in der Hand. Er nickte ihr freundlich zu, doch Sophia war unschlüssig. Sollte sie zu ihm gehen oder sich an einen Tisch setzen? Aber allein? Sie beschloss, sich zu ihm zu gesellen.

„Wo kommen Sie denn noch so spät am Abend her?", begann er das Gespräch.

„Aus dem Schneematsch", antwortete Sophia.

„Na, dann willkommen in der schwülen Sommernacht."

Sophia bestellte sich auch einen Campari, und ihr Barnachbar stellte sich als Philipp Devos vor. Er und sein Vater besaßen eine kleine Werft am Hafen. Das Motel hier sei ein Geheimtipp, erklärte er, da immer gute Musikgruppen spielten und es keine Sperrstunde gebe. Sophia betrachtete seine dunkelbraunen Augen. Sein Gesicht war sonnengebräunt, und kleine Lachfältchen bildeten sich um die Mundwinkel. Sie schätzte, dass er ungefähr in ihrem Alter sein musste. Er war zirka einen Meter neunzig groß und wirkte durchtrainiert. Seine dunkelblonden Haare waren kurz geschnitten, und er lächelte fast ununterbrochen. Sophia fand ihn sofort sympathisch. Sie erzählte, dass sie eigentlich noch nicht am Zielort sei, sondern eher auf der Durchreise, da sie erst noch zum Institut auf der benachbarten Insel müsse.

„Eigentlich weiß ich noch gar nicht, wie ich da rüberkommen soll. Gibt es denn einen Schiffslinienverkehr oder so etwas?"

Philipp nippte an seinem Drink. Für den Bruchteil einer Sekunde verschwand das Lächeln aus seinem Gesicht. Sophia stutzte. Doch noch während sie überlegte, ob sie ihn nach dem Grund fragen sollte, war das Lächeln zurückgekehrt. Philipp bestellte sich noch einen Campari, doch Sophia verzichtete. Noch ein Drink, und sie würde im Stehen einschlafen.

„Ich bin morgen sowieso mit dem Boot unterwegs zur Isla del Stella. Wir beliefern das Institut regelmäßig mit Lebensmitteln und den Bestellungen, die sie von rund um den Erdball beziehen. Wenn du, sorry, wenn Sie wollen, nehmen wir Sie gerne mit dem Trawler mit."

Sophia musste lachen.

„Bleiben wir bitte beim Du. Ich heiße Sophia und danke, vielleicht nehme ich das Angebot an."

Philipp schmunzelte.

„Gern, also beides. Das heißt, ich nehme dich gerne mit. Mich nennen die meisten übrigens Phil."

In diesem Moment bemerkte Sophia eine Bewegung hinter sich. Sie wandte sich um und stellte fest, dass dort jemand stand, der sie mit einem leicht süffisanten Grinsen anblickte. Es war ein großer, breitschultriger Mann, der zugleich sportlich und drahtig wirkte. Sie schätzte ihn auf Mitte dreißig. Er überragte sie um mindestens einen Kopf und wirkte sehr selbstbewusst. Seine Haut war tief gebräunt, als verbrächte er einen Großteil seines Lebens unter freiem Himmel. Sein weißes Hemd und die helle Jeans bildeten einen eindrucksvollen Kontrast dazu. Er hatte längere, dunkelbraune Haare und ein Gesicht, das eher interessant als auf klassische Weise schön war. Mit einer etwas herablassend wirkenden Bemerkung trat er an den Tresen.

„Das wird nicht nötig sein, Phil, für den Transport unserer Leute sorgen wir schon selber."

Dieser schnaubte leise, sagte aber nichts.

„Entschuldige", wandte sich der Neuankömmling an Sophia, „ich bin Dr. Mike Thorton."

„Dann ist das wohl der Sohn", dachte Sophia. Irgendetwas an ihm zog sie sofort an, trotz seines arroganten Auftretens. Die Gesichtszüge waren wie in Stein gemeißelt, und das Lächeln wirkte aufgesetzt. Doch es waren die Augen, die Sophia auf eine unbestimmte Art faszinierten. Sie waren leuchtend grünblau, verrieten Intelligenz und Abenteuerlust und waren von einer solchen Intensität, wie Sophia es noch nie erlebt hatte. Kleine Schauer liefen ihr über den Rücken, und sie bekam Gänsehaut. Aber keine unangenehme. Seine Stimme war tief und voller Wärme.

Sie konnte sich kaum von seinen Augen lösen. Aber vielleicht war sie auch einfach nur übermüdet und nahm alles irgendwie nicht mehr richtig oder zu intensiv wahr. Phil warf Mike einen unfreundlichen Blick zu, ein Windstoß fegte herein, und es wurde plötzlich kälter. Phil trank aus und verabschiedete sich schnell.

„Freut mich, dich kennengelernt zu haben, Sophia. Falls du morgen eine Mitfahrgelegenheit brauchst, du findest mich am Hafen."

„Danke." Sophia nickte und lächelte ihm zu. Phil drehte sich um und verließ das Lokal.

Mike hob die Augenbrauen, sagte aber nichts. Da stieß Sophia versehentlich an ihr Glas, es fiel vom Tisch und zerbrach. Sie beugte sich sofort nach unten, sah aber im Halbdunkeln nicht richtig und schnitt sich an einer Scherbe.

„Mist", murmelte sie.

Es war keine schlimme Verletzung, aber es blutete ziemlich stark. Mikes Lächeln erstarb. Sophia konnte nicht sagen, ob das an Phils plötzlichem Abgang lag oder an ihrem Missgeschick. Mike musterte sie skeptisch, und seine Augen, die nicht mehr grünblau leuchteten, sondern tiefschwarz wirkten, hatten sich verengt. Sie fröstelte und wandte sich schnell ab. Sie wickelte eine Serviette um ihre Hand und half einem Kellner, die restlichen Scherben aufzuheben.

Mike drehte sich abrupt um und rief ihr beim Hinausgehen nur noch zu: „Ich sehe dich morgen gegen zehn Uhr am Anlegesteg gleich hinter dem Haus."

Sein Lächeln war ebenso verschwunden wie die Wärme in seiner Stimme. So trank Sophia etwas verwirrt ihren Campari alleine aus, ging auf ihr Zimmer, holte sich ein Pflaster aus ihrer Reiseapotheke und schlief kurz darauf in ihrem Bett ein, ohne die Zeit oder die Kraft zu haben, noch irgendwelchen tiefschürfenden Gedanken über das merkwürdige Verhalten mancher männlicher Zeitgenossen nachzuhängen. Sie schaffte es gerade noch, den Wecker auf ihrem Handy zu stellen.

Die Ankunft

Gegen neun Uhr weckten Sophia die Helden mit „Wir müssen nur wollen". Etwas schlaftrunken tastete sie nach ihrem Handy, um den Weckruf zu beenden. Draußen schrien ein paar Möwen, der Fenstervorhang bauschte sich leicht im Wind, und dieser trug den köstlichen Duft von Salzwasser, gepaart mit einer gewissen Kaffeenote, herein.

Blitzschnell war Sophia hellwach, zog ein paar Sommersachen an, schob den Vorhang beiseite und blinzelte in den Tag hinaus. Auf der Terrasse unter ihr wurde gefrühstückt, und es roch nicht nur nach frisch aufgebrühtem Kaffee, sondern auch nach Rühreiern, Speck und frischem, reifem Obst.

Die Sonne lachte bereits vom strahlend blauen Himmel, der Sand am Strand sah fast weiß aus, und das Wasser glitzerte türkisblau.

Da stand sie nun, mitten am Atlantik im tiefsten Sommer, während wohl über ein trübes München die Schneeschauer fegten – bei frostigen null Grad.

Sophia ließ die letzte Nacht beziehungsweise die letzten Stunden noch einmal Revue passieren. Da war sie seit Jahren mit dem homosexuellen Ralph in der Großstadt unterwegs und lernte nur selten jemanden kennen, mit dem man auch gern ein zweites Bier trinken würde, und in der letzten halben Nacht waren es gleich zwei interessante Kandidaten gewesen.

Jetzt wusste Sophia auch, an was sie die Augen von Mike erinnert hatten. Sie besaßen die Farbe des Meeres, wenn es entweder smaragdgrün in den oberen Schichten schimmerte oder ins Kobaltblau wechselte, wenn es in die Tiefe ging. Überhaupt hatte sie ein seltsames Ziehen im Magen, wenn sie an Mike dachte. Sie fühlte sich enorm zu ihm hingezogen. Obwohl sein Abgang ihr ja schon irgendwie merkwürdig vorkam. Da war der andere, Phil, viel netter gewesen. Sie straffte die Schultern und atmete tief durch, um wieder klar denken zu können.

Und überhaupt, eigentlich war sie ja wegen des Ökosystems hier und wollte die Gene der Vogelwelt erforschen und nicht die des männlichen *Homo sapiens*. Sie schüttelte den Kopf über sich selbst, packte schnell die Zahnbürste und das Schlaf-T-Shirt in ihre Tasche, checkte aus und genoss wenig später noch einen schnellen Milchcafé, da sie in der Ferne schon ein Motorboot kommen sah.

Sie spürte förmlich, dass Mike am Steuer stand. Kurz darauf legte der *Sunseeker* auch schon an. Mit Jeans und wieder mit einem blitzsauberen Hemd bekleidet, sah Mike nicht nur einfach gut aus – er machte jedem Model aus einem Modemagazin Konkurrenz. Kleine Schauer liefen ihr den Rücken hinunter. Sophia pustete in ihren Kaffee, um sich abzulenken, konnte jedoch die Augen nicht von Mike lassen. Der aber hatte sie noch gar nicht bemerkt.

Er sah sich suchend um und runzelte dann die Stirn.

O Mann, der Kerl scheint wohl etwas ungeduldig zu sein, dachte Sophia, die mit ihrer Kaffeetasse an dem Durchgang zur Terrasse stand. Sie befand sich im Schatten, sodass sie von außen nicht zu sehen war und seufzte. Sie war zwar selber nicht unbedingt geduldig, wohl eher das Gegenteil, aber die Arroganz von diesem Mike war schon bemerkenswert.

Ein weiterer Übernachtungsgast hatte sie beobachtet.

Einer der Musiker von gestern Abend, vermutete Sophia.

„Denk dir nichts, Kind, die vom Institut sind alle etwas merkwürdig, aber immer freundlich und zuvorkommend. Und du bist sicher nicht der einzige Neuzugang. Auf Isla del Stella herrscht immer ein reges Kommen und Gehen."

Sophia nickte dem Musiker dankbar zu, auch wenn sie nicht ganz überzeugt war.

„Wenn der wüsste, was mir gerade so durch den Kopf geht", dachte sie. „Neuer Job, neues Heim – und wenn es nicht klappt, wie komme ich dann wieder nach Hause? Mal schnell ein Taxi bestellen, wird dann wohl schwierig."

Sie seufzte noch einmal, trank schnell den letzten Schluck aus ihrer Tasse, nahm Tasche und Rucksack und ging durch die Terrassentür in die Sonne zum Bootssteg.

Als Mike sie erkannte, nickte er nur kurz, tippte sich an die Sonnenbrille und ging zurück zum Boot.

„Tolle Begrüßung", dachte Sophia, winkte dem Musiker noch einmal, der ihr aufmunternd zunickte, und ging dann zügig auf den *Sunseeker* zu.

Sie wünschte Mike einen guten Morgen, der ihren Gruß lediglich mit einem erneuten kurzen Nicken erwiderte, stolperte ins Boot, und beeilte sich irgendwo Halt zu finden, als die beiden 800-PS-Motoren zu dröhnen begannen.

Wenige Sekunden später ließen die Sonnenstrahlen die Meeresoberfläche glitzern. Der *Sunseeker* fegte ins offene Meer hinaus, pflügte durch das spiegelglatte Wasser und nahm Kurs auf die Insel. Die Gischt wehte ihr klitzekleine Tropfen ins Gesicht. Da – hatte sie sich getäuscht? Oder war das tatsächlich gerade eine Meeresschildkröte gewesen, da unten, im zehn Meter tiefen Wasser? Sophia fühlte sich großartig. Sie war berauscht von der Kraft des Schiffs und der atemberaubenden Umgebung. In diesem Moment wollte sie an keinem anderen Ort der Welt sein. Hier in voller Fahrt auf dem Motorboot über das Meer zu düsen, ließ sie alles vergessen. Die Geschwindigkeit des *Sunseekers* fegte alle Bedenken fort. Auch die Launen von zukünftigen

Kollegen oder Nichtkollegen waren ihr völlig egal. Ihretwegen konnte die Fahrt noch Ewigkeiten dauern. Schon hatten sie die frechen Möwen hinter sich gelassen, und die Wasserfarbe wechselte von einem hellen Marineblau in ein tiefes Dunkelblau.

Sophia schloss die Augen, genoss die Sonnenstrahlen und den feinen Wassernebel auf der Haut. Sie hätte die Zeit angehalten, wenn es ihr möglich gewesen wäre.

Nach etwa zwanzig Minuten kam eine kleine Landzunge in Sicht, und das Wasser wurde wieder heller. Kurz darauf war auch schon ein ungefähr fünfzig Meter langer Anlegesteg zu sehen, der über das Riff zu einem gemauerten Bungalow führte. Links davon zog sich ein breiter Sandstrand zum Hauptgebäude. Darauf befand sich ein Beachvolleyballfeld, das bereits von vier Spielern genutzt wurde. Um das Hauptgebäude zu erreichen, das wiederum von mehreren kleineren Gebäuden umgeben war, musste man ein paar Stufen nach oben steigen. Alles schien optimal in die Landschaft eingepasst und aus Naturstein erbaut zu sein. Es wirkte so, als wären die Gemäuer teils natürlichen Ursprungs.

Inzwischen waren sie am Landungssteg angekommen, und ein Mann mittleren Alters – mindestens anderthalb Köpfe größer als Sophia, die mit ihren ein Meter achtzig auch nicht klein war – näherte sich dem *Sunseeker*. Er hatte breite Schultern und markante Gesichtszüge. Seine Augen musterten sie freundlich. Mike band sich seine Haare zu einem Pferdeschwanz zusammen und vertäute dann das Boot. Obwohl er die ganze Fahrt über geschwiegen hatte, durchfuhr es Sophia wie ein Blitz, als er ihr kurz zulächelte, ihr vom Boot half und den dazukommenden Herrn als seinen Vater vorstellte, bevor er zügig in Richtung Hauptgebäude verschwand. Unsicher ging Sophia auf Dr.

Thornton zu und stellte sich ebenfalls vor. Mit einem ehrlichen und offenen Lächeln begrüßte er sie herzlich.

„Schön, dass Sie es einrichten konnten, so kurzfristig zu uns zu kommen. Was interessiert Sie denn als Erstes: die Tauchstation, das Institut, die Unterbringung oder die Küche?"

Sophias Magen knurrte. Irgendwie musste sie wieder an den Duft der Rühreier denken, die sie verpasst hatte. Doch sie wollte vor allem alles hier sehen. Dr. Thorton lächelte, rief Stefanie und Uwe herbei, die sich als Verantwortliche der Tauchbasis vorstellten, verwies auf appetitlich aussehende Sandwiches, die sich im Kühlschrank der Tauchbasis befänden, und verabschiedete sich mit den Worten: „Wenn so weit alles geklärt ist und Sie sich zurechtfinden, kommen Sie einfach in mein Büro im Hauptgebäude. Mein Name ist übrigens Steve. Ihre Taschen nehme ich gleich mit, o.k.?"

Sophia konnte nur nicken und wurde dann sogleich von den beiden Tauchern weggelotst. In jeder Hand ein Sandwich haltend, ließ sie sich die Tauchbasis zeigen. Der Bungalow war größer, als es von außen den Anschein hatte. Hinter dem Tresen befand sich ein kleines Büro mit einem Computer und einem Kühlschrank. Die Wände zierten etliche Zettel mit Tauchfahrten und Wetterangaben, daneben hingen Fotos mit lachenden Gesichtern und natürlich Meerestieren in allen erdenklichen Formen und Farben. Im Nebenraum war die Umkleidekabine, kleine Wasserpfützen breiteten sich auf den Terrakottafliesen aus.

Jeder Taucher hatte eine Kiste für Messer, Flossen, Brille, Schnorchel und Gurt. Sophia bekam auch eine zugeteilt, ihr Name stand schon dran. Unter den Bänken, rechts und links vom Raum, befand sich das Blei, und wieder in einem Nebenraum standen die Tauchflaschen

und der Kompressor. Sophia stutzte. Sie zählte an die zwanzig Tauch-
kisten, aber nur fünf Pressluftflaschen. Waren das nicht viel zu wenige Flaschen für die Anzahl der Taucher, oder waren alle unterwegs?

Stefanie lächelte.

„Pressluft ist out. Der neueste Schrei ist jetzt das Tauchen mit einem
Mundstück, das genug Sauerstoff freisetzt. Irgendeine chemische Re-
aktion macht das möglich, aber Genaueres musst du unsere Wissenschaftler fragen. Ich weiß nur, dass es ziemlich gut funktioniert, und
du fühlst dich schon fast wie ein Fisch unter Wasser. Jedenfalls versuchen sich die meisten im Tauchen ohne Flasche. Allerdings
brauchst du die Genehmigung von Andi, unserem Doc, da wohl der
eine oder andere Unverträglichkeitsanzeichen zeigt."

„Und schon der eine oder andere von einem Tauchgang nicht mehr
zurückgekommen ist", ergänzte Uwe grinsend, wofür er sich einen
strafenden Blick von Stefanie einhandelte.

Sophia schluckte den letzten Bissen des zweiten Sandwiches hinunter
und runzelte die Stirn.

„War ein Scherz, aber ein paar Taucher von der Nachbarinsel sollen
tatsächlich verschwunden sein", erklärte Uwe.

„Was tausend Ursachen haben kann", ergänzte Stefanie.

„Mach unserem Neuankömmling nicht schon vor dem ersten Tauchgang Angst."

„Keine Sorge, da kannst du mir auch was von Ungeheuern mit Reißzähnen und verrückten Teufelsrochen erzählen, ich will so schnell es
geht ins Wasser", warf Sophia ein. Uwe grinste und schaute triumphierend zu Stefanie. Diese murmelte etwas Unverständliches und
zog sich Richtung Büro zurück.

„Los komm, ich zeig dir unsere Meeresungeheuer." Uwe grinste.

Er zog Sophia in einen schmalen Gang. Sie gingen ein paar Stufen hinunter, bis sich das Gemäuer zu einem Raum hin öffnete, der von dicken Glasscheiben umgeben war, hinter denen sich offensichtlich der Ozean befand. Hunderte von bunten Fischen tummelten sich in den Weich- und Hartkorallen, während die Sonnenstrahlen durch die Wasseroberfläche brachen und ein lustiges Schattenspiel veranstalteten. Ein Clownfisch versteckte sich rasch in seiner Seeanemone, als Sophia staunend an die Scheibe trat.

Der Raum lag teilweise unter dem Meeresboden, sodass die untere Kante der Fensterscheiben auf gleicher Höhe wie der Sandboden war. Man befand sich in circa fünf bis acht Metern Tiefe, und das Sonnenlicht drang mühelos bis zum Meeresgrund durch. Das Wasser wirkte so klar, dass Sophia das Gefühl hatte, sie könne Hunderte von Metern weit sehen. Sie war völlig hingerissen von dem Anblick und konnte sich nur schwer davon lösen. Aber Uwe nahm sie an den Schultern und drehte sie einfach zur Mitte des Raums um. Dort war ein kleines Becken, von Unterwasserstrahlern beleuchtet, in dem sich doch tatsächlich ein Delfin tummelte. Dicht unter ihm schwamm ein Taucher ganz ohne Equipment, nur mit Flossen, Brille und einem merkwürdigen, schwarzen, länglichen Mundstück, aus dem hin und wieder Luftblasen stiegen. Das waren also die neuesten Luftspender, was ziemlich vielversprechend aussah. Der Delfin kam neugierig an die Wasseroberfläche und streckte Sophia die Flosse entgegen, was Uwe mit einem Fisch belohnte.

„Das ist Bob. Wir haben ihn verletzt gefunden und konnten ihn gesund pflegen. Jetzt hängt er ab und zu bei uns rum, auch wenn ihm der Atlantik offen steht."

Sophia war begeistert. Am liebsten hätte sie sofort eine Runde mit dem Delfin gedreht.

Nach dem Rundgang ging es wieder zurück an die Erdoberfläche. Die Tauchbasis hatte einen kleinen Innenhof mit einem Steinbottich, der mit Süßwasser gefüllt war und worin so mancher Taucheranzug lag. Eine Gruppe mit Tauchern sammelte sich gerade zum Briefing am Tresen mit Stefanie und Uwe verabschiedete sich von Sophia, um auch daran teilzunehmen. So ging Sophia über den Strand, am Volleyballfeld vorbei, die Steinstufen hinauf zum Hauptgebäude. Nachdem die Formalitäten der Ankunft im Büro des Instituts mit einer sehr zuvorkommenden Sekretärin geklärt waren, erhielt Sophia ihren eigenen Bungalowschlüssel. Sie warf noch kurz einen Blick über den weißen Strand, das grünblaue Meer und die Anlage. Dann drehte sie sich um und ging in den ersten Stock des Hauptgebäudes, wo sich das Büro von Steve befand.

Kontakt

Im Gegensatz zur modernen Inneneinrichtung des Erdgeschosses mit hohen Fenstern, hellem Steinboden und vielen Halogenstrahlern erinnerten die alte, breite Steintreppe in den ersten Stock und die dortigen Räumlichkeiten Sophia nun mehr an die Uni als an Urlaub. Sie musste lächeln und dachte an ihre Kommilitonen. Da sie sich in einer komplett anderen Zeitzone befand, lagen die wohl noch alle in dicke Decken eingekuschelt im Bett. Sophia musste an ihre Professoren denken und an Ralph. Sie blieb auf halber Höhe stehen und wurde gegen ihren Willen etwas wehmütig. Zu Hause ... was war eigentlich zu Hause? Sophia kannte keinen Ort, den sie als ihr Zuhause bezeichnen hätte können. Zu oft war sie mit ihren Eltern umgezogen. Sie war schon froh, wenn sie hin und wieder ein Hinweisschild an dem Weg entdeckte, auf dem sie durchs Leben ging. Doch im Moment führte sie dieser Weg geradewegs in den ersten Stock des Instituts hier auf dieser Insel. Noch ganz in Gedanken, wäre Sophia beinahe in eine Gruppe von Leuten gelaufen, die fast lautlos die Treppe herunterkamen. Und obwohl es hier viel dunkler als draußen im Sonnenschein war, trugen alle Sonnenbrillen. Komisch fand sie auch, dass die gar nicht miteinander redeten und die Treppen eher hinunterschwebten als gingen. Stirnrunzelnd sah sie ihnen nach und stieg gleichzeitig die restlichen Stufen nach oben, wo sie doch tatsächlich noch mit einem Nachzügler des sonderbaren Trupps zusammenstieß.

„Hey, hoppla junge Frau, nicht so stürmisch."

Sophia wurde gemustert.

„Bist du neu hier?" Der Angerempelte lächelte. Aber es war ein seltsames Lächeln. Irgendwie so, als würde man ein Sandwich anlächeln, bevor man es verspeiste. Sophia bekam eine Gänsehaut, aber keine wohlige.

„Ich bin Julius", stellte sich ihr Gegenüber vor, wobei er die Sonnenbrille nicht abnahm, was Sophia weiter irritierte, denn es war unmöglich, hinter den schwarzen Gläsern Augen zu erkennen. Seine Stimme wirkte einladend und einschüchternd zugleich.

„Sophia", stammelte sie.

„Schön", antwortete Julius und nahm ihre Hand. Es hatte für Sophia den Anschein, als wollte er ihr einen Handkuss geben, als plötzlich Mike am oberen Ende der Treppe erschien und gleichzeitig Steve in der Tür seines Büros auftauchte.

„Julius!", riefen beide wie aus einem Mund.

Dieser verzog keine Miene und ließ Sophia auch nicht aus den Augen, während er antwortete.

„Die Doktoren Thornton? Was kann ich für euch tun?" Langsam drehte er sich von Sophia weg und ließ ihre Hand mit einem Seufzer nur widerwillig los, während er Steve herausfordernd anlächelte.

„Sophia ist heute angekommen, Julius. Sie gehört zu meinem Team. Ich werde sie morgen allen vorstellen. Sie wird die nächste Zeit hier arbeiten."

Steve sah Julius dabei eindringlich und auch etwas warnend an. Julius zuckte mit den Schultern, drehte sich wieder zu Sophia und nahm blitzschnell ihre Hand, um tatsächlich einen Handkuss darauf zu hauchen.

„Bis zum nächsten Mal, Sophia."

Sophia stellten sich die Nackenhaare auf. Sie fröstelte.

Plötzlich stand Mike direkt neben ihr und starrte Julius feindselig an, der den Blick mit einem spöttischen Lächeln quittierte. Wo kam Mike denn jetzt plötzlich her? Die Begegnung dauerte nur ein paar Sekunden, dann waren beide Männer nach unten verschwunden. Steve nahm Sophia am Arm und führte sie in sein Büro. Diese schaute ihn fragend an, doch Steve ging nicht auf ihre unausgesprochene Frage ein, sondern bot ihr einen Platz vor seinem Schreibtisch an.

Die Wände waren mit Bücherregalen vollgestellt und zwei große Panoramafenster erhellten den Raum. Die feinen Härchen in Sophias

Nacken legten sich wieder, und Steve erklärte ihr den Tagesablauf und die Einteilung der verschiedenen Arbeitsgruppen. Mit keinem Wort ging er auf den merkwürdigen Vorfall an der Treppe ein, und Sophia traute sich auch nicht zu fragen.

„Das Institut ist gerade in einer Umstrukturierung und so fehlen an mehreren Stellen noch Mitarbeiter. Du kannst dir alle Gruppen anschauen und dann selbst entscheiden, wo du dich einbringen willst."

Sophia nickte. Es klang alles ziemlich interessant.

In der einen Gruppe saßen Genetiker, die das Genom eines bestimmten Vogels erforschten. Wobei dieses wohl in einer Feder gefunden worden war, aber gar nicht zu einem Vogel passen wollte, sondern eher zum menschlichen Genom. So stellte sich in dieser Gruppe die Frage, ob da in der Evolution noch etwas anderes als der *Archäopteryx* gewesen sein könnte.

Eine andere Gruppe beschäftigte sich mit den speziellen Fähigkeiten von Meeressäugern und entwickelte Prototypen für neue Atemregler. Das klang für Sophia zwar nicht so spannend, aber es hatte mit Tauchen und den neuen Mundstücken zu tun, und das wiederum klang sehr reizvoll.

Wieder eine andere Forschungsgruppe befasste sich mit Avataren. Das fand Sophia besonders aufregend. Die Vorstellung, in einen anderen Körper zu schlüpfen beziehungsweise einen Roboter oder ein Hologramm mit der eigenen Willenskraft lenken zu können, war schon sehr sonderbar. Wobei diese Vorstellung bereits das Endziel der Gruppe betraf. Im Moment glichen die Avatare noch eher Hologrammen, die man als Kleiderständer benutzen konnte und die so aussahen wie man selbst. Der Sprung zum menschlichen Roboter oder einem Roboter unter menschlichem Einfluss war noch nicht geschafft.

Fakt war, dass Sophia sich eigentlich für alle Arbeitsgruppen interessierte und sich eingestehen musste, dass es wohl doch noch Geheimnisse gab, die es wert waren, gelüftet zu werden.

Steve hatte für sie am Nachmittag mit Andi, dem Institutsarzt, einen Termin für die tauchärztliche Untersuchung vereinbart und ihr eingeschärft, den Checktauchgang frühestens morgen zu machen, auch wenn der Flug schon eine Nacht zurücklag.

Sophia versprach es. Sie bekam von Steve noch einen Lageplan der Labore und hatte außer dem Arzttermin für den restlichen Tag frei.

So schlenderte sie über die Steintreppe wieder nach unten zur Cafeteria, wo sie doch tatsächlich an einem kleinen Tisch Phil mit einem älteren Herrn sitzen sah. Sie holte sich eine Coke und gesellte sich zu ihnen. Phil grinste und freute sich sichtlich, sie zu sehen.

„Hast wohl doch kein Taxi gebraucht", begrüßte er sie und stellte seinen Vater Edi vor. Sophia setzte sich und war froh, ein halbwegs bekanntes Gesicht zu sehen.

„Wie geht es dir, hast du schon alles gesehen?", fragte Phil.

„Alles noch lange nicht, aber ich weiß, wo mein Bett steht. Ich habe sogar einen eigenen kleinen Bungalow. Ich weiß, wo es etwas zu essen gibt und wo ich die nächsten Tage mitarbeiten kann. Gespannt bin ich auf das Leben unter Wasser und auf die Leute hier. Vorhin habe ich vielleicht was Komisches erlebt." Sophia zögerte erst, doch dann erzählte sie Phil von ihrer Begegnung mit den Sonnenbrillentypen auf der Treppe, wie unheimlich sie ihr waren, vor allem dieser

Julius. Jetzt, in der von Sonnenlicht durchfluteten Cafeteria, kam ihr das schon wieder lächerlich vor.

Edi und Phil wechselten einen vielsagenden Blick, sagten aber nichts.

„Ist was?", fragte Sophia.

„Nein, es ist nichts", entgegnete Phil, „aber vor manchen Wesen sollte man sich lieber in Acht nehmen."

„Wesen?" Sophia runzelte die Stirn.

„Manche Leute sind eben anders, meint Phil", warf Edi ein, der seinem Sohn einen strafenden Blick zuwarf.

„Wir machen mit den Leuten hier ein gutes Geschäft. Sprich nicht abfällig über unsere Kundschaft, Phil."

Dieser senkte den Blick und schnaubte in seinen Kaffee.

„Wenn du Zeit hast, dann komm uns doch einfach auf dem Festland in der Werft besuchen. Wir freuen uns immer über Abwechslung, Sophia."

Sofort hellte sich die Miene von Phil wieder auf.

„Klar, wenn ich Zeit habe, gern!", antwortete Sophia.

Sie tauschten die Handynummern aus, und ein paar Stunden später saß Sophia auf einer kleinen Steinmauer, mal wieder die Farbe des türkisblauen Meeres bewundernd. Sie hatte inzwischen ausgepackt, die tauchärztliche Untersuchung über sich ergehen lassen und war gespannt auf den Checktauchgang am nächsten Tag. Auf dem Beachvolleyballfeld spielten ein paar *Sonnenbrillen* – so beschloss Sophia jetzt einfach die Gruppe von Julius zu nennen – gegen andere Institutsmitarbeiter, und selbst mit der Sonne im Rücken nahmen diese merkwürdigen Typen ihre Brillen nicht ab.

Aber was soll's, so hat eben jeder seine Macke.

Sophia verließ ihren Beobachtungsposten auf der warmen Steinmauer. Als sie das Spielfeld passierte, an dem sie unweigerlich vorbeimusste, hatte sie das Gefühl, tausend Blicke im Rücken zu spüren, und sie schämte sich dafür, dass sie sich nicht traute, einfach zu fragen, ob sie mitspielen dürfe. So schlenderte sie weiter zur Tauchbasis, wo bereits Nachttauchgänge für den heutigen Abend eingeteilt wurden.

Sophia ging zu Stefanie und Uwe an den Tresen und beobachtete neugierig das Geschehen. Gerade war eine Gruppe von Tauchern zurückgekommen, die das neue Mundstück getestet hatten. Uwe schrieb ihre Eindrücke auf, und Sophia hätte es am liebsten sofort selbst ausprobiert. Da kam Mike aus dem Gang mit dem Tauchbecken, in dem Sophia heute Vormittag Bob kennengelernt hatte. Er schüttelte sich die Wassertropfen aus dem Haar und lächelte Sophia zu. Und ob sie wollte oder nicht, sie bekam weiche Knie und ihr Herz begann schneller zu schlagen.

„Und du Sophia?" Uwe stupste sie von der Seite an.

„Äh, was?", stotterte sie und konnte ihre Augen nicht von Mike lassen, der sich seine Haare wieder zusammenband, eine Coke aus dem Kühlschrank nahm, ihnen zunickte und Richtung Strand schlenderte, zurück zum Hauptgebäude. Sophia sah ihm unwillkürlich hinterher.

„Ich hab dich gefragt, ob ich dich morgen zum Tauchen einteilen kann. Wann hast du Zeit?"

Verstohlen warf Sophia einen Blick auf das Pinnbrett, an dem die Tauchguides und ihre Gruppen standen. Darunter auch Uwe, Stefanie und Mike.

„Ja eigentlich ist es egal, nachmittags wäre gut ...", sagte sie und dachte: „Bitte nicht zu Mike, wenn ich mich bei meinem ersten Tauchgang blamiere, dann nicht bei ihm!"

„Dann gehst du morgen mit Stefanie an den Start. So gegen fünfzehn Uhr, da hat sie Pause und kann einen Checktauchgang mit dir einschieben."

„Gott sei Dank!", dachte Sophia und nickte Uwe zu.

Stefanie grinste und boxte Sophia in die Seite.

„So wie du gerade Dr. Thornton junior nachgeschaut hast, hätte dich Uwe mal lieber zu Mike eingeteilt, oder?"

Sophia stieg die Hitze ins Gesicht, sie versuchte aber, Stefanie erstaunt anzusehen.

„Nein, ganz und gar nicht. Ich freue mich auf morgen, ehrlich." Und es fielen Sophia wirklich ein paar Steine vom Herzen.

„Na dann", meinte Stefanie lächelnd, „stoßen wir gleich mal mit einem Coke auf den morgigen Tag an."

Sophia lächelte, und gemeinsam gingen sie mit ihren Getränken zum Steg, wo die nächsten Nachttauchgänger bereits ins Boot sprangen. Die Sonne ging gerade unter, und die Farbe des Meeres wandelte sich von Türkisblau in Blutorange, Gold und Purpurrot. Sophia liebte den Geruch und den Geschmack des Meeres und konnte es immer noch nicht fassen, jetzt hier zu sein. Möwen kreisten um sie und bettelten um Futter. Ob es diesen Vogel wohl gab, nach dem die Forscher hier suchten? Ob Opa ihn vielleicht kannte? Doch Sophia schob den Gedanken an ihren Großvater schnell beiseite.

Sophia und Stefanie sahen den Möwen noch ein paar Minuten beim Spielen zu und verfolgten dann das weitere Geschehen am Boot. Da entdeckte Sophia Mike wieder am Strand. Er zog seine Jeans aus und ging auf das Wasser zu.

„Was macht Mike denn da?"

„Er schwimmt gerne noch ein paar Runden mit Bob, bevor es dunkel wird. Er ist ein ziemlich guter Schwimmer. Aber hol dir bei ihm keinen Korb. Mike ist anscheinend nur an seinen Meeressäugern interessiert. Er hat schon so manche Frau abblitzen lassen."

Gut, dass es schon dämmrig war, sonst hätte Steffi Sophias roten Kopf gesehen.

Beide sahen dem Schwimmer und der Delfinflosse nach.

Die Dämmerung dauerte nicht lange, und Sophia musste ihre Augen ziemlich anstrengen, um Mike noch zu sehen, doch so sehr sie sich auch bemühte, sie konnte ihn beim besten Willen bald nicht mehr erkennen. Die Wasseroberfläche war glatt wie ein Blatt Papier.

Sie wollte Stefanie aber nicht noch mal wegen Mike fragen und schwieg lieber.

„Und wie war der erste Tag bei uns, Sophia? Kannst du dir vorstellen, eine Weile zu bleiben?"

„Klar! Alle sind nett, vor allem Steve und Uwe und du. Die Arbeit klingt interessant, und Tauchen kann ich auch. Ich freue mich wirklich auf die kommenden Wochen."

„Schön, es waren nämlich schon einige da, die dann plötzlich über Nacht wieder verschwunden sind. Steve meint, man kann niemanden zwingen, und wer wieder weg will, den muss man ziehen lassen."

„Freiwillig weg von hier? Hmm, kann ich mir gar nicht vorstellen. Aber gut für mich, sonst wäre wohl keine Stelle frei gewesen und ich nicht hier."

Die Sonne war nun vollends untergegangen. Man sah nur vereinzelt ein paar Lampen unter der Wasseroberfläche aufblitzen und ein paar Blubberblasen an der Oberfläche von den Nachttauchern. Die ersten Sterne erschienen am Himmel, und der Mond verströmte sein silbernes Licht. Sophia wurde schläfrig, und zusammen mit Stefanie ging sie schließlich zurück zu den Bungalows. An der Treppe zum Hauptgebäude trennten sich ihre Wege, und Sophia schlenderte die letzten Meter zu ihrer Unterkunft alleine. Das war also ihr erster Tag in der Fremde gewesen.

Fremde? Hmm, so fremd fühlte sie sich gar nicht mehr, und das Klima war perfekt. Auch wenn es nachts immer noch gut zwanzig Grad hatte. In ihrem neuen Zuhause, das mit Schlafzimmer, Arbeitszimmer und Bad größer war als ihre Wohngemeinschaft in Deutschland, gönnte sie sich noch eine nächtliche Dusche und ließ das warme Wasser über ihre Haut laufen.

Da hörte sie plötzlich ein Geräusch. Sophia stellte die Dusche ab, wickelte sich ein Handtuch um den Körper und ging etwas unsicher zum Fenster, das offen stand. Sie spähte angestrengt in die Dunkelheit hinaus, aber da war nichts zu erkennen. Trotzdem fröstelte sie plötzlich. Als sie das Licht löschte, hätte sie schwören können, dass da gerade zwei rötliche Lichtreflexe aufgeblitzt waren. Sie fühlte, wie ihre Pulsfrequenz anstieg, und rief sich selbst zur Vernunft.

„Rötliche Augen, so ein Blödsinn, Sophia! Du musst ins Bett. Wahrscheinlich war es nur eine Katze oder ein Fuchs oder sonst ein Tier, das erschrocken ist."

Sie schloss das Fenster, kroch unter die Bettdecke und schlief fast augenblicklich ein. Den Schatten vor ihrem Fenster, der von einem anderen Schatten verfolgt wurde, sah sie nicht mehr.

Ungereimtheiten

Der nächste Tag begann um sechs Uhr dreißig. Wieder weckten Sophia die Helden mit ihrem Song „Wir müssen nur wollen". Sie war blitzschnell aus den Federn, vergewisserte sich, dass sie auch nicht bei Gefriertemperaturen in München, sondern bei zwanzig Grad auf einer Insel im Atlantik war, zog sich rasch an.

Kurze Zeit später stand sie mit einem Becher heißem Kaffee im Speisesaal, wo Stefanie und Uwe bereits an einem Tisch saßen und sie zu sich winkten. An zwei anderen Tischen entdeckte sie „Sonnenbrillen", die doch tatsächlich nicht mal zum Frühstück ihre Brillen abnahmen. Natürlich hielt Sophia auch nach Mike Ausschau, konnte ihn aber nirgends sehen.

„Falls du die Thorntons suchst", begrüßte Stefanie Sophia grinsend, „die sind entweder schon im Wasser oder in irgendeinem Labor."

Sophia wurde rot und schwieg. Zum Frühstück war ein Büfett aufgebaut mit Eiern, Früchten, Joghurt, Käse, Schinken, kleinen Broten und Toast. Sophia knurrte der Magen, und sie belud sich ihren Teller reichlich, bevor sie sich bei den beiden Tauchguides niederließ.

„Wie bekommt ihr all die Sachen so frisch her?", wollte sie wissen.

„Wir backen hier so ziemlich alles selber, und Phil und Edi kommen zweimal die Woche und beliefern uns mit den übrigen Lebensmitteln", erklärte Uwe. Gemeinsam ließen sie sich die Köstlichkeiten schmecken. Stefanie und Uwe gingen anschließend zum Strand, während sich Sophia auf den Weg zu den Genetikern machte, die mit den ersten *ELISAS* des Tages beschäftigt waren – also mit Tests zum Nachweis bestimmter Eiweißkomponenten. Norbert, der Teamleiter, der zu Sophias Erleichterung nicht zu den Sonnenbrillenträgern gehörte, erklärte ihr alles. Sophia kannte viele Arbeitsschritte bereits von ihrer Doktorarbeit, und so verging der Vormittag wie im Flug mit Pipettieren, Auslesen der Ergebnisse und Computereinträgen.

An der Wand hing eine circa zwei Meter lange und dreißig Zentimeter breite hellbraune Feder, die Sophia zwischen den Arbeitsschritten verstohlen bewunderte. Die anderen erklärten ihr, dass diese Federn immer mal wieder hier oder auf benachbarten Inseln gefunden würden und das zu entschlüsselnde Genom sich in genau solch einer Feder befunden hätte. Sophia konnte sich einen Vogel in dieser Größenordnung überhaupt nicht vorstellen. Ein Megaalbatros mit Farbmutation vielleicht? Doch die Forscher erklärten ihr, dass das bisher entschlüsselte Genomstück nur bedingt zu einem Vogel gehören würde, sondern eher menschliche Züge aufwies, was wiederum ein Geheimnis war, welches sie lüften wollten.

Gegen vierzehn Uhr fünfundfünfzig schaute Sophia dann das erste Mal auf die Uhr, um mit Schrecken festzustellen, dass sie ja mit Stefanie zum Checktauchgang verabredet war. So verabschiedete sie sich schnell und lief zur Tauchbasis.

Zum Glück lag ihre Ausrüstung schon bereit. Ein wenig aufgeregt war sie ja schon. Ob das mit dem Ausblasen der Brille und dem An- und Ausziehen des Geräts unter Wasser klappen würde? Wie viel Blei brauchte sie überhaupt? Sophia ging zur Umkleidekabine und schlüpfte in ihren Halbtrockenanzug. Um diesen schließen zu können, musste man einen Reißverschluss am Rücken zuziehen, der von einem Arm zum andern verlief. Sophia schaute sich nach einer helfenden Hand um. Als sie sich umdrehte, entdeckte sie Julius, der am Türstock lehnte. Seine Brille reflektierte die Sonnenstrahlen, und er lächelte selbstzufrieden. Sophia hatte plötzlich einen Kloß im Hals und kam sich vor wie ein Kaninchen in der Falle. Irgendwie war ihr Julius unheimlich, doch konnte sie nicht sagen, woran das lag. Sie rief sich zur Vernunft. Das lag bestimmt nur an der dummen Brille.

Julius sah sie unverwandt an, und damit keine peinliche Pause entstand, murmelte Sophia schließlich: „Hallo, Julius!"

„Das ging ja schnell mit dem Wiedersehen", sagte er grinsend. „Kann ich dir vielleicht helfen?"

Julius kam jetzt langsam auf Sophia zu. Ihr wurde eiskalt, sie bekam eine Gänsehaut, und ein Beklemmungsgefühl erfasste sie, das ihr fast die Luft raubte. Panisch blickte sie zum einzigen Ausgang, den Julius jedoch geschickt blockierte. Sie machte einen Schritt rückwärts, aber da war nur noch die Wand. Julius' Lächeln wurde breiter. Er kam noch einen Schritt näher.

„Da bist du ja, Sophia", hörte sie plötzlich Mikes tiefe, ruhige Stimme. Er würdigte Julius keines Blickes. Sophia fiel nicht nur ein Stein, sondern ein ganzes Geröllfeld vom Herzen.

„Äh ... bin schon da", stammelte sie und ging auf Mike zu. Der nahm Sophia an der Hand, und sie stolperte mit nach wie vor offenem Anzug unbeholfen hinterher.

„Du kannst meine Hand jetzt wieder loslassen", sagte er und sah fragend auf ihre Hand, mit der sie die seine so stark umklammerte, dass die Knöchel schon weiß waren. Sophia entzog sie ihm und versuchte nicht verlegen zu wirken. Schweigend gingen sie zum Anlegesteg.

„Das hätte auch anders ausgehen können, Sophia."

„Was denn?"

Doch Mike erklärte sich nicht. Er war wieder wie ausgewechselt, und von einem Lächeln war keine Spur mehr zu sehen. Er zitterte fast vor Wut.

„Das ist gefährlich."

Mike funkelte sie an.

„Was ist gefährlich?" Sophia fühlte sich von seinen abrupten Stimmungsschwankungen überfordert.

„Sich alleine hier aufzuhalten und sich mit denen zu treffen! Ich weiß nicht, was du dir dabei denkst." Er blickte auf das Meer und fügte dann eher für sich selbst hinzu: „Und wo du dich aufhältst, weiß ich auch nicht, und ... ach, egal ..."

Sophia war gänzlich verwirrt. Was sollte das denn? Mike schien ehrlich erbost zu sein. Nur warum?

Da erschien Stefanie am Steg und musste sich erst mal von Mike zusammenstauchen lassen, dass sie Sophia allein gelassen hatte. Mike zog Stefanie etwas zur Seite, wodurch Sophia nur Bruchstücke des Gesprächs mitbekam. Bruchstücke, aus denen sie einmal mehr nicht schlau wurde. Und dann ging Mike, ohne sich nochmals umzudrehen, zur Tauchbasis zurück, und Stephanie kam zu Sophia. Sie grinste. „Männer!"

Als Sophia nachhaken wollte, winkte Stefanie ab und meinte, Sophia werde schon noch selber dahinterkommen und jetzt werde erst mal getaucht. Sie schloss den Reißverschluss von Sophias Anzug, der immer noch offen stand, und schlüpfte in ihre Flossen.

Dann steckte sie Sophia noch ein kleines Gerät zu, das sie sich hinter das Ohr klemmen sollte, begleitet von den Worten: „Ein kleines Experiment, schließlich ist das hier ja eine Forschungsstation."

Kurze Zeit später befanden sich beide im zwanzig Meter tiefen Wasser.

Kaum hatte sich die Wasseroberfläche über Sophia geschlossen, befand sich diese in einer anderen Welt. Sie hörte nur noch ihre regelmäßigen Atemzüge und das Geräusch des Mundstücks, das natürlich ein normales Atemgerät war. Für das neue Gerät musste sie wohl oder übel erst mal zeigen, dass sie mit der herkömmlichen Ausrüstung umgehen konnte. Sophias Befürchtungen, sie könne nach so langer Zeit nicht mehr tauchen, waren grundlos gewesen. Alle Tests vom Brilleausblasen bis hin zum An- und Ablegen des Geräts am Meeresboden verliefen reibungslos.

„So, dann lass uns mal eine Runde drehen", hörte Sophia plötzlich Stefanies Stimme in ihrem Ohr. Sie drehte sich sofort zu Stefanie um und schaute diese fragend an. Wie um alles in der Welt redete die mit ihr, wenn sie doch ein Atemgerät im Mund hatte?

„Frag nicht, das erkläre ich dir später. Du weißt doch, Experiment und so ...", erklang es wieder in Sophias Ohr. Sophia grinste und folgte Stefanie, die bereits die Führung in Richtung der tieferen Wassergebiete übernommen hatte. Und was sie da unten erwartete, konnte Sophia kaum in Worte fassen. Träge wogten die Tentakel der leuchtend roten Seeanemonen inmitten heller purpurfarbener Schwämme in der Strömung. Hellgrüne Fächerkorallen ragten anmutig neben stämmigen violetten Hirnkorallen auf. Eine Schildkröte tauchte plötzlich vor ihnen auf. Stephanie ließ sich ein Stück von ihr mittragen, in einem Tempo, dass Sophia kaum mithalten konnte. Papageienfische kreuzten ihre Bahn. Sie kamen an wunderschönen Baumkorallen mit unzähligen Clownfischen vorbei, und auch Bob, der Delfin, tauchte plötzlich auf und schwamm eine Weile neben ihnen. Das Hausriff schillerte in allen Farben des Regenbogens und entfaltete eine Pracht, die fast jede Überwasserlandschaft in den Schatten stellte. Sophia kam aus dem Staunen nicht mehr heraus.

Es gibt in der Natur nur wenig, was mit der Schönheit eines gesunden Korallenriffs konkurrieren kann, ging es ihr durch den Kopf. Als Stefanie irgendwann mal nach Sophias Luftreserve fragte und sie wohl oder übel wieder zurückmussten, konnte sie sich kaum losreißen. Sie wendeten und schwebten dicht über dem Meeresboden dahin. Amüsiert beobachtete Sophia zwei Clownfische, die in eine Spalte huschten, als ein blau getüpfelter Rochen auf der Suche nach einem Imbiss vorüberzog. Als sie schließlich auftauchten, stellte Sophia nicht nur fest, dass sie fast zwei Stunden unterwegs gewesen waren, sondern sie auch einen unwahrscheinlichen Durst hatte. Trotzdem wollte sie endlich wissen, wie die Stimme von Stefanie in das kleine Gerät an ihrem Ohr gekommen war.

„Lass uns erst duschen und umziehen. Ich erzähle es dir ja gleich."

„Das will ich auch hoffen!"

Als dann die Anzüge gewaschen waren, die Flaschen am Kompressor standen, die Flossen und Brille aufgeräumt waren und Sophia und Stefanie mit einer Flasche Mineralwasser im Liegestuhl lagen, hakte Sophia wieder nach.

„Ich weiß es ehrlich gesagt nicht", meinte Stefanie.

„Wie? Du weißt es nicht?"

„Es ist eine Erfindung von Steve. Aber es funktioniert nicht bei allen."

„Ja – und wie redest du nun?"

„Ich rede nicht, ich denke."

„Du denkst? Du meinst Gedankenübertragung und so?"

Sophia war fasziniert.

„Ich weiß, das klingt unglaublich, aber irgendwie ist es schon eine Art von Telepathie, ja. Natürlich kann man das messen und testen und so. Aber ich kann es nicht wissenschaftlich exakt erklären. Ich weiß nur, dass es unter Wasser besser funktioniert als über Wasser. Das hat wohl was mit der Leitfähigkeit des Wassers zu tun. In Salzwasser funktioniert es noch besser als in Süßwasser. Und bei manchen klappt es gar nicht. Bei unseren Sonnenbrillenträgern geht es überhaupt nicht. Denen könnte ich zwei Geräte an die Ohren stecken und tausendmal denken – das käme nicht bei ihnen an. Sie sind und bleiben Idioten. Mich wundert es, dass es bei dir gleich geklappt hat. Das tut es bei den meisten erst nach einiger Zeit und mit viel Übung."

„Geht das umgekehrt auch?"

Steffi sah Sophia fragend an.

„Ich meine, kann ich nur was denken und jemanden mit dem Gerät meine Gedanken mitteilen, oder kann man damit auch Gedanken abhören?"

„Abhören? Auf die Idee bin ich noch gar nicht gekommen. Du meinst, dass man Gedanken abhören kann? Da muss ich mal Steve fragen. Aber hast du mehr gehört, als ich dir unter Wasser gesagt habe?"

„Nein, aber ich habe auch nicht darauf geachtet. Ich war mehr mit Schildkröten, Korallen und Delfinen beschäftigt", meinte Sophia lächelnd.

„Eigentlich ist das Gerät auf den jeweiligen User programmiert, aber wir können ja mal den Chef fragen."

„Und wie war der erste Ausflug?", fragte Steve, der plötzlich neben ihnen stand. „Wenn man vom Teufel spricht", meinte Stefanie und schmunzelte.

„Sophia hat alles mit Bravour bestanden. Sogar meinen Ohrgeräte-test."

„Du hast es einfach ausprobiert? Wir hätten vorher darüber sprechen müssen, Steffi."

„Ach was, Sophia packt das schon. Sie ist nicht mal richtig erschrocken, als sie meine Stimme hörte."

„Stimmt das?"

Sophia nickte verlegen.

„Dir ist auch nicht schwindlig oder so?"

„Nein. Mir geht es gut, sehr gut sogar, ehrlich."

Steve musterte Sophia skeptisch.

„Haben auch andere so ein Gerät?", wollte Sophia wissen, um wieder von sich abzulenken.

„Oder kann man damit auch Gedanken abhören?", warf Steffi ein.

Steve schaute nachdenklich von Steffi zu Sophia.

„Nein, Steffi ist bisher die Einzige, die ihre Gedanken anderen mitteilen kann, wenn sie es möchte. Es liegt an der Art ihrer Gehirnwellen. Gedanken sind Energie, die sich bündeln lässt, aber wie gesagt – das klappt nicht bei jedem. Und nein, ein Gedankenlesegerät ist das eigentlich nicht. Es haben außer mir, Mike und Steffi auch noch nicht viele versucht. Ausgenommen Sophia heute vielleicht!" Steve schaute Sophia schmunzelnd an.

„Nein!", antwortete Sophia bestimmt. „Ich habe nur das Empfänger-teil von Steffi bekommen."

„Da bin ich aber beruhigt!" Steve grinste.

Das Thema wurde gewechselt.

Gemeinsam bewunderten sie noch den Sonnenuntergang, teilten sich einige *Corona*, bis der Institutsleiter sich verabschiedete.

„Der ist echt in Ordnung!", murmelte Sophia. „Wenn ich da an unsere Professoren denke, ist das kein Vergleich."

„Ja, das stimmt – aber weißt du was, Sophia? Nimm das Gerät doch mit, dann wünsche ich dir noch eine gute Nacht, und du sagst mir morgen, ob es angekommen ist. So wissen wir, ob es auch über Wasser funktioniert."

„ O.k.", sagte Sophia gähnend, und gemeinsam gingen sie zu ihren Unterkünften.

Sophia war todmüde, duschte und kuschelte sich in ihr Leintuch, das die Decke aus Temperaturgründen abgelöst hatte. Beinahe hätte sie Sophias Gerät vergessen. Sie steckte es sich noch ans Ohr und schlief fast augenblicklich ein.

Sie träumte von Uwe. Sie waren gemeinsam bei einem Tauchgang, schwammen durch Höhlen und kletterten dann wieder auf das Boot der Tauchbasis. Uwe warf ihr verstohlene Blicke zu, und sie rückte zu ihm auf. Fast zufällig berührten sich ihre Finger, und kurz darauf lagen sie beide ohne Tauchanzüge in der Mitte des Boots. Sophia schreckte auf. Es war mitten in der Nacht. Der Mond schien ins Zimmer, und das Handy zeigte zwei Uhr dreißig. Was war das denn? Sie schüttelte den Kopf, um wieder einen klaren Gedanken zu fassen. Da fiel Steffis Gerät von ihrem Ohr ab. Gedankenverloren drehte sie es zwischen den Fingern. Sie legte es neben das Bett, versuchte an die morgige Arbeit zu denken und schlief wieder ein, diesmal traumlos.

Landausflug

E twas verschlafen ging Sophia am nächsten Tag Richtung Cafeteria. Ein komischer Traum war das gewesen, und ausgerechnet mit Uwe ... Da tauchte Steffi hinter ihr auf, ausgeschlafen und bestens gelaunt.

„Hi, Sophia. Ich glaub, das mit dem Gute-Nacht-Sagen hab ich dann doch vergessen, sorry."

„Ach, kein Problem. Hier ist dein Gerät wieder."

„Hey, was ist los, schlecht geschlafen?"

„Wie man es nimmt, geträumt und aufgewacht."

„Sag mal, hast du Lust, heute Nachmittag mit zum Riff raus zu tauchen? Heute sind keine Kurse geplant, und das Wasser ist spiegelglatt und glasklar."

Mittlerweile standen sie in der bereits gut besuchten Cafeteria und als Sophia gerade antworten und sich an einen freien Tisch setzen wollte, entdeckte Steffi Uwe am Tresen und zog Sophia mit dorthin.

„Morgen ihr zwei", begrüßte er sie, während sich seine Mundwinkel zu einem Lächeln verzogen.

„Hi, Uwe", begrüßte Steffi ihn grinsend.

Täuschte sich Sophia, oder fingen Steffis Augen plötzlich zu glänzen an?

„Was macht ihr heute Nachmittag?", fragte Uwe. „Ich muss rüber zum Festland. Einer der Kompressoren spinnt, und ich wollte mal Phil und Edi einen Blick darauf werfen lassen." Steffi sah Sophia hilfesuchend an. Diese schmunzelte.

„Ja, eigentlich haben wir noch nichts vor, oder Sophia?", meinte Steffi, nach wie vor verlegen. Sophia gab keine Antwort. Zum einen wusste sie noch nicht, was heute im Labor angesagt war, zum anderen wäre sie liebend gern mit Steffi tauchen gegangen. Aber sie wollte dieser auch nicht mit Uwe im Weg stehen, denn dass Steffi die Zeit lieber mit Uwe über als mit ihr unter Wasser verbringen wollte, war offensichtlich. Konnte es wirklich sein, dass sie heute Nacht Steffis Traum geträumt hatte, ohne es zu wollen? Das würde ja bedeuten, dass es doch möglich war, Steffis Gedanken zu hören, ohne dass diese es wollte. Von wegen, das Ding könne nicht Gedanken lesen.

„Sophia?", fragte Steffi wieder.

„Nein, nein, es ist nichts geplant. Ich weiß nur noch nicht, wann ich im Labor fertig bin."

„Ach komm", meinte Uwe, „wäre doch ganz lustig, mal wieder einen Fuß auf das Festland zu setzen. Wir warten auf dich, und länger als bis fünfzehn Uhr wird es bei den Laborratten schon nicht dauern."

Uwe strahlte Sophia an, wofür diese von Steffi einen finsteren Blick erntete. Aber schließlich nickte Sophia, nahm ihren Kaffee und verabschiedete sich. Sie musste unbedingt mit Steve reden wegen ihres Traums und ihrer Theorie.

Aber an diesem Vormittag wurde erst mal nichts mehr aus diesem Vorhaben.

Sophia hielt sich immer noch im Genetikteam auf, und dieses war im Moment unterbesetzt, weil ein Mitarbeiter überraschend von einem Landurlaub nicht mehr zurückgekommen war. Es hieß, er habe ein besseres Angebot erhalten. So hatten alle genug zu tun, und als Sophia auf die Uhr sah, war es bereits vierzehn Uhr dreißig. Sollte sie nun mit Steffi und Uwe hinüber auf das Festland fahren? Sie wäre ja lieber tauchen gegangen, aber allein ging das nicht, und Mike wollte sie nicht fragen. Sie bekam schon weiche Knie, wenn sie nur an ihn dachte. O Mann, sie war auf dem besten Weg, sich in den Junior vom Chef zu verlieben, doch das wollte sie auf keinen Fall. Außerdem war er so launisch. Entweder er beachtete sie kaum, oder er stand einfach nur da und lächelte sie an, dass es ihr ganz schummrig wurde. Ach, was soll's, dachte sie, Phil zu treffen, sich ein wenig auf der Werft umzusehen und vielleicht irgendwo einen Milchkaffee zu trinken, ist auch eine nette Alternative an einem freien Nachmittag.

So lief Sophia gegen fünfzehn Uhr hinüber zur Tauchstation, warf einen sehnsüchtigen Blick auf ihre Tauchbox und das Meer und traf sich dann mit Steffi und Uwe am Steg.

„Hey, Sophia, hast dich also doch noch losreißen können von den Labormäusen." Uwe schmiss den Motor an.

„Dann Leinen los!", rief Steffi, und Sophia sprang ins Boot. Während der Fahrt himmelte Steffi Uwe unentwegt an, sodass Sophia aktiv mit Wegschauen beschäftigt war. Uwe erwiderte den Flirt mit Steffi, und Sophia musste plötzlich an den Traum von heute Nacht denken. Sie lachte laut auf. Steffi sah sie fragend an.

„Irgendwie habe ich gerade ein kleines Déjà-vu", erklärte Sophia entschuldigend.

„Du auch?", fragte Steffi besorgt.

Anders als du meinst, dachte Sophia und nahm sich fest vor, auch mit Steffi über den nächtlichen Traum zu reden.

„Du magst ihn sehr, oder?", fragte Sophia Steffi mit einem Seitenblick auf Uwe. Der Motor war so laut, dass dieser unmöglich das Gespräch verfolgen konnte.

„Merkt man mir das so an?"

„Ziemlich. Aber denk dir nichts, ich freu mich für dich."

„Meinst du, dass er mich auch ein wenig mag?"

O nein, ging es Sophia durch den Kopf, jetzt wird es anstrengend. Sie seufzte.

„Hätte er dich sonst gebeten, heute mitzukommen? Außerdem sprechen seine Blicke Bände, und er schaut ständig zu dir herüber."

„Meinst du wirklich?"

„Klar, sieh doch selber."

In diesem Moment blickte Uwe direkt zu Stefanie, die auch noch prompt rot wurde. Sophia seufzte erleichtert auf und hoffte, sich möglichst schnell auf die Werft verkrümeln zu können, um die beiden sich selbst zu überlassen.

An Land nahm Sophia auch deshalb schnell das kaputte Teil des Kompressors und schlug vor, dass sie es alleine zu Phil und Edi bringen könnte. Währenddessen könnten Uwe und Steffi doch in die Stadt gehen. Die beiden nahmen das Angebot sofort an, und man verabredete sich zwei Stunden später an der Werft.

Als Sophia dort kurz darauf ankam, fand sie die Werft zwar offen, aber verlassen vor. An der Tür hing ein Schild mit der Aufschrift: *Sind gerade bei einem Kunden. Bitten um etwas Geduld. Wir kommen gleich wieder. Phil und Edi!*

So beschloss Sophia, eine Weile zu warten. Allerdings war Geduld nicht gerade ihre Stärke, und als sich nach zwanzig Minuten immer noch kein Phil und kein Edi blicken ließ, legte sie das defekte Teil mit einem Zettel auf den Tisch: *Bin auch gleich wieder da. Gruß Sophia.*

Sie entschied, in der Stadt einen Kaffee zu trinken. Es war ein wunderschöner, warmer Nachmittag. Ein leichter Wind wehte, sodass die Hitze durchaus angenehm war, und schon bald entdeckte Sophia ein kleines, gemütliches Café mit hübschen Stühlen und kleinen Tischen. Als sie näher trat, stutzte sie und musste innehalten. Sie traute ihren

Augen kaum. Saßen da an einem Tisch nicht zwei von der Sonnen-
brillengang? Und zwar ohne Sonnenbrillen? Und das, obwohl heute
ja wirklich die Sonne schien! Sophia schüttelte verwundert den Kopf.
Doch noch während sie so dastand und staunte, bekamen die beiden
Gesellschaft. Zwei Fremde ließen sich an deren Tisch nieder und wurden freundlich begrüßt. Sophia suchte sich einen Platz, von wo aus
sie die beiden „Sonnenbrillen" von vorne betrachten konnte, um endlich deren Augen zu sehen. Es dauerte nicht lange, und ihre Neugierde wurde mit einem direkten Blickkontakt belohnt, der durchaus
freundlich war. Die Augen wiesen einen warmen, rotbraunen Ton
auf. So eine Farbe hatte Sophia noch nie gesehen. Und irgendetwas
hatten diese Augen an sich, das sie nicht verstand. Als die beiden
Fremden wieder aufstanden, bekam sie einen Gesprächsfetzen mit:
„Bis gleich!"
„Ja, der Bus in der Parallelstraße."
Sie konnte sich keinen Reim darauf machen.
Als sich die Besucher verabschiedet hatten, baten sie die beiden „Kollegen" mit den seltsamen Augen ohne Worte an ihren Tisch. Eine
kleine Geste mit der Hand und ein einladendes Lächeln unterstrichen
die Aufforderung. Doch Sophia lehnte dankend ab und deutete entschuldigend auf ihr linkes Handgelenk, an dem sich zwar keine Uhr
befand, sich eine solche aber hätte befinden können. Stirnrunzelnd
wandte sich der eine Brillenträger zum anderen und schüttelte den
Kopf. Jetzt sah auch der andere her und winkte ihr zu. Doch auch
diese Einladung nahm Sophia nicht an. Irgendetwas war sonderbar
mit den beiden, fand sie. Im Institut so zurückgezogen und abweisend, und hier so einladend? Sophia machte keine Anstalten, zu den
beiden hinüberzugehen, und widmete sich erneut ihrem Kaffee. Die

Sonnenbrillenträger zuckten mit den Schultern, und als zwei weitere Touristen die Straße entlangkamen, winkten sie diese zu sich heran, woraufhin sich der Mann und die Frau zu ihnen gesellten, als wären es alte Bekannte. Jetzt wurde Sophia noch neugieriger. Sie versuchte sich auf das Gespräch vom Nebentisch zu konzentrieren. Es ging wohl um eine Stadtrundfahrt, die an diesem Nachmittag stattfinden sollte, und die beiden Fremden wurden dazu eingeladen. Verdienten sich jetzt schon die Institutsmitarbeiter als Stadtführer etwas dazu? – Merkwürdig. Sophia bestellte sich noch einen Cappuccino und beobachtete, wie das Pärchen aufstand und sich herzlich verabschiedete. Die Plätze bei den beiden „Sonnenbrillen" blieben aber nicht lange leer. Kaum waren die einen aufgestanden, setzten sich schon die nächsten.

Sophia stutzte. Wie viele Bekannte hatten die denn noch, die sie auf eine Stadtrundfahrt mitnehmen wollten?

Nachdem sie nochmals zwei Cappuccino bestellt hatte und sich sicher war, diese Nacht im Koffeinschock zu verbringen, zahlte sie und stand auf. Die beiden am Nachbartisch waren schon wieder in ein Gespräch vertieft, so nickte sie ihnen nur kurz zu und machte sich in Richtung jener Parallelstraße auf. Den Bus für die ominöse Stadtrundfahrt wollte sie jetzt auch sehen. Und da stand er. Relativ unspektakulär. Ein in die Tage gekommenes Vehikel, auf dem ein großes Schild mit der Aufschrift *Stadtrundfahrt* prangte. Das war alles.

Sophia überlegte. Sollte sie auch einfach mitfahren? So lang würde die Fahrt schon nicht dauern. Sie ging unentschlossen ein paar Schritte weiter auf den Bus zu. Und ehe sie sich versah, stand sie bereits beim Fahrer, der sie freundlich anlächelte. Er hatte ebenfalls diese rotbraunen Augen und reichte ihr ganz selbstverständlich eine

Hand. So hatte Sophia fast keine Wahl mehr und stieg ein. Der Bus war relativ gut besetzt.

„Wie viel kostet denn die Rundfahrt und wann sind wir wieder zurück?"

„Ist heute kostenlos", sagte der Fahrer, und mit einem merkwürdigen Grinsen: „Sehr lange dauert es eigentlich nie."

Sophia runzelte die Stirn. Der hatte ja einen sonderbaren Humor, aber was soll's, jetzt schaute sie sich halt die Stadt an. Es wurde kaltes Coke und Eiswasser verteilt, was Sophia nach den Heißgetränken von zuvor dankend annahm. Sie setzte sich auf einen freien Platz am Fenster und blickte sich erst mal um. Sie entdeckte die Gesichter von vorhin und auch die beiden Sonnenbrillenträger, die sich lächelnd einen bedeutsamen Blick zuwarfen, als sie Sophia erkannten.

„Ich sage dir, es reicht ein Blickkontakt!"

„Aber sie hat überhaupt nicht auf uns reagiert."

„Dennoch ist sie hier."

Sophia fand das Gespräch höchst sonderbar, aber ihr wurden plötzlich die Augenlider schwer. Mann, war sie müde. Auch die anderen Fahrgäste machten einen ziemlich schläfrigen Eindruck, obwohl die Fahrt noch nicht einmal richtig begonnen hatte. Aber es konnte ja nicht schaden, für einen Moment die Augen zu schließen, dachte Sophia noch, bevor ihr diese endgültig zufielen.

Gefangen

Im Halbschlaf drangen Gesprächsfetzen an Sophias Ohr.

„Schön, wenn die alle so dösen."

„Ja, nur letztes Mal ist die eine Blonde mittendrin aufgewacht ... war nicht so toll."

Sophia öffnete ihre Augen nur einen Spalt weit. Die Stimme hatte sie erkannt. Das war die von Julius. Was wollte der denn hier? Im selben Moment nahm sie wahr, dass es draußen plötzlich stockdunkel und weit und breit keine Stadt mehr zu sehen war. Innerhalb eines einzigen Atemzuges war sie hellwach und ihr Puls beschleunigte sich schlagartig.

„Hallo, Dornröschen", begrüßte sie Julius, der direkt neben ihr saß. „Gut geschlafen?"

Sophia sah zum ersten Mal Julius' Augen ohne Brille. Sie waren nicht nur rotbraun, sondern schienen von innen heraus zu leuchten. Sie wirkten nicht unfreundlich, hatten aber etwas Lauerndes.

„Ich habe dir doch gesagt, dass es ein baldiges Wiedersehen gibt. Nur dass du Josch und Sven auf den Leim gehst, das hätte ich nicht gedacht. Haben sie dir wenigstens einen Kaffee spendiert?"

Sophia war unfähig, irgendetwas zu sagen, geschweige denn, klar zu denken. Sie war völlig verwirrt und wie gelähmt. Alle Insassen außer Julius und seinen Freunden wirkten schläfrig. Die waren dafür mehr als beschäftigt. Fast jeder der angeblichen Gastgeber saß neben einem Touristen und redete beruhigend auf diesen ein. Wo waren diese Julius-Anhänger nur alle hergekommen? Und was führten sie im Schilde? Sophia fröstelte. Beim Aufbruch hatten sich doch fast ausschließlich Touristen an Bord befunden, und nun fiel das Verhältnis weit mehr zugunsten der Brillenträger aus. Die Beleuchtung im Bus war auf ein Minimum heruntergedimmt, sodass Sophia vom Lichtspalt, der von einer ein wenig offen stehenden WC-Tür herrührte, fast magisch angezogen war. Durch den Spalt erblickte sie zu ihrem Entsetzen ein blondes Mädchen, das auf der geschlossenen Kloschüssel saß. Josch hielt sie umarmt, sein Gesicht war vergraben in ihrem Haar zwischen Hals und Schultern. Es sah fast so aus, als würde er das Mädchen liebkosen, doch diese war wie in Trance und ließ die Schultern kraftlos hängen, während sie ins Leere starrte. Als er sich von dem Mädchen löste, trug er sie aus der Toilette und setzte sie wieder an ihren Platz. Sie war zwar leichenblass, lächelte jedoch versonnen. Josch strich ihr noch mal über die Haare, wischte sich dann mit dem Handrücken über den Mund und schleckte diesen genüsslich ab, wobei ihm ein paar Tropfen rötlicher Flüssigkeit an den Lippen hängen blieben. Dabei zwinkerte er Sophia zu, und seine Augen leuchteten in einem hellen Purpurrot. Sophia stockte der Atem.

„Bist du fertig, Josch?", fragte Julius.

„Ja, und keine Sorge, sie lebt noch. Sie wird sich kaum an mich erinnern – außer an einen zarten Kuss vielleicht", fügte er noch hinzu. Sophia ließ er dabei nicht aus den Augen. Auch Julius musterte sie.

In Sophia stieg Panik auf. Ja – sahen die anderen Fahrgäste denn nicht, was hier vor sich ging? War das etwa Blut an Joschs Lippen?

„Gut", meinte Julius, „die Verlustrate in diesem Monat ist sowieso schon etwas hoch. Also Vorsicht." Er legte den Arm um Sophias Schultern.

Sophia erschauerte und musste unwillkürlich würgen. Außerdem musste sie hier raus! Aber wie? Julius saß neben ihr, Josch stand im Gang vor ihr.

„Mir ist schlecht", murmelte Sophia und zog sich gleichzeitig am Sitz des Vordermanns hoch, den sie an den Haaren erwischte, woraufhin dieser sich verschlafen umdrehte und sie fragend ansah. Doch Julius flüsterte dem Mann etwas zu, worauf dieser sich wieder lächelnd in seinen Sitz kuschelte. Dann drückte er Sophia zurück auf ihren Platz und sagte mit einem anzüglichen Lächeln: „Ich kümmere mich gleich um dich, meine Liebe."

Sophia glaubte in seinem Grinsen ziemlich spitze Eckzähne zu erkennen, drehte den Kopf wieder zur Seite, würgte erneut und hielt sich eine Hand vor den Mund. Sie musste hier raus! Verzweifelt hievte sie sich wieder hoch und drängte sich an Julius vorbei. Doch dieser zog sie auf seinen Schoß. Er strich ihr fast zärtlich eine Haarsträhne aus dem Gesicht, und Sophia konnte den nächsten Brechreiz kaum unterdrücken. Sie riss sich los und stand schließlich im Gang. Dabei hielt sie sich an zwei Sitzen fest und stellte nun mit weit aufgerissenen Augen und weichen Knien fest, dass der eine Teil der Mitfahrenden schlief und der andere vor sich hindämmerte. Julius ließ Sophia gewähren, als wäre er sich seiner Beute sicher. Sophia beobachtete, dass einige der Insassen so blass waren wie das blonde Mädchen vorhin; andere befanden sich dagegen eng umschlungen mit den Sonnenbrillenträgern auf ihren Sitzen oder im Gang, und wieder andere stierten einfach nur ins Leere. Keiner schien zu begreifen, dass sie alle in Lebensgefahr schwebten und mit einer Horde durchgeknallter Vampire unterwegs waren. Sie bekam fast keine Luft mehr, dachte an Mike und wünschte sich ihn so sehr herbei, dass es fast wehtat. Sie rief in Gedanken Phil um Hilfe und wünschte sich, dass das hier nicht das Ende sein würde.

„Hey", rief nun Sven, der sich kurz aus der Umarmung mit der Frau löste, die Sophia noch vor einigen Stunden am Kaffeetisch sitzen gesehen hatte, „lass die Kleine doch kurz raus. Vielleicht ist ihr von den K.o.-Tropfen im Wasser wirklich schlecht geworden. Die kotzt uns noch die Sitze voll. Außerdem bringt die hier nur Unruhe rein."

Es stimmte. Mittlerweile drehten sich schon ein paar mehr Köpfe zu ihr um. Doch als die augenscheinlichen Vampire den aufwachenden Menschen mit ihren rot leuchtenden Augen wieder behutsam zuredeten, seufzten die meisten zwar, ließen sich aber ohne Weiteres wieder in einen Dämmerzustand versetzen.

„Ich habe das Gefühl, dass unsere Hypnose bei ihr nicht so funktioniert", warf nun Josch ein, „das habe ich mir schon im Café gedacht. Also nimm sie dir gleich, Julius, oder spiele draußen mit ihr. Sie kann dir wohl kaum davonlaufen, oder?"

Fast mitleidig warf Josch einen Blick auf Sophia, die sich mittlerweile hundeelend fühlte. Panikwellen durchliefen sie.

„Raus hier!", rief ihr eine innere Stimme zu. Sie stolperte einen Schritt vorwärts. Knapp vor ihr befand sich die Treppe zur Bustür. Hinter ihr stand Julius, der wohl noch unschlüssig war, was er tun sollte, denn wieder ging Sophia einen Schritt weiter zur Tür, ohne dass sie von hinten gepackt wurde. Der Bus hatte inzwischen gehalten. Draußen herrschte tiefe Nacht. Wie durch ein Wunder öffnete sich plötzlich die Bustür, und Sophia verspürte den heftigen Impuls, darauf zuzustürmen, doch die innere Stimme sagte ihr, dass sie ihre Chancen, aus dieser Geschichte wieder heil herauszukommen, nicht erhöhte, wenn sie jetzt losrannte. Ihre Beine waren sowieso zittrig, und sie fühlte sich so schwach, dass sie wahrscheinlich keine zehn Meter weit gekommen wäre. So schwankte sie langsam nach draußen, hielt sich an der Tür fest, schnappte nach Luft und nahm aus den Augenwinkeln wahr, dass sie direkt neben einer Hauptstraße an einem großen Platz standen, auf dem einige Autos parkten. Julius blieb dicht hinter ihr, drehte sich aber immer wieder weg, wenn Sophia spuckend und würgend innehielt.

Nur noch ein paar Schritte zu einem größeren Van, dachte Sophia, der die Nachtluft wieder neue Energie schenkte. Vielleicht kann ich ja doch noch irgendwie flüchten!

Da hörte Sophia ein herankommendes Motorengeräusch, das immer lauter wurde, und glaubte auch ein leises, böses Knurren, wie von einem Tier, in der Ferne zu hören. Jedenfalls hatte sie den Van gerade erreicht, als ein Motorrad mit quietschenden Bremsen im Schotter neben ihr hielt. Sophia traute ihren Augen nicht, als sie Phil erkannte, der mit zerzausten Haaren und einem schiefen Grinsen seinen Arm nach ihr ausstreckte und sie zu sich auf die BMW zog. Sie saß noch nicht einmal richtig, als er schon wieder Gas gab.

„Du bist ja nicht gerade in bester Gesellschaft!", rief er ihr zu. Sophia war so erleichtert, dass sie darauf erst mal keine Antwort gab. Außerdem fühlte sie sich viel zu erledigt. Da ertönte ein wütender Schrei hinter ihnen, und sie drehte sich unwillkürlich um. In der vom Vollmond erhellten Nacht rannte Julius mit wutverzerrtem Gesicht und leuchtend roten Augen hinter ihnen her. Und dahinter glaubte Sophia einen weiteren Schatten wahrzunehmen, der ebenfalls hinter ihnen herjagte. Sie drehte sich wieder nach vorn.

„Gib Gas, Phil!", schrie sie panisch. Gleichzeitig nahm sie aus den Augenwinkeln wahr, dass Julius immer weiter aufholte. Wie konnte das sein? Das Motorrad heulte auf, als Phil erneut Gas gab. Sie rasten in der mondhellen Nacht die Straße entlang. Kieselsteine und Grasbüschel flogen auf, als Phil von der Straße abkam und auf dem unbefestigten Randstreifen entlangschlitterte. Als er bei fast zweihundertzehn Stundenkilometern in den Rückspiegel sah, traf er eine Entscheidung.

Julius hatte trotz der Geschwindigkeit wie durch ein Wunder zunehmend aufgeholt. Sophia glaubte seinen Atem im Nacken zu spüren, als Phil die BMW plötzlich auf hundert herunterbremste, aufsprang und Sophia zurief: „Schau nach vorn und halt dich an meinen Beinen fest, egal, was passiert!" Sophia traute ihren Ohren nicht.

„Spinnst du?" Sie drehte sich noch mal um und sah Julius unmittelbar vor sich. Sein Blick drückte Begierde aus. Siegessicher lächelte er und war im Begriff, nach ihr zu greifen. Sophia schrie auf, hielt sich an Phils Beinen fest und rechnete jeden Moment damit, dass Hände von hinten nach ihr griffen. Sie hatte noch nie so viel Angst gehabt. Trotzdem konnte sie es nicht lassen, sich wieder umzudrehen. Julius' Gesichtszüge hatten sich geändert. Sie waren nicht siegessicher, sondern wutverzerrt. Mit einem riesigen Satz sprang er auf sie zu. Sophia schrie panisch auf und klammerte sich verzweifelt an Phil. In diesem Moment löste sich ein Schatten aus der Dunkelheit. Wütend schreiend, stürzte sich dieser mit ausgestreckten Armen und Beinen auf Julius und prallte schließlich mit ihm zusammen. Es klang, als würden Felsen aufeinanderkrachen. Gleichzeitig hatte Sophia das Gefühl, die Szene von weiter oben zu beobachten und nicht mehr vom Sitz des Motorrads aus. Sie schaute nach unten, und tatsächlich, das Motorrad lag umgekippt auf der Straße, und sie selbst befand sich mindestens zehn Meter über dem Boden. Dabei ging es weiter nach oben. Sie hielt sich auch nicht mehr an Phils Hosenbeinen fest, sondern hing an den

Beinen eines riesigen Adlers. Die ganze Szene war mehr als skurril. Es musste ein Traum sein. Wahrscheinlich kam jetzt gleich ihr Großvater vorbei und winkte ihr zu. Doch es war nicht ihr Großvater, der mit ihr redete, sondern Phil. Er fragte, ob soweit alles o.k. sei mit ihr. Der hatte vielleicht Nerven.

Ob alles o.k. sei? Sie hing in den Klauen eines Greifvogels, eines Phil-Vogels, hatte eine Verfolgungsjagd mit Vampiren hinter sich und K.o.-Tropfen im Blut. Und er fragte, ob alles o.k. sei.

„Ist noch alles dran an dir?", fragte er wieder.

„Ja!"

Soweit sie es beurteilen konnte, stimmte das auch. Phil holte noch weiter mit seinen mächtigen Flügeln aus und schraubte sich nach oben. Sophia blieb nichts anderes übrig, als sich festzuhalten.

„Sophia!", glaubte sie plötzlich eine tiefe Stimme zu vernehmen. Es war eine Stimme, die sie unter Hunderten anderer herausgehört hätte.

„Mike?"

Die Stimme gehörte ihm, ganz sicher. Aber sie hing hier in fünfundvierzig Metern Höhe über der Erde, wo also sollte plötzlich Mike herkommen? Wahrscheinlich war sie nun vollends übergeschnappt.

Inzwischen befanden sie sich an der Küste. Der Vollmond ließ die Meeresoberfläche silbern schimmern. Der Gegenwind zerrte an ihren Haaren, und der Adler gewann weiter an Höhe. Schon waren sie über dem Meer. Vereinzelte Wolken zogen erst über ihnen und dann neben ihnen vorbei. Wenn das alles nicht so bizarr gewesen wäre, hätte Sophia den Flug genossen. So aber behielten Verwirrtheit und Beklommenheit die Oberhand.

Nach einer Weile tauchten am Horizont einzeln stehende Felsen auf. Als sie näher kamen, stellte sich heraus, dass es sich um etwa zwölf Meter hohe, senkrecht im Wasser stehende Steinformationen handelte. Jede von ihnen trug eine Plattform von beachtlichen Ausmaßen. Bestimmt zwanzig auf fünfzehn Meter, schätzte Sophia. Insgesamt waren es fünf solcher Felsen. An ihrer rauen Oberfläche brachen sich die Wellen, und Gischt schäumte auf. Der größte Felsen befand sich in der Mitte, und auf ihm sah Sophia drei weitere Riesenvögel hocken. Relativ unsanft wurde sie inmitten der anderen Adler abgesetzt. Sie rappelte sich auf und sah in drei nicht gerade freundlich dreinblickende Augenpaare. Phil oder, besser gesagt, der Phil-Adler stand hinter ihr.

„Sag mal, Phil, bist du völlig übergeschnappt?", fragte das zierlichste Tier der Runde. Allerdings hörte Sophia die Stimme nur in ihrem Kopf, denn der Schnabel bewegte sich nicht. Sophia war sicher, dass es sich um ein weibliches Tier handelte. Und tatsächlich, als Phil antwortete, stellte sich heraus, dass der Vogel Maria hieß.

„Ich konnte nicht anders. Julius und seine Bande hätten sie sonst geschnappt. Sie hatten sie eigentlich schon."

„Hier haben Menschen keinen Zutritt. Es ist Gesetz, dass bestimmte Grenzen nicht überschritten werden dürfen. Du warst in Julius´ Revier. Das geht uns nichts an. Er hat seinen Vertrag bisher noch nie gebrochen", warf eine tiefe männliche Stimme ein, die, so vermutete Sophia, zu dem größten Adler der Runde gehörte. Staunend hörte sie zu. Zu mehr war sie nicht in der Lage. „Das will ich ihm auch geraten haben", entgegnete die Phil-Stimme wieder.

„Aber du, du hast den Vertrag gebrochen, indem du in sein Revier vorgedrungen bist."

„Dass wir hier leben können, verdanken wir dem Stillschweigen um uns. Unser Geheimnis muss unbedingt und um jeden Preis gewahrt bleiben", sagte nun die dritte Stimme in der Runde, die etwas hysterisch klang.

„Und wie willst du Stillschweigen bewahren, wenn du ein Mädchen hierherbringst?", fragte Maria.

„Ich sehe da nur eine Möglichkeit", zischte da die Stimme von vorher, und ein Schnabel näherte sich ziemlich schnell und zielstrebig dem Kopf von Sophia. Der Adler mit Phils Stimme trat dazwischen.

„Unterstehe dich, Sybill!", zischte er.

Diese zeigte sich ziemlich unbeeindruckt.

„Du kennst das Gesetz, und ich hatte noch nichts zum Abendessen."

„Wir sind immer noch Menschen, wenn auch mit einer besonderen Gabe, vergiss das nicht, Sybill!", warf nun wieder die tiefe, sonore Stimme ein.

„Und als Menschen fallen wir nicht über Artgenossen her."

„Das siehst du und Eduard vielleicht so. Mir schmeckt rohes Fleisch frisch geschlagen am besten, so wie Julius auch lieber körperwarmes Blut trinkt, als Hamburger mit Pommes isst. Also lass mich durch, Stephano. Wir sind hier auf unserem Gebiet. Das ist mein Abendessen."

Sybill hackte zielstrebig Richtung Sophia. Diese versuchte auf allen vieren aus dem Kreis der Vögel auszubrechen. Phil wiederum hackte nun nach Sybill, was diese sich nicht gefallen ließ. Der Stephano-Vogel versuchte zwischen Phil und Sybill zu treten, die bereits ineinander verkeilt waren. Sophia beobachtete das Schauspiel mit weit aufgerissenen Augen. Federn flogen, als plötzlich ein lang gezogener

Schrei vom Himmel ertönte und sich der Mond kurzzeitig verdunkelte. Sophia hielt sich erschrocken die Ohren zu. Ein weiterer riesiger Adler näherte sich der Felseninsel. Es dauerte nicht lange, da hörte sie eine zornige Stimme wie ein Donnergrollen.

„Schluss jetzt!"

Phil und Sybill ließen voneinander ab. Man konnte sehen, dass sie es nur ungern taten. Phil hatte einen hängenden Flügel, und Sybill humpelte etwas zur Seite, um dem Ankömmling Platz zu machen. So langsam wurde es eng auf dem Plateau. Sophia war inzwischen an die Felskante gerutscht und hatte ein paar Meter Abstand zwischen sich und den Adlern gebracht. Im Notfall spring ich, dachte sie, woraufhin sie der gerade angekommene Adler prüfend ansah. Er zwinkerte ihr zu und schüttelte fast unmerklich den Kopf.

„So, jetzt beruhigen sich erst mal alle."

Sophia erkannte jetzt auch die Stimme. Sie gehörte zu Edi.

„Geh zur Seite, Eduard. Du magst zwar unser Anführer sein, aber wir halten uns trotzdem an das Gesetz. Das Mädchen muss weg. So oder so."

Sophia rutschte weiter Richtung Kante. Sie wusste nicht wieso, aber sie dachte an Mike, an seine tiefblauen Augen und an sein unwiderstehliches Lächeln. Sie wollte wenigstens einen schönen Gedanken mit sich tragen, bevor sie in die Tiefe sprang. Denn eines war sicher: Sie würde sich weder von irgendwelchen Vampiren aussaugen lassen, noch als Futter für zickige Adler dienen. Doch Edi stellte sich zwischen sie und Sybill.

„Wir werden den Rat einberufen und dann entscheiden, wie wir mit dieser Situation umgehen. Ich habe die anderen bereits verständigt. Wir werden jetzt das Feuer entzünden und uns zurückverwandeln, damit die anderen zu uns stoßen können. Ansonsten wird es zu eng hier oben."

„Dann hört die Göre jedes Wort, das wir sagen", warf Sybill ein. „In unserer jetzigen Gestalt gehören uns wenigstens unsere Gedanken." Sophia war verwirrt, sie hörte doch jetzt schon jedes Wort. Edi sah sie an und schüttelte wieder unmerklich den Kopf. So blieb Sophia sitzen und schwieg.

„Du hättest das nicht tun dürfen, Phil. Du hast gegen das Gesetz verstoßen, und ich weiß nicht, wie der Rat entscheiden wird", sagte Edi zu Phil gewandt. Dieser zuckte zusammen. Inzwischen hatte Phil wieder menschliche Gestalt angenommen. Da tauchte der Adlerkopf von Sybill ziemlich plötzlich und in unmittelbarer Nähe von Phils verletztem Arm auf. Edi warf ihr einen drohenden Blick zu. Erst dann drehte sie sich zögernd um, um sich ebenfalls zurück zu verwandeln. Sophia atmete merklich auf. Phil stand neben ihr.

„Geht es dir gut?"

Sophia wollte schon den Kopf schütteln, doch sie sah seinen besorgten Blick und lächelte tapfer. Edi hatte inzwischen ein Feuer in der Mitte der Plattform angezündet, und dort standen nun außer ihm noch ein großer Mann und zwei Frauen. Sophia betrachtete die Gesichter im Feuerschein. Sybill war eine Frau, etwa Mitte vierzig, mit einer Hakennase und sehr unruhigen, unablässig hin und her zuckenden Augen. Als sie Sophias Blick wahrnahm, kniff sie die Augen zusammen und schaute weg. Daneben stand Stephano, ein älterer Mann mit freundlichem Gesicht und einem durchtrainierten Körper. Er sah durchaus wohlwollend zu Sophia hinüber. Dann war da noch ein Mädchen, jünger als Sophia, wahrscheinlich vierzehn oder fünfzehn. Sie wirkte eher verschüchtert und schien sich nicht so wohl in der

Runde zu fühlen. Edi drehte sich um und deutete Phil und Sophia, auch zum Feuer zu kommen. Phil warf Sybill einen wütenden Blick zu, doch diese lächelte nur süffisant.

„Hast du etwa Angst vor mir?", zischte sie Phil entgegen.

Phil wahrscheinlich nicht, dachte sich Sophia, aber ich.

Da ertönte ein Rauschen am Himmel, und fünf große Schatten verdunkelten wieder den hellen Mond. Weitere Adler stießen zu ihnen herab. Wie sie es schafften, war Sophia schleierhaft, aber als sie das Plateau erreichten, hatten sie bereits menschliche Gestalt angenommen. Es waren nochmals vier Männer und eine Frau. Teils argwöhnisch, teils neugierig äugten sie zu Sophia hinüber.

„Was liegt an, Eduard?", fragte ein sympathischer Mittdreißiger, „sind wir wieder mehr geworden, oder wer ist die Neue in der Runde?"

„Futter, sonst nichts", kam es aus Sybills Richtung, die dafür einen zornigen Blick von Stephano erntete.

„Wir haben hier ein kleines Problem", antwortete Edi, „aber bevor wir ins Detail gehen, möchte ich euch eine Geschichte erzählen.

Alle setzten sich und Edi begann: „Vor langer Zeit gab es einen Sturm, einen Orkan, wie ihn die Welt noch nicht erlebt hatte. Grelle Blitze flammten auf und teilten das Meer. Alle Lebewesen zu Wasser, zu Land und in der Luft suchten nach einem sicheren Versteck. In dieser Nacht war auch Serinus mit seiner Frau und seiner Tochter unterwegs, ein Vorfahre der Seeadler, größer und kräftiger als die heutige Spezies. Durch den Sturm waren sie viele Meilen von ihrer Heimat abgetrieben worden. Serinus versuchte ein Versteck für sich und seine Familie zu finden, als plötzlich ein Blitz aus den Wolken zuckte und seine Frau tödlich verletzt ins Meer stürzte. Dabei wurde sie nicht von den Wellen aufgefangen, sondern fiel direkt auf den harten Meeresgrund. Denn sogar das Meer hatte sich aus Respekt vor den Himmelsgewalten von seinem normalen Ort zurückgezogen. Serinus versuchte seiner Frau zu helfen, doch sie starb noch in seinen Armen. Aus Liebe zu seiner Frau blieb er bei ihr sitzen. Um ihn herum wütete der Sturm. Blitze schlugen unablässig in der Nähe ein. Doch der Schmerz über den Verlust seiner Frau ließen ihn die Naturgewalten um ihn herum vergessen. Er wollte nur noch eines: mit ihr sterben. Virginia, seine Tochter, versuchte verzweifelt, ihren Vater zu überreden, bei einer nicht weit entfernten Felsengruppe Schutz zu suchen. Erfolglos. Sie war so geschwächt, dass sie Mühe hatte, sich selbst zu den Felsen zu schleppen. Ein Donner grollte plötzlich lauter als alle anderen, und ein gewaltiges Rauschen war zu hören, als Virginia eine riesige Wassersäule auf sich zurasen sah. Beim nächsten Blitz wurde sie sich des herannahenden Wassers bewusst, das sich seinen alten Platz zurückerobern wollte. Da sah sie einen Menschen am Meeresgrund liegen. War das ihre Rettung? Sie brauchte dringend Blut, um Kraft zu tanken. Er war bereits blutüberströmt, und ein anderes Wesen mit rot funkelnden Augen stahl sich gerade Richtung Felsgruppe davon. Einen verzweifelten Blick auf ihren Vater werfend und ausgehungert wie sie war, stürzte sie sich auf den sterbenden Menschen. Doch anstatt zu brüllen und um sich zu schlagen, wie sie es bisher von ihrer Beute gewöhnt war, sah dieser ihr lediglich in die Augen, lächelte sie an und sagte mit schwacher Stimme: „Ich bin Raffael. Rette dich!"

Virginia war vom ersten Moment an von diesen Augen verzaubert. Niemals hätte sie diesem Menschen etwas antun können. So nahm sie den verletzten Raffael mit ihren Klauen vorsichtig auf und flog mit ihren letzten Kraftreserven auf das Plateau, auf dem wir uns heute befinden. Sie schwor sich, falls sie diese Nacht überleben sollte, würde sie keine menschliche Beute mehr schlagen."

Edi schloss die Augen, lehnte sich zurück und begann eine Melodie zu summen, in die die älteren Mitglieder der Runde mit einstimmten. Das Feuer war inzwischen heruntergebrannt. Sophia fröstelte. Holzscheite wurden wieder in die verglimmende Glut gelegt.
„Und was passierte weiter?", fragte Maria.
Eduard blickte sie an und lächelte.
„Das weiß niemand so genau. Es gibt verschiedene Überlieferungen. Jedenfalls soll es seit dieser Zeit Vogelmenschen geben."

Lange Zeit sprach niemand ein Wort. Dann, nach einer halben Ewigkeit, ergriff Stephano das Wort und schilderte den Neuankömmlingen den augenblicklichen Sachverhalt. Dabei erkannte Sophia, dass sich alle Mitglieder des Vogelclans durch ihre Gedanken verständigen konnten. Zumindest, wenn sie nur eine gewisse Distanz voneinander getrennt waren. Die Verbindung in Vogelgestalt ging sogar so weit, dass die einzelnen Clanmitglieder ihre Gedanken und Gefühle von den anderen gar nicht geheim halten konnten, selbst wenn sie wollten. So hatten Edi, Stephano, Sybill und Maria Phils Aktion fast live miterlebt, wohingegen der andere Teil der Gruppe zu weit entfernt war.
„Phil ist wissentlich in das Rückzugsgebiet der Vampire eingedrungen und hat Sophia mitgenommen. Niemals wurde bisher von jemandem diese Grenze überschritten, außer es ging um das Leben eines Clanmitglieds. Das ist das Gesetz, und dagegen ist verstoßen worden.

Des Weiteren wurde ein Mensch in unser Rückzugsgebiet gebracht. Auch das ist ein Verstoß gegen geschriebenes Recht."

Stephano holte kurz Luft.

„Wir hatten bisher keine Vertragsverletzungen beiderseits. Deshalb heißt es jetzt zu überlegen, wie wir damit umgehen sollen."

Sybills Augen schienen Funken zu sprühen. Sophia rückte etwas näher zu Phil. Eduard ergriff das Wort und forderte alle Clanmitglieder auf, Vogelgestalt anzunehmen, um über diese Frage zu debattieren. Sophia wurde nicht beachtet, und Phil musste seine menschliche Gestalt behalten. Sie standen nun außerhalb der Gruppe.

Phil wurde sichtlich blass und wandte sich an seinen Vater.

„Ja, aber die hätten sie umgebracht, Vater, bitte!!"

Doch Eduard hatte bereits seine Adlergestalt angenommen und stand mit dem Rücken zu ihnen. Sophia zitterte. Da glaubte sie eine Stimme zu hören: „Hab keine Angst, und hör nur zu, egal, was passiert, und sag kein Wort!"

Sophia konnte die Stimme niemandem zuordnen. War es vielleicht nur ihr eigenes Unterbewusstsein am Rande einer Panikattacke, das hier sprach?

Phil wollte zum Feuer, um das nun neun Adler herumstanden, doch instinktiv hielt Sophia ihn am Ärmel fest und schüttelte den Kopf. In diesem Moment drehte sich ihr der Edi-Adlerkopf zu und zwinkerte ihr mit einem Auge zu. Phil und Sophia setzten sich an den Klippenrand. Der Mond war gerade am Untergehen, aber dafür loderte das Feuer auf dem Plateau wieder hell auf.

„Was willst du diskutieren? Da gibt es nichts zu diskutieren. Unser Geheimnis muss vor den Menschen um jeden Preis gewahrt bleiben. Das hast du selbst gesagt. Sie würden uns jagen, uns einsperren und uns studieren. Ich verstehe sowieso nicht, wie du das Institut unterstützen kannst."

„Es gibt auf dieser Welt noch einiges mehr zwischen Himmel und Erde als Menschen und Vögel und uns, Sybill. Als die Welt noch groß war – und das war sie damals zu Virginias Zeiten –, konnte jede Art sich ihre Nische suchen und sich ausbreiten. Es war für alle Lebensraum da. Die Welt wird kleiner, und da müssen wir uns arrangieren und Verträge schließen, dass wir auch morgen noch einen Platz zum Leben haben. Steve weiß das, und er unterstützt uns mehr, als du glaubst. Aber ich muss dir recht geben, gegen genau diesen Vertrag ist anscheinend verstoßen worden."

„Was willst du uns damit sagen, Edi?", fragte Stephano, „verurteilst du deinen Sohn? Im Prinzip hat er ein Leben gerettet."

„Aber aus dem Rückzugsgebiet der Vampire. Da hat Phil keine Zugangsberechtigung. Was würden wir tun, wenn plötzlich die Vampire beschließen, uns ebenfalls als Futter zu betrachten? Ich habe mich bis jetzt jedenfalls nicht getraut, in die hypnotischen Augen von denen zu sehen. Zumindest nicht als Mensch", warf Maria ein.

„Das Mädchen muss weg, und Phil müssen wir ausliefern. Nur dann sind wir nach wie vor sicher", stimmte nun einer der Neuankömmlinge Sybill zu.

„So ein Unsinn. Das muss man doch irgendwie regeln können. Hat Julius denn schon irgendwas verlauten lassen?"

„Natürlich nicht, das Ganze ist ja kaum eine Stunde her. Der tobt bestimmt noch", sagte Stephano.

Da ergriff Edi wieder das Wort: „Wenn Sophia eine von uns wäre, dann wäre das Handeln von Phil mehr als in Ordnung gewesen. Stimmt's?"

Die anderen acht Adler nickten, auch Sybill stimmte zu.

„Wie haben wir entdeckt, dass wir anders sind als normale Menschen? Es ist uns nicht in die Wiege gelegt worden, oder? Sybill, wie bist du zum Clan gekommen?"

Sybill war es sichtlich unangenehm, in der Runde zu sprechen.

„Ich stand auf einer Klippe", begann sie zögernd. „Ich war zwölf oder so, und es sollte eine Mutprobe sein. Aber das Meer war mehr als fünfzehn Meter weit unter mir. Ich hatte Angst. Ich wollte nicht springen. Da bekam ich einen Stoß von hinten, geriet in Panik und schrie. Ich ruderte mit den Armen und dachte, jetzt ist es aus, doch plötzlich blieb ich in der Luft stehen. Ich bewegte meine Arme und flog. Es war wie im Traum, nur eben die Realität."

„Also durch eine Extremsituation. Wie war es bei euch anderen?"

Alle bestätigten, dass sie ihre Gestalt durch einen Panikzustand erlangt hatten.

Ähnlichkeiten

Sophia saß am Rand der Klippe und wagte kaum zu atmen. Da bekam sie einen Stoß von Phil in die Seite.

„Hey, was soll das?"

„Ich habe das Gefühl, ich rede gerade mit einer Wand. Alles klar?"

„Weiß nicht, ich hör da zu."

„Wie, du hörst da zu?"

Sophia war verwirrt. Sie hörte die Vögel miteinander reden. Aber wieso hörte sie sie und Phil nicht?

„Äh, ja. Ich verstehe anscheinend, was die anderen sagen."

„Was?", fragte Phil, „fantasierst du, oder hat dich Julius doch erwischt und du bist noch im Schock?"

„Nein! Weiß nicht. Warum bist du so aufgeregt?"

„Hörst du sie wirklich? Jetzt auch, ich meine, jetzt im Moment? Was sagen sie denn?"

„Nein, jetzt höre ich sie nicht, nur wenn du nicht so schreist und still bist."

Da stand Edi plötzlich hinter ihnen.

„Kommt mit. Der Rat will euch sehen."

Das Feuer loderte nach wie vor hell in die Nacht hinaus, und darum herum standen die Vogelmenschen, aufgeteilt in zwei Gruppen, woraus Sophia schloss, dass die Gruppe ziemlich gespalten war.

„Phil", fragte Edi, „warum bist du zu den Vampiren gefahren?"

„Weil sie Sophia sonst umgebracht hätten."

„Ja, aber warum bist du überhaupt zum Parkplatz gefahren? Warum bist du so tief in deren Gebiet eingedrungen?", fragte Edi wieder.

„Weil Sophia dort in dem verdammten Bus war."

Sophia war gebannt vom Schattenspiel der verschiedenen Gesichter und dem Feuer, und doch fragte auch sie sich, woher Phil überhaupt gewusst hatte, dass sie in dem Bus saß. Auf dem Zettel an der Werkstatt stand nur, dass sie in die Stadt gehen wollte. Edi warf ihr einen verstohlenen Blick zu – und dann war da noch eine andere Stimme, die sie um Geduld bat. Während sie darüber nachdachte, wem sie die Stimme in ihrem Kopf zuordnen konnte, sagte Phil: „Sie hat geschrien, und ich habe es gehört."

Plötzlich waren alle still. Dann ging ein Raunen durch die Gruppe.

„Vielleicht klingt das ja verrückt, aber ich habe Sophia gehört und wusste, wohin ich fahren musste", bekräftigte Phil noch einmal.

Edi sah Sophia an.

„Hast du geschrien?"

„Ich weiß nicht, ich wollte da nur weg ... Ich weiß es wirklich nicht mehr."

Außerdem hätte sie wohl so laut schreien können, wie sie wollte. Aus diesem Bus hätte man sie wohl kaum gehört, ging es ihr durch den Kopf.

„Also hat Phil Sophia gehört", stellte Edi sachlich fest.

„Das war reines Glück!", warf Sybill ein.

„Wie hätte er sie denn hören sollen? Er hat gewusst, dass die Kleine im Café war, und die Vampire auch. So hat er eins und eins zusammengezählt. Keiner kann der Hypnose der Vamps entgehen außer uns."

„Das ist nicht wahr. Ich wusste nicht, dass Sophia im Café war!", warf Phil ein.

Sybill schüttelte ungläubig den Kopf.

„Also, Sybill, du glaubst Phil nicht, und du glaubst auch Sophia nicht, aber ich nehme an, du glaubst an uns und hältst dich unbedingt an unser Gesetz, was unter anderem sagt, wer unsere Sprache spricht, ist einer von uns", warf Edi ein.

„Wer unsere Sprache spricht, wenn wir unser wahres Ich sind, eine Sprache, die für jeden Menschen, selbst für uns in Menschengestalt, unhörbar ist. Ja, derjenige, der diese Sprache versteht, gehört zu uns. Das glaube ich!", antwortete Sybill.

„Sophia", fragte Edi, „durch welches Erlebnis fand Sybill zum Clan?" Alle Augenpaare waren auf Sophia gerichtet, teils neugierig und staunend und teils höhnisch dreinschauend. Sophia schlug das Herz bis zum Hals, aber sie wusste, dass sie vorhin tatsächlich die Adler hatte sprechen hören.

„Sybill wurde von einer Klippe gestoßen und hatte furchtbare Angst", antwortete Sophia und sah Sybill dabei fest in die Augen.

„Das haben dir Edi oder Phil erzählt. Das kannst du nicht wissen", zischte Sybill, die ihre Geschichte noch nie jemandem erzählt hatte.

Phil und auch die anderen sahen Sophia staunend an. Sybill verwandelte sich hingegen in einen Adler und verließ mit einem Wutschrei die Runde.

„Damit wäre nach unserem Gesetz dem Recht Genüge getan", erklärte Stephano erleichtert und verabschiedete sich ebenfalls. Weitere Adler hoben kurz darauf ab, und Sophia blieb mit Edi, Maria und Phil, der sie immer noch ungläubig ansah, zurück.

„Du hast mich gerettet, Sophia. Der Wahnsinn! Ich weiß zwar nicht wie, aber es ist so!", sagte Phil.

Edi lächelte, während Sophia ungläubig in die Runde blickte.

„Dann habt ihr euch wohl gegenseitig gerettet. Doch wie konnte das geschehen?"

Sophia war das im Moment ziemlich egal. Sie fühlte sich von den Ereignissen komplett überfordert. Warum war Sybill abgehauen? War jetzt wieder alles gut? Wurden sie und Phil nun ausgeliefert?

„Was passiert jetzt?", fragte sie schließlich.

Edi sah sie beruhigend an.

„Dadurch, dass du der erste Mensch bist, der unsere Sprache hören kann, wenn wir in Vogelgestalt auftreten, kann sich Sybill nicht mehr auf das Gesetz berufen, wenn sie dich und Phil ausliefern will. Unser Gesetz sagt eindeutig, nur Vogelmenschen verstehen sich untereinander. Wenn du unsere Sprache in Vogelgestalt verstehst, gehörst du wohl irgendwie dazu, oder?"

Sophia war sprachlos. Keiner sagte etwas. Alle starrten in das kleiner werdende Feuer und hingen ihren Gedanken nach.

„Julius wird Sophia suchen. Sie war ja seine Beute und er ist einer der besten Jäger", unterbrach Phil nach einer halben Ewigkeit die Stille.

Sophia sagte lange nichts, entgegnete dann aber: „Das ist mir egal. Ich will zurück in das Institut. Wo soll ich denn sonst hin? Ich gehe morgen wieder ins Labor. Norbert rechnet fest mit mir!"

„Niemals, da laufen die doch alle rum!", sagte Phil entgeistert.

Edi wirkte geistesabwesend, als würde er über irgendetwas nachdenken.

„Vielleicht ist das gar keine so schlechte Idee", meinte er schließlich.

„Ist das dein Ernst, Vater? Dann hätte ich Sophia ja gleich bei Julius lassen können, wenn wir sie ihm jetzt auf dem Silbertablett präsentieren."

„Nein, das Institut ist absolutes Sperrgebiet. Da kann niemand jemand anderem etwas tun. Zu viele Sicherheitsvorkehrungen."

„Und außerdem", warf Maria ein, „ist Sophia doch nun eine von uns, und uns kann kein Vampir etwas anhaben."

„Warum nicht?", fragte Sophia.

„Keine Ahnung, es steht im Gesetz, aber vielleicht schmeckt ihnen auch unser Blut nicht", antwortete Maria.

„Ist doch auch egal", warf Phil ein, „Hauptsache es ist so. – Zumindest war das bis jetzt immer so", fügte er hinzu.

„Es ist ja schön, dass ihr euch so sicher seid und ich euch hören kann, aber ein Vogelmensch bin ich ganz sicher nicht", entgegnete Sophia.

„Woher willst du das wissen?" Phil blieb hartnäckig.

„Weil Sophia für eine Erstverwandlung schon ziemlich alt ist", warf nun auch Edi ein.

„Das stimmt", meinte Maria „Wir waren alle um die zehn bis fünfzehn Jahre alt."

„Vielleicht ist Sophia ja einfach später dran."

„Das werden wir heute Nacht wohl nicht mehr klären. Bring sie zurück in das Institut. Da ist sie sicher. Außerdem ist Steve dort und kann auf sie aufpassen."

„Na klar, Steve und sein eingebildeter Sohn. Die gehören doch auch dazu!", warf Phil ein, wofür er einen strafenden Blick seines Vaters erntete. Sophia zuckte zusammen. Sollten Steve und Mike etwas mit den Vampiren zu tun haben? Im selben Moment wurde ihr klar, dass sie so oder so zurückmusste. Sie wollte mit Mike sprechen. Niemals war Mike ein Vampir! Außerdem drängte es sie die Unterlagen ihres

Großvaters durchsehen. Hatte sie nicht irgendwo in der Studenten-
bude ein Tagebuch von ihm? Sie würde gleich, wenn sie wieder im
Institut war, eine Mail nach Deutschland schreiben.

„Doch, Phil, bitte bring mich zurück. Die tun mir sicher nichts."

„Julius wird stocksauer sein, aber er kann nichts ausrichten", bekräftigte Maria.

„Aber nur solange Sophia auf dem Institutsgelände bleibt", bemerkte
Phil.

„Du kannst mich ja ausfliegen, wenn es wieder Probleme gibt."

„Na, deinen Humor möchte ich haben. Die hätten dich vor Kurzem
fast noch verspeist."

„Haben sie aber nicht."

Phil seufzte: „Bist du dir ganz sicher?"

„Ja!"

„Dann sitz auf!", meinte er, und noch während er sprach, verwandelte er sich wieder in einen stattlichen Adler. Edi setzte Sophia kur-
zerhand auf seinen Rücken. Sie legte die Arme um Phils Hals und
nickte Maria und Edi nochmals dankend zu.

„Sag mal, warum habe ich dich eigentlich gerettet?", fragte Sophia
Phil.

„Ich weiß es nicht genau, aber ich denke, wenn du unsere Sprache
nicht sprechen könntest, dann hätte mich meine Familie wohl den
Vampiren ausliefern müssen; denn ich habe ja eine Beute der Vampire aus deren Territorium geklaut."

„Was heißt ausliefern? So richtig ausliefern mit Blutvergießen und
so?"

„Keine Ahnung, ich habe da bisher zum Glück wenig Erfahrung und kenne die alten Geschichten zu wenig. Da müsstest du Edi und Stephano fragen. Die sind unsere Stammesältesten. Ich weiß gar nicht, ob ich das so genau wissen will."

„Na, du bist lustig", sagte Sophia gähnend. „Wenigstens ist ja alles noch mal gut gegangen."

Sophia kuschelte sich an den Hals von Phil und ließ sich durch den bereits dämmernden Morgen zur Insel fliegen. Die Horizontlinie wechselte bereits ins rötliche. Und obwohl Sophia todmüde war, genoss sie den Flug, spürte den Wind in ihren Haaren und beobachtete die Sonne, wie sie langsam die Nacht verdrängte, während sie das Meer golden einfärbte.

Verrückte Welt, dachte sie, vielleicht hatte Großvater ja doch recht mit seinen Spekulationen über den Darwinismus.

Dann fielen ihr die Augen zu. Phil flog langsam tiefer, und wenn man genau hinsah, erkannte man auf einer kleinen Felseninsel vor dem Institut eine Gestalt, die in den Himmel schaute.

Plötzlich schreckte Sophia auf. Sie hatte das Gefühl, keine Luft mehr zu bekommen, spürte gleichzeitig rasende Wut und Verzweiflung. Sie wollte schreien, konnte aber nicht. Ihr wurde schlecht und schwarz vor Augen. Langsam lösten sich ihre Hände, und sie glitt von Phils Rücken. Allerdings bekam sie davon schon nichts mehr mit.

Votum

Es war dunkel und Sophia komplett durcheinander. Sie zitterte. Nur ihr Atem ging seltsamerweise ganz ruhig. War das alles nur ein Traum? Ein verrückter Traum mit Vampiren und Vogelmenschen und ... Wo befand sie sich überhaupt?

Sie machte die Augen auf und fand sich in eine Wolldecke gewickelt auf einem gemütlichen Sofa wieder. Ein Schreibtisch, vollgepackt mit Journalen und aufgeschlagenen Skripten, stand mitten im Raum. Die Regale an den Wänden waren voller Bücher. Eine Schreibtischlampe spendete warmes Licht. Ein großes Panoramafenster, durch das die Sterne zu sehen waren und der Mond freundlich hereinschien, füllte eine Seite des Raums vollständig aus. Dieses Fenster kam Sophia bekannt vor. Jetzt wusste sie, wo sie war, nämlich im Arbeitszimmer von Steve. Aber wieso lag sie hier und warum war es schon wieder Nacht? Wie kam sie hierher?

Sie stand auf, wickelte die Wolldecke fester um sich und ging zum Fenster, das teilweise offen stand. Ein lauwarmer Windhauch wehte herein.

Wolkenfetzen zogen über den Nachthimmel und verdeckten hin und wieder den Mond. Da hörte Sophia ein Geräusch aus dem Ohrensessel, der neben dem Schreibtisch stand, und schrak zusammen. Im selben Augenblick wusste sie, wer im Sessel saß, und ihr Pulsschlag beschleunigte sich. Sie war plötzlich hellwach und froh, dass er in der Dunkelheit nicht bemerkte, wie ihr Blutdruck stieg, wenn sie nur an seine azurblauen Augen dachte.

„Wie lange habe ich geschlafen?", fragte sie mit belegter Stimme in Richtung Sessel, während sie sich wieder zum Fenster drehte.

„Vierundvierzigeinhalb Stunden."

„Und wie lange sitzt du schon da?"

„Circa vierundvierzigeinhalb Stunden."

„Ununterbrochen?"

„Ja."

Sophia blickte zum Mond und den Sternen empor. Diese glitzerten wie Diamanten auf schwarzem Samt. Sophia schloss die Augen und atmete tief ein und aus. Eine beruhigende Stille senkte sich über sie. Sie hörte ein Rascheln und lauschte auf Mikes Schritte, drehte sich jedoch nicht um. Dann vernahm sie seine warme, tiefe Stimme direkt neben ihrem rechten Ohr: „Schön, dass du wieder bei uns bist."

Es war nicht mehr als ein Flüstern, und Sophia spürte seinen warmen Atem auf ihrer Haut. Ihr Puls beschleunigte sich rasant, und ihr Herz machte einen Luftsprung.

„Obwohl ich eigentlich nicht hier sein sollte. – Steve hat es mir sogar verboten."

Sophia war das Warum egal, Hauptsache, Mike war bei ihr. Ohne sich zu berühren, standen sie dicht beieinander und schwiegen. Sophia fühlte sich sicher. Von Mike konnte gar keine Gefahr ausgehen, da mochten Phil und Edi sagen, was sie wollten.

Doch so schön sich der Moment auch anfühlte, die Vergangenheit holte sie ein, und sie musste es Mike einfach sagen.

„Du warst auch da ... auf dem Parkplatz. Und du hast Julius angegriffen, oder?" Und noch bevor Mike antworten konnte, wusste sie, dass es so gewesen war, und auch, dass die Wut und der Hass, die sie auf dem Rücken von Phil gespürt hatte, kurz bevor sie abgestürzt war, nicht ihre Gefühle gewesen waren, sondern die von Julius, der sie von unten beobachtet hatte. Diese Erkenntnis traf Sophia wie ein Faustschlag ins Gesicht, und sie fing wieder an zu zittern.

„Hier kann er dir nichts tun, Sophia. Hab keine Angst."

Mike drehte Sophia sanft zu sich herum und sah ihr in die Augen.

„Das ist ein Versprechen!" Ihm war es dabei todernst. Sophia wurde verlegen.

„Wie komme ich eigentlich hierher?"

„Du bist ohnmächtig ins Meer gefallen. Ich war gerade mit Bob schwimmen, und so haben wir dich an Land und hierhergebracht. Andi wollte dich erst in der Krankenstation haben, doch Steve hat sich durchgesetzt." Mike zögerte, bevor er hinzufügte: „Er fand, es sei hier sicherer für dich."

Sophia wollte Mike glauben, dass sie hier sicher war, doch die Angst blieb. Sie drehte sich wieder zum Fenster. Und plötzlich wurde ihr klar, dass Mike und Steve von den Vogelmenschen wussten und deren Geschichte kannten. Vielleicht nicht bis ins Detail, doch zumindest im Groben. Irgendwie gehörte das alles zusammen, die Adler, die Vampire, das Institut. Doch wie? Da sah sie eine Sternschnuppe am Himmel. Sie verdrängte alle Grübeleien und beängstigenden Gedanken und schloss die Augen.

Hinter ihr stand derjenige, dessen Nähe sie sich am meisten wünschte. Auch wenn ihr Verstand alle Alarmglocken schrillen ließ, ihr Herz sagte etwas anderes. Diesen Moment wollte sie festhalten und für alle Zeiten bewahren. Die Gefahren konnten warten. Sie dankte dem Schicksal für diesen einen Augenblick.

Jetzt konnte sie sich auch wieder an ihren letzten Gedanken erinnern, als sie wie paralysiert Richtung Erde fiel. Sie wollte nur noch einmal in Mikes Augen sehen und ihm nahe sein dürfen, wollte ihm sagen, wie gern sie ihn hatte.

Sophia lächelte bei diesem Gedanken. Jetzt stand er hinter ihr.

Mike hatte sich nicht gerührt. Sie spürte seine Wärme an ihrem Hals. Sie drehte sich langsam wieder um und sah direkt in seine Augen, die jetzt in intensivstem Azurblau leuchteten. Eigentlich zählte ihr Verstand gerade eins und eins zusammen. Sie erkannte die Ähnlichkeit zu demjenigen, der sie vor Kurzem noch gejagt hatte. Ihr Instinkt sagte ihr, dass sie davonlaufen sollte, doch ihr Herz veranlasste sie, sich noch näher an Mike zu schmiegen, vorsichtig ihre Hände auf seinen Oberkörper zu legen und ihren Kopf an seine Brust zu lehnen.

Mike war mindestens einen Kopf größer als Sophia und stützte sein Kinn auf ihren Lockenkopf, während er sie sanft zu sich heranzog.

Sophia wagte kaum zu atmen und lauschte auf seinen Herzschlag. Während sie das Gefühl hatte, dass ihr Puls raste, nahm sie höchstens ein Viertel der Schläge bei Mike wahr.

Nein – sie wollte diesen Moment nicht nur festhalten, sie würde ihn festhalten. Mikes Geruch, seine Stärke und Nähe bewahren. Es war ihr egal, was noch kommen sollte. Eigentlich auch, wer oder was er womöglich war. Sie wollte nur bis in alle Ewigkeit hier zusammen mit ihm stehen bleiben, auf seine Herzschläge hören und seine Nähe spüren.

Irgendwann seufzte Mike.

„Du weißt es, oder?"

Sophia biss sich auf die Lippen.

„Ich weiß nicht, was meinst du denn?"

Doch sie wusste es. Sie wusste es seit dem Moment, als ihr klar wurde, dass Mike sich auf Julius gestürzt hatte, während sie mit Phil auf dem

Motorrad flüchtete. Ein normaler Mensch aus Fleisch und Blut hätte das wohl nicht geschafft.

„Hast du keine Angst?"

„Angst?" Sophia seufzte tief. „Vielleicht. – Vielleicht Angst, dass Julius nicht aufgeben wird. Angst, dass die Zeit doch weitergeht. Angst, dass dieser Moment nur in meinem Traum existiert. Angst, dass du nicht mehr da sein könntest."

Mike lachte auf.

„Du solltest dir lieber Gedanken machen, dass du plötzlich nicht mehr da sein könntest. Um mich brauchst du dir keine Sorgen zu machen."

Seine Stimme wurde bitter.

Sophia sah zu ihm auf, doch er drehte den Kopf weg.

Der kostbare Augenblick war vorüber.

„So schnell wie die Sternschnuppe", seufzte Sophia.

Sie löste sich aus Mikes Umarmung und setzte sich auf den Boden.

„Du solltest Angst haben ... vor uns allen ... und nach Hause fahren", sagte er leise.

Sophia fröstelte. Davonlaufen? Aus diesem Abenteuer? Wo so viele Fragen offen waren? Wo Menschen zu Vögeln wurden, wo Vampire mit Menschen auf einer Insel lebten? Hatte ihr Großvater doch recht mit seinen Vermutungen? Nein – sie würde nicht nach Hause fahren. Sie hatte hier etwas zu klären, und zwar etwas, das sie selber anging: ihre Familie und ihre Vergangenheit. Sie war hier zu Hause ... doch halt – stimmte das? Oder spann sie sich da gerade etwas zusammen? Egal, jedenfalls würde sie nicht ihre Koffer packen und nach Deutschland fliegen.

Das Licht ging an, und Steve stand in der Tür. Mike und Sophia kniffen die Augen zusammen in der plötzlichen Helligkeit. Als Steve Sophia sah, lächelte er sie an. Beim Anblick seines Sohnes verfinsterte sich sein Blick dagegen schlagartig.

„Ich habe auf sie aufgepasst. Irgendwer musste es ja tun. Sie hat Angst."

Es fand ein kurzer Blickkontakt zwischen Mike und Steve statt.

„Du weißt, was entschieden wurde. Wir können nur so lange neutral und damit in Sicherheit sein, wie das Kräfteverhältnis gewahrt bleibt."

„Ja, ja, trotzdem konnte ich Sophia nicht Julius überlassen. Nach dem, was Edi und Phil erzählt haben, ist die Sachlage auch nicht so klar, wie sie ausgesehen hat, oder?"

„Das werden wir klären, aber nicht jetzt. Sophia muss sich erst erholen. Außerdem hast du bis jetzt behauptet, es in Sophias Nähe nur mit Mühe aushalten zu können."

Sophia zuckte unmerklich zusammen, doch sie versuchte sich nichts anmerken zu lassen. Dabei beobachtete sie fasziniert, dass die beiden sich eigentlich nur ansahen und kein Wort miteinander wechselten. Wie konnte das ein? Es war genau wie in der Nacht mit den Adlern. Sie wusste nicht, warum, aber wieder konnte sie die Gedanken der beiden hören, ohne dass sie sie laut aussprachen.

„Es ist nicht leicht, eher wie eine ständige Prüfung", hörte sie Mike Steve antworten.

„Das diskutieren wir ein andermal, Mike. Sophia braucht Ruhe und muss wieder ins Bett."

„Sie hat fast fünfundvierzig Stunden geschlafen. Sie ist fit."

Beide sahen Sophia an. Sie fühlte sich ertappt und blickte verlegen zu Boden.

Mike verließ den Raum, ohne noch etwas zu sagen. Sophia war wie gelähmt. Wie hatte sie auch denken können, Mike würde etwas an ihr liegen? Hatte Steffi sie nicht schon am Tag ihrer Ankunft gewarnt? Es dämmerte bereits, und die Sonne schickte ihre ersten rötlichen Strahlen über den Horizont.

„Alles in Ordnung, Sophia?"

Sophia nickte, auch wenn sie mit ihren Gedanken noch bei Mike war. Irgendwie musste das doch alles zu verstehen sein, oder?

„Ich lasse dich jetzt allein. Du bist die nächsten Tage krankgeschrieben, also erhol dich erst mal."

„Nein", entgegnete Sophia, „lass mich arbeiten, ich erhole mich am besten, wenn ich arbeite. Ich will ins Labor, bitte!"

Steve musterte Sophia aufmerksam und lächelte dann.

„Wenn du meinst, aber pass auf dich auf. Du kannst mich jederzeit erreichen."

„Geht klar." Sophia versuchte zu grinsen, doch es gelang ihr nicht zu hundert Prozent.

Als auch Steve gegangen war, setzte sich Sophia wieder ans Fenster, verfolgte wie der rote Sonnenball erst orange und dann goldgelb wurde und bewunderte das spiegelglatte Wasser. Ein paar Möwen kreischten, und an der Tauchbasis regte sich erstes Leben.

Ein neuer Tag begann.

Experimente

Sophia beschloss, die Cafeteria aufzusuchen. Es war etwa halb sieben Uhr. Es roch verlockend nach Kaffee, und am Tresen standen Steffi und Uwe. Sophia gesellte sich zu ihnen.

„Hey, Sophia, auch wieder bei uns? Steve hat verlauten lassen, dass du dir einen üblen Infekt zugezogen hättest und deshalb ein paar Tage ausfällst."

„Ja, so ungefähr." Sophia musste über die Aussage von Steve lächeln.

„Wir wollen heute Vormittag ein paar Bojen überprüfen. Hast du Lust mitzukommen, oder darfst du noch nicht unter Wasser?"

„Da habe ich gar nicht gefragt, aber ich fühle mich fit. Soll heißen, wenn ihr mich mitnehmt, gerne. So gegen zehn Uhr vielleicht?"

„Klar, dann richten wir gleich mal eine Nitrox-Flasche für dich her. Bis später!"

„Ja!" Sophia nickte den beiden zu und wandte sich wieder dem Tresen zu, um in ihrem Milchkaffee zu rühren.

Plötzlich hatte sie das Gefühl, dass die Temperatur um mindestens fünf Grad gefallen war. Im selben Augenblick wusste sie, dass Julius den Raum betreten hatte und auf sie zukam. Sie widerstand dem Drang, sich umzudrehen und in Panik davonzulaufen, bis sie seine Stimme hinter sich hörte.

„Das mit unserem ersten Rendezvous hat dann wohl nicht so geklappt, wie wir uns das vorgestellt hatten, was? Aber vielleicht funktioniert es ja beim zweiten Mal?"

Sophia fuhr herum und sah ihm direkt in seine von der Sonnenbrille verdeckten Augen.

Sie versuchte ihre Panik zu unterdrücken und antwortete gepresst:
„Nur über meine Leiche!"

„Ganz wie du willst." Julius lächelte. Doch er wirkte nicht so selbstsicher, wie er sich sonst immer gab. Sophia befand sich plötzlich wieder in seinen Gedanken.

„Warum kann ich ihre Gefühle nicht beeinflussen? Warum verhält sie sich so abweisend?"

„Bist du größenwahnsinnig?", fragte Sophia laut. Julius lächelte noch immer. Er ging einen weiteren Schritt auf Sophia zu, doch sie wich nicht zurück. Sie zitterte, aber nicht vor Angst. Da war gar kein Platz, sie spürte nur seine Wut. Wut darüber, dass Sophia sich nicht manipulieren ließ.

In diesem Moment war Sophia klar, dass die Vampire auch „Empathen" waren, wie sie in den Abhandlungen ihres Großvaters bezeichnet wurden. Damals hatte sie allerdings für die vermeintlich abstrusen Ideen ihres Großvaters nur ein Lächeln übriggehabt. Doch diese Meinung hatte sie nun geändert. Wie war das? Empathen waren Wesen, die die Gefühle anderer nicht nur lesen, sondern auch beeinflussen konnten. Doch irgendwie funktionierte das anscheinend nicht bei ihr.

Julius wurde inzwischen immer wütender, und als Sophia ihn wieder anschaute, hatte er seine Sonnenbrille abgenommen. Seine Augen waren bezaubernd, anziehend und funkelten rot. Aber sonst empfand sie nichts. Julius` Gesichtszüge verzerrten sich, und er trat noch näher an sie heran. Dann hörte Sophia plötzlich nichts mehr, und ihr Gesichtsfeld verkleinerte sich. Sie wusste, dass sie kurz vor einer erneuten Ohnmacht stand, bis sie eine Hand auf der ihren spürte und Steves` Stimme neben sich hörte.

„Guten Morgen Julius, ist Ihre Sonnenbrille beschädigt, oder warum tragen Sie sie heute nicht?"

Julius schreckte zurück, zumal bereits fünf weitere Sonnenbrillen-Vampire in die Cafeteria gestürmt kamen - ebenfalls ziemlich wütend, wie Sophia deutlich wahrnahm.

„Wir sehen uns!", zischte Julius Sophia ins Ohr.

„Träum weiter!", entgegnete sie und stützte sich dabei mit beiden Händen am Tisch ab. Sie fühlte sich unendlich schwach.

„Wir müssen uns unterhalten, Sophia." Steve sah sie besorgt an. „Geht es wieder?"

Langsam klärte sich ihr Gesichtsfeld, und sie setzte sich an einen kleinen Bistrotisch.

„Ja, ich glaube schon." Sophia stützte ihren Kopf auf ihre Hände.

„Ruh dich noch etwas aus."

„Nein, bitte, mir geht es wieder gut, ehrlich. Das war nur ein kleiner Schwächeanfall wegen Unterzucker oder so."

Steve seufzte, ließ sie aber frühstücken und nahm ihr das Versprechen ab, am Mittag zu einem Gespräch bei ihm vorbei zu kommen.

Sophia atmete auf, holte sich ein Nusshörnchen und einen zweiten Milchkaffee und beschloss, in das Genetiklabor zu gehen. Sie wollte jetzt nicht über ihre Wahrnehmungen oder Wahrnehmungsstörungen nachdenken. Das war alles viel zu verwirrend. Sie musste unbedingt die Aufzeichnungen ihres Großvaters durchsehen. Aber nicht jetzt.

Im Labor herrschte Hochbetrieb. In der letzten Nacht waren drei neue große Federn gefunden worden, und der Laborleiter befand sich in heller Aufregung.

„Sieh dir diese Prachtstücke an, Sophia. Ganz frisch mit Blut im Kiel. Total spannend. Aber geht es dir wieder gut? Steve meinte, dass du dir irgendeine Grippe zugezogen hättest."

„Äh, ja, so was Ähnliches. Aber jetzt bin ich wieder da. Ich kann den Ansatz zur Polymerase-Kettenreaktion aus der Feder vorbereiten, wenn du willst."

Dabei wusste Sophia ziemlich gut, wem die Federn ausgefallen waren, und grinste. Die Polymerase-Kettenreaktion oder kurz PCR war eine Methode, um die Erbsubstanz zu vervielfältigen.

„Das wäre großartig!" Und schon war Norbert am nächsten Mikroskop.

Sophia nahm sich vorsichtig den Federkiel vor und suchte nach einem kleinen Stilett.

Wieso hatte sie die Adler gehört? Wenn das nur Blutsverwandte konnten, so musste ihr Genom ähnlich dem der Vögel sein. Aber gleichzeitig wusste sie, dass sie sich niemals in einen Vogel verwandeln würde. Trotzdem wollte sie es einfach herausfinden. Vielleicht brachte sie die PCR weiter. Wie wäre es, wenn sie ihr Genom auch testen würde?

Sie bereitete einen Ansatz für den Federkiel vor und einen für sich selber. Dann beschriftete sie die Probegefäße. Als sie die spitze Nadel in den Händen hielt, kostete es sie so viel Überwindung, sich die Spitze in die Fingerkuppe zu stechen, dass sie die Augen schloss und bis drei zählte. Das Ergebnis war dann allerdings kein kleiner Stich, sondern ein größerer Schnitt, der auch noch auseinanderklaffte. Zumindest hatte sie jetzt aber ihre Probe.

Nachdem die Wunde nicht aufhörte zu bluten, behauptete Sophia, ihr sei ein Objektträger runtergefallen, und sie hätte sich daran geschnitten. Mit einem Klammerpflaster versorgt, verließ sie das Labor, gespannt, wie das Ergebnis ausfallen würde. Norbert hatte sie etwas von einem Doppelansatz erzählt. Jetzt konnte sie nur noch warten. Sollte sie wirklich mit Phil und den Vogelmenschen auf irgendeine Art verwandt sein?

Kurz darauf genoss Sophia den Sand unter den Füßen und freute sich auf einen erneuten Tauchgang mit Steffi.

Als sie sich ein Coke aus dem Kühlschrank in der Tauchbasis nahm und sich wieder aufrichtete, entdeckte sie Mike am Steg.

„Kommt Mike auch mit?"

„Ja", antwortete Steffi, die bereits ihren Anzug anhatte.

„Wir dachten, ihr könntet vielleicht als Team tauchen." Sie grinste Sophia an, der schon wieder die Röte ins Gesicht stieg.

Gott, was wollte sie eigentlich? Der Kerl war unnahbar, und der Moment der Nähe im Büro seines Vaters war verflogen wie Nebel im Wind. War er überhaupt da gewesen? Trotzdem fühlte sie sich stärker zu ihm hingezogen als je zuvor.

Mit klopfendem Herzen zog sich Sophia um und ging mit offenem Tauchanzug und ihrer ABC-Ausrüstung zu Mike auf den Steg, der ihre Flasche schon mit rausgenommen hatte.

„Hi, Sophia. Dem Krankenstand entflohen?" Er lächelte dieses unwiderstehliche Mike-Lächeln. Seine Augen leuchteten in den Farben des Meeres, und als er wie selbstverständlich den Reißverschluss ihres Anzugs schloss, spürte sie kurz seine Finger auf ihrer Haut, was unweigerlich eine Gänsehaut hervorrief.

„Was ist mit deiner Ausrüstung?"

Mike lachte und entgegnete, er werde mit dem neuen Mundstück tauchen und neue Kontaktlinsen ausprobieren, die es ihm erlaubten, auch ohne Brille unter Wasser scharf zu sehen.

Das glaub ich dir nicht, dachte Sophia, die zwar alle Farbschattierungen seiner Iris wahrnahm, aber nicht den kleinsten Hinweis auf Kontaktlinsen erkennen konnte.

Eine halbe Stunde später befanden sie sich alle im Meer. Hatte Sophia damit gerechnet, dass Mike ein guter Taucher war, dann war das, was sie erwartete, weit untertrieben. Mike schwamm eleganter als jeder Fisch. Bob gesellte sich sofort zu Mike und Sophia. Sie hätte schwören können, dass die beiden sich irgendwie verständigten. Steffi und Uwe bastelten an den Bojen herum, und nach einer Weile wurde es Sophia langweilig. Sie wollte hinter den nächsten Felsen tauchen, unter den Baumkorallen Garnelen suchen und mit Bob spielen. Auch Mike schien sich zu langweilen. So sah sie ihn fragend an, und er nickte. Steffi runzelte zwar die Stirn und schüttelte den Kopf, doch Uwe bedeutete ihnen abzuhauen und den Sauerstoff zu nutzen.

Mike schwamm artig neben Sophia her. Er fragte regelmäßig mit den Fingern ab, ob alles okay war, und sie gab das Gegenzeichen.

Sophia beobachtete Mikes` Mundstück genau, doch sie konnte keine einzige Luftblase sehen, die ausgeatmet worden wäre. Das war doch seltsam. Wo atmete er das Kohlendioxid denn hin? Besaß er die Fähigkeit, es irgendwo in seinem Körper zu speichern? Wandelte er es gar in Sauerstoff um? Doch wie auch immer, sie hatte in dieser bezaubernden Umgebung jetzt keine Lust, sich Gedanken zu machen. Es waren keine wild gewordenen Vampire hinter ihr her, und alle Merkwürdigkeiten hatte sie an Land gelassen. Bob spielte mit einer großen Muschel, und Sophia ließ sich von den Korallenwäldern und den vielen bunten Meeresbewohnern verzaubern. Die Sonnenstrahlen brachen sich im Meerwasser und warfen lustige Schatten auf den Boden. Und – das Wichtigste: Sie war jetzt mit Mike tauchen und konnte es eigentlich gar nicht fassen. Vorsichtig strich Sophia über die Verzweigung einer Baumkoralle, unter der sie gerade hindurchgetaucht waren. Da löste sich das Klammerpflaster von ihrem Finger, und das Wasser färbte sich unmerklich rot.

Plötzlich nahm sie einen Schatten war. War das Mike? Wenn ja, schwamm er zielstrebig auf sie zu. Ziemlich schnell, fand sie. Aus seinem Gesicht war jede Farbe gewichen, seine Augen wirkten riesig und glänzten tiefschwarz. Er ballte seine Hände zu Fäusten, drehte mit einem Mal ab und war von einem Augenblick zum nächsten verschwunden. Dafür war Bob jetzt bei ihr, stupste sie mit seiner Schnauze an, als wollte er sie zum Mitschwimmen auffordern, und sie klammerte sich an seine Rückenflosse. Er schwamm schnell, sehr schnell sogar, doch ein noch schnellerer Schatten folgte ihnen und holte auf.

Da tauchte das Boot von der Basis auf, und Steffi und Uwe gerieten in ihr Blickfeld. Auch sie waren gerade dabei aufzutauchen. Bob stoppte, und Sophia ließ die Flosse los. Der Delfin schwamm auf den Schatten zu, und dann verschwanden er und der Schatten im Meer. Sophia war viel zu verwirrt, um in Panik zu geraten. Sie hielt sich fünf Minuten an der Ankerkette für den Sicherheits-Deko-Stopp auf fünf Meter fest, nicht dass sie noch in die Dekompressionskammer musste.

Dabei achtete sie darauf, mit der gesunden Hand ihren verletzten Finger so abzudrücken, dass es kein Erythrozyt mehr nach außen schaffen konnte.

Zu dritt fuhren sie zurück. Als Sophia meinte, Mike sei noch unterwegs, zuckten die beiden Tauchguides nur mit den Schultern. Anscheinend ging Mike des Öfteren seine eigenen Wege.

Sophia wusch ihren Anzug, brachte die Flasche zum Füllen und wickelte sich in ihr Handtuch. Dann holte sie sich noch eine Flasche Wasser aus dem Kühlschrank und setzte sich an den Strand.

Himmel, wie lange blieb Mike noch aus? Und was war da unten überhaupt passiert? Hatte sie einen Hai angelockt mit ihrer Blutspur? Oder irgendein anderes Wesen? Mit meerblauen Augen und Schwimmbewegungen wie ein Fisch? Sollte ihre Vermutung vom Abend zuvor doch …? War Mike …? Sie mochte den Gedanken nicht zu Ende denken und war froh, dass ihr nicht viel Zeit zum Überlegen blieb. Sie musste, wie versprochen, zu Steve, auch wenn sie keine große Lust verspürte auf dieses Gespräch. Sicher würde es wieder Ermahnungen geben. Warnungen. Aber keine Erklärungen. Beim Zurückgehen zum Haupthaus betrachtete sie die Meeresoberfläche, doch diese blieb ruhig. Kein Bob, kein Mike. Als hätte es die beiden da unten nie gegeben.

Kontakt mit der Geschichte

D as Büro war leer. Sophia wollte schon wieder gehen, als ein Sonnenstrahl direkt auf einen Buchrücken fiel, auf dem der Name ihres Großvaters stand: *Dr. Karl Ferdinand Baum –* „*Survival of the fittest?*", stand da. Sophia ging zum Bücherregal, zog den Band heraus und beschloss, auf Steve zu warten.

Sie setzte sich auf den Boden und klappte den Buchdeckel auf. Da fielen mit Bleistift beschriebene, papierdünne Seiten heraus. Sie runzelte die Stirn, legte das Werk zur Seite und begann in dem Papier zu lesen:

Survival of the fittest, die klassische Evolutionslehre nach Darvin?, stand auf der ersten Seite des Pergamentpapiers. Sophias Puls beschleunigte sich. Hatte ihr Großvater das geschrieben? Stellte er die Evolution infrage? Das klang ja mal interessant.

Sie sah ihn förmlich vor sich, mit seinem freundlichen Gesicht, seinem wachen Blick und seinem wissbegierigen Geist. In Sophias Hand raschelte das handbeschriebene Papier, und sie begann zu lesen:

Aber es kommt immer auf die biologischen Nischen an. Hier auf der Sterneninsel, wie ich sie nenne, sind etliche erhalten geblieben. Es ist so, als hätte die Evolution an diesem Ort mehr Möglichkeiten offen gelassen als anderswo.

Sophia war gefesselt von den Worten ihres Großvaters.

Nicht nur die Finken trinken hier Blut. Es ist unglaublich. Aber ich muss woanders anfangen ...

Dann kam ein Abschnitt, den Sophia kaum entziffern konnte:

...Es gibt auf dieser Insel eine Legende. Eine Legende, die wahre Wurzeln hat. Eine Geschichte über einen Raubvogel, der sich in einen Menschen verliebte, obwohl dieser in sein Beuteschema passte. Daher werden die Raubvögel, besonders die großen, hier sehr verehrt. Auch wenn manchmal ein größerer Hund oder gar Menschen verschwinden, die Vögel stehen unter besonderem Schutz.

Sophia grinste. Das, was sie über die Legende vor Kurzem gehört hatte, traf also zu, und ihr Großvater hatte es gewusst. Nur dass er den Vogelclan verdächtigte, wenn Menschen verschwanden, daran glaubte sie nicht. Da dachte sie eher an rote Augen ... Sophia nahm sich das nächste Blatt vor. Die Schrift war klein und krakelig.

...Vor ein paar Tagen traf ich auf einen Fischer, der seit Ewigkeiten hier wohnt und der laut verschiedenen Quellen über hundertfünfzig Jahre alt sein soll. Als ich ihn das erste Mal sah, fiel er mir vor allem durch die Farbe seiner Augen auf: Sie waren azurblau, fast wie das Meer...

Sophia stutzte, jetzt wurde es spannend. Da hörte sie Schritte vor der Tür. Hastig steckte sie die Blätter unter ihr T-Shirt, klappte das Buch zu und schob es in das Regal. Keinen Moment zu früh, denn schon stand Steve vor ihr.

„Hallo, Sophia, schön, dass du gekommen bist. Du warst tauchen?"

„Ja."

„Habt ihr alles erledigen können? Sind die Bojen wieder einsatzbereit?"

„Ja."

„Ist irgendetwas passiert?"

„Eigentlich nicht ... ähm ... Nur Mike ist mit Bob noch draußen geblieben. Ich weiß nicht, ob sie schon wieder zurück sind."

„Mike war dabei und hat dich allein gelassen?"

„Ähm ... nein, so nicht, ich bin mit Steffi und Uwe zurück."

Steve wirkte plötzlich unruhig.

„Gut. Sophia, ich muss noch mal kurz weg. Vielleicht verschieben wir unser Treffen auf morgen. Ist das in Ordnung?"

„Klar." Sophia war erleichtert. Und wie das in Ordnung war! Sie stand auf und verließ das Zimmer. Noch mal vierundzwanzig Stunden Schonfrist. Zeit nachzudenken, sich Gedanken über Mike und sein seltsames Verhalten zu machen. Und darüber, was sie Steve im Fall des Falls erzählen könnte und was besser nicht. Morgen wollte sie unbedingt ins Genetiklabor. Die Ergebnisse mussten schon längst da sein.

Am Abend in ihrem Bett zog Sophia die Aufzeichnungen ihres Großvaters wieder hervor und las weiter, wo sie am Nachmittag aufgehört hatte. Sie zündete zwei Kerzen an und kuschelte sich in ihre Decke:

...Als er mich das erste Mal sah, lächelte er.

‚Es gibt nicht viele, die sich für unsere Geschichte wirklich interessieren‘, begrüßte er mich. Er sagte es, als hätte er den Grund meines Kommens schon erraten. Ich setzte mich zu ihm und erzählte den Teil der Legende der Vögel, den ich schon kannte. Er entgegnete lange nichts, so dass ich schon Angst hatte, ihn beleidigt zu haben. Dann, nach einer halben Ewigkeit, fragte er, ob ich die Darwin-Finken gefunden hätte? ‚Klar,‘ sagte ich, ‚aber was ...‘

‚Was das mit den Vogelmenschen zu tun hat? Mehr als du denkst, Mensch‘, entgegnete er. Er sagte wirklich ‚Mensch‘, so als wäre er keiner.

Im Gespräch erfuhr ich, wie die Legende mit dem Raubvogel angeblich weiterging. Was ich wusste, war, dass eine Raubvogeldame einen Mann gerettet hatte und sich schwor, nie wieder menschliche Beute zu schlagen, wenn dieser Mensch überleben sollte. Denn er wollte sie mit seinem Blut retten, als sie fast tödlich geschwächt war. Was die Vogeldame nicht wusste, war, dass dieser Mensch, kurz bevor sie ihn gefunden hatte, von einem Vampir gebissen worden und sich bereits in Verwandlung befand. So verliebte sich die Vogeldame in ein noch schlimmeres Raubtier. Nur dass dieses sich ebenfalls in die Vogeldame verliebt hatte, sei es noch als Mensch oder schon als Vampir. Und so kam es zur Vereinigung und zum Pakt zwischen den Vögeln und den Vampiren. Die Vögel achten die Vampire und umgekehrt. Doch die Welt ist kleiner geworden, und die Grenzen sind enger. Was bedeutet, dass weniger Beute zur Auswahl bleibt.

Mehr sollte ich an diesem Tag nicht erfahren. Aber ich hatte noch viel mehr Fragen. Wer war der Fischer? Woher wusste er das alles, wo waren diese sagenumwobenen Vögel und wo die Vampire? Gab es sie heute noch?

Ein Windstoß blies die Kerzen aus, und Sophia saß im Dunkeln. Das Fenster stand offen, und sie musste an Phil, Edi, Stephano und die anderen denken. Und natürlich an Mike. Wo war er? Sie sah in die dunkle Nacht hinaus. Vereinzelt funkelten Sterne, doch vom Mond war nichts zu sehen.
Sie zündete die Kerzen wieder an, schloss das Fenster und las weiter.

...Ich besuchte den Fischer noch viele Male, doch er erzählte mir nur wenig von sich. Und eines Tages war er nicht mehr da. Er liebe das Meer, sagte er, und er werde wohl wieder dorthin zurückkehren. Am Abend bevor er wegging oder verschwand, tranken wir gemeinsam ein Glas Rotwein auf seiner Terrasse. Seine Augen wirkten tiefschwarz, was mich beunruhigte, denn deren bisheriges Blau war das Bestechendste und Lebendigste an seiner Erscheinung gewesen.
,Hab keine Angst', sagte er zu mir, als er meinen erschrockenen Gesichtsausdruck sah, ,dir wird nichts passieren, und irgendwie muss unsere Geschichte ja bewahrt werden. Also schreibe sie auf. Hüte dich vor den anderen.' Er seufzte. ,Es gibt für uns noch mehr ökologische Nischen wie ...

Was sollte das heißen? – *Wie euch* vielleicht? Sophia konnte die Buchstaben kaum noch erkennen ...

... Für mich und meinesgleichen ist es das Meer, aber vergiss nie, wir
alle brauchen den roten Saft, und der köstlichste ist der eines geliebten
Menschen. Nur die Stärksten von uns schaffen es, sich zu vereinen und
doch loszulassen. Es muss eine Erfüllung sein. Ein Glück, das niemals
endet.' Seine Augen nahmen einen tief traurigen Ausdruck an. ‚Für
mich war es unmöglich, ich habe die Kraft nicht, es noch mal zu versu-
chen. Und deshalb muss ich fort.'
Ich verstand noch nicht, was mir der alte Mann zu sagen versuchte, bis
er lächelte und ich seine Eckzähne zu sehen bekam. Ich wich zurück,
denn mir war plötzlich klar, wen oder was ich vor mir hatte. Aber ich
war viel zu fasziniert, um davonzulaufen. So standen wir beide auf der
mir vertraut gewordenen Terrasse mit einem Glas Rotwein in der Hand
und bewunderten den Sternenhimmel, wie so oft in den letzten Wo-
chen.
Irgendwann stand er auf, nahm meine Hand, murmelte ‚Wie schade',
sah mir in die Augen und sagte: ‚Ich wünsche dir ein gutes Leben, und
dass du findest, was du suchst.'
Ja – und dann verschwand er für immer. Mir wurde das Herz schwer.
Ich wollte ihn noch so viel fragen. Aber er hatte recht mit allem, was er
gesagt hatte.

Mittlerweile waren die Kerzen heruntergebrannt, und Sophia legte
die Seiten unter ihr Kopfkissen. Sie zog die Decke fester um sich, doch

sie war viel zu aufgeregt, um schlafen zu können. Erst nachdem sie sich die halbe Nacht herumgewälzt hatte, fielen ihr die Augen zu. Wilde Träume beherrschten ihren Schlaf. Azurblaue Augen lächelten ihr zu, ein riesiger Schatten mit schwarzen Augen und Reißzähnen kam auf sie zu. Doch sie lief nicht davon, sie konnte nicht. Sie ging auf ihn zu, reichte ihm die Hand. Ein Delfin riss sie fort. Vampire mit rot leuchtenden Augen griffen nach ihren Händen ... Sie wurde geschüttelt, schrie „Nein, nein ..." – und schlug die Augen auf.

Uwe stand neben ihr. Das Licht brannte.

„Was, was ist los?", stammelte Sophia.

„Das würde ich auch gern wissen. Du hast geschrien. Ein Albtraum?"

Sophia nickte.

„Geht es wieder?"

Sophia nickte erneut, zitterte aber. Uwe wickelte sie in ihre Decke.

„Soll ich hierbleiben?"

„Nein, kein Problem. Es war nur ein komischer Traum."

Uwe zuckte mit den Schultern und ging gähnend wieder in sein Appartement. Doch Sophia schlief nicht mehr ein, und da es bereits dämmerte, zog sie sich an und ging zum Strand. Die ersten Möwen kreischten.

Verstohlen sah sie auf die Wasseroberfläche, in der Hoffnung, Mike könnte da irgendwo sein. Fast eine Stunde saß sie auf einem Felsen und verfolgte den Beginn des neuen Tages. Das Morgenrot kroch langsam über den Horizont. So viele Fragen waren offen. Sie musste mehr über ihren Großvater herausfinden.

Analogien

G egen Viertel nach sechs streckte Sophia ihre Glieder und machte sich auf den Weg, um zu frühstücken. Allerdings war sie ziemlich wortkarg, da ihr immer noch die Zeilen ihres Opas im Kopf herumspukten und der Schlafmangel sein Übriges tat.

Nach dem Frühstück ging sie in das Genetiklabor, um die Ergebnisse der PCR auszuwerten. Von Mike war nichts zu sehen. Seufzend schlüpfte sie in ihren Laborkittel.

„Hast du wirklich einen Doppelansatz gemacht?", wollte Norbert kurz darauf wissen.

„Klar, warum?" Sophia stieg das Blut in den Kopf.

„Na ja, die beiden Proteinfraktionen sind sich zwar sehr ähnlich, aber nicht identisch. Sollten es aber sein bei einem Doppelansatz, oder?"

„Vielleicht hab ich etwas verkehrt gemacht?", entgegnete Sophia.

Norbert runzelte die Stirn. Er kannte Sophia zwar noch nicht lang, aber bisher hatte sie jede Arbeit eher zu hundertzehn Prozent, als zu neunzig erledigt. Er konnte sich nur schwer vorstellen, dass ihr so ein gravierender Fehler unterlaufen wäre und das sagte er ihr auch: „Das glaube ich nicht."

Sophia wurde rot. Sie war nicht gut im Lügen, doch Norbert wandte sich zum Glück bereits wieder den unterschiedlichen Ergebnissen zu und bemerkte ihre Verlegenheit nicht.

„Also der erste Ansatz ist identisch mit den Genabschnitten, die wir schon untersucht haben. Er scheint menschlich zu sein, hat aber doch mindestens fünf vogeltypische Basenanordnungen."

„Und der zweite Ansatz?", fragte Sophia.

„Ist dem ersten ähnlich, hat aber nur zwei Vogelgene, und die sind untypisch angeordnet. Viel interessanter finde ich aber, dass es noch mindestens zwei Veränderungen gibt, die irgendwie zu denen unserer Sonnenbrillenträger passen."

„Wie bitte?" Sophia stellten sich die Nackenhaare auf. Schließlich ging es um ihr Blut.

„Komm, ich zeig es dir. Es ist eher wie Schlüssel und Schloss."

Er zog Sophia zu seinem Rechner und rief das Programm auf.

„Falls es sich um eine besondere Spezies handeln würde, wäre es sehr aufschlussreich, diese mit dem Genom unserer Albinokollegen zu vergleichen. – Du weißt wirklich nicht, was dir beim zweiten Ansatz passiert ist? Weil, überleg mal, was das bedeuten könnte: Vielleicht wäre das der erste Schritt zu einer Immunität der Albinoproblematik hier auf der Insel!"

„Der was?"

„Ja hast du dich noch nicht gefragt, warum hier einige immer mit einer Sonnenbrille herumlaufen? Die Armen haben ein Albinogen, das irgendwie dominant vererbt wird, und Steve sucht schon lang nach Abhilfe. – Nehmen wir an, du hast irgendeine Reagenz verwechselt, die Einfluss auf das Blut in der Feder genommen hat und nun das Problemgen vielleicht blockieren könnte, dann ..."

Sophia hörte schon gar nicht mehr hin. Irgendetwas stimmte mit ihrem Blut nicht. Wenn Julius sie nun doch erwischt hatte und sich ihr Blut veränderte? Sie fuhr sich mit der Hand über den Hals, konnte aber keine Verletzung spüren. Albinoproblematik! Ha, als Albinos konnte man die bluthungrigen Rotaugenvampire auch bezeichnen. Es war auf jeden Fall eine gute Tarnung, wenn man den eigentlichen hypnotischen Effekt dieser roten Augen verstecken wollte. Und ihr Blut sollte irgendetwas damit zu tun haben? Das konnte und wollte sie nicht glauben.

„... Wenn es sich allerdings um einen Laborfehler handeln würde ...", hörte sie dann wieder Norbert sagen.

„Ähm ... ja genau. Der *Aquaticus* war nicht frisch, vielleicht stimmte was mit dem Sauerstoffgehalt nicht?", murmelte Sophia.

Aquaticus, so nannten die Labormitarbeiter liebevoll ihr hitzestabiles Bakterium *Thermus aquaticus*. Dieses war für die Produktion der so wichtigen *Taq Polymerase* verantwortlich, die wiederum die *PCR* erst ermöglichte und damit den Grundstein legte für die Genforschung. Norbert zuckte mit den Schultern, sah sie skeptisch an und wandte sich wieder seinem Computer zu. Sophia durchliefen heiße und kalte Schauer. Sie ging zur Toilette und sah erst mal in den Spiegel, um ihren Hals genauestens auf irgendwelche Verletzungen zu untersuchen. Aber da war nichts. Draußen schien die Sonne, und sie stellte sich ans Fenster. Nein, lichtempfindlich waren ihre Augen auch nicht, und sie konnte außer ihrer eigenen haselnussbraunen Iris auch keinen rötlichen Schimmer erkennen. Sie trug ein Vogelgen in sich? Und irgendwas, das mit Vampiren zusammenhing? Unsinn, wahrscheinlich hatte sie wirklich nur ein Reagenz verwechselt, oder der Taq-Pol war nicht ganz funktionsfähig gewesen.

Sophia verbrachte den ganzen Tag im Labor, um auf andere Gedanken zu kommen. Sie kontrollierte den Sauerstoffgehalt der Bakterienkulturen, die in einem eigenen Raum untergebracht waren, half Norbert dann, die Polymerase zu extrahieren, und gab Daten in den

Computer ein. Norbert war total in seine Impfstofftheorie vernarrt und wollte gleich mit Steve reden, wenn dieser wieder zurück war.

„Zurück? Ist er denn weg?"

„Ja, er und Mike sind für ein paar Tage zum Fischen. Das machen sie öfter. Kreative Pause und so."

Sophia war verwirrt. Steve hatte doch so viel Wert auf ihre Unterredung gelegt. Und Mike war weg, ohne sich zu verabschieden? Hilfe, was finde ich nur an diesem Kerl? Sie musste sich mal wieder mit Phil treffen. Den hatte sie seit ihrem Abenteuer nicht mehr gesehen.

Am Abend, als Sophia schon fast quadratische Augen vom vielen Computern hatte, lief sie in der Abenddämmerung den Strand entlang, verbannte alle Sonnenbrillenträger, die sich auf dem Volleyballfeld tummelten, aus ihrem Gesichtsfeld und schlenderte zur Tauchbasis. Aber irgendwie schmeckte ihr heute das Corona mit Steffi und Uwe nicht. Ihre Gedanken kreisten um Vögel, Vampire, Bakterien und ihren Großvater. Sie verabschiedete sich bald und ging schlafen. Am nächsten Tag versuchte sie Steve zu erreichen, doch der Anrufbeantworter sagte ihr lediglich, dass er kurzfristig verreisen musste und um eine Nachricht bat. Sophia legte wieder auf.

Unsicherheit

Die Tage zogen sich ohne Steve und Mike wie Kaugummi dahin. Phil und Edi waren auch nicht zu erreichen. Sophia lenkte sich mit der Arbeit im Labor und den Tauchausflügen mit Steffi und Uwe zwar ab, doch es gelang ihr mehr schlecht als recht, nicht an Mike oder die Ungereimtheiten im Labor zu denken.

Wieder einmal war ein Tag zu Ende gegangen ohne eine Nachricht von den Thorntons. Sophia wäre jetzt gern bei ihrem Großvater gewesen, hätte sich auf seinen Schoß gesetzt und eine Gutenachtgeschichte erzählen lassen. Doch das war unmöglich, ihr Großvater war bekanntlich seit Jahren verschollen. Und da erinnerte sie sich plötzlich daran, dass er ihr bereits als Kind von den Vogelmenschen berichtet hatte. Von der Prinzessin, die ihren Prinzen vor den Dämonen rettete, indem sie ihn schwerverletzt auf ihrem Rücken auf einen hohen Felsen flog. Allerdings nicht bevor der Prinz die Prinzessin gerettet hatte. Sie wollte die Geschichte immer wieder hören. Wie lange war das her? Ewigkeiten.

Ihre Mutter hatte sie damals schlafend ins Bett gebracht, und am nächsten Morgen war Opa meistens schon wieder verschwunden. Sie wollte dann immer wissen, ob er weggeflogen sei, denn sie war überzeugt gewesen, dass ihn ein großer Vogel abgeholt hatte. Ihre Oma hatte damals nur gelächelt, ihr über den Kopf gestrichen und genickt. Ihre Mutter dagegen hatte sie immer auf den Boden der Tatsachen zurückgeholt und gemeint: „Ja, ein Jumbojet hat ihn abgeholt."

Am nächsten Tag ging Sophia am Strand entlang, während sie ihren Gedanken nachhing, und ließ sich am Pfosten des Volleyballfeldes nieder, das im Moment vereinsamt dalag. Letzte Nacht hatte sie wieder in den Aufzeichnungen ihres Großvaters geblättert.

Aber er hatte recht gehabt mit allem ... Dieser Satz ging ihr immer wieder durch den Kopf. Das hatte ihr Großvater geschrieben. Somit waren Steve und Mike auch Vampire. Vielleicht Wasservampire wie Großvaters Fischer und anders wie Julius, aber trotzdem Vampire. Wesen, die sich von dem Blut anderer ernährten. Na bravo.

Herzklopfen

Es war später Nachmittag, und bald würde die Sonne die blaugrüne Meeresoberfläche, die wie ein Spiegel dalag, in ein goldenes Licht tauchen.

Sophia schreckte auf, als ihr Handy piepte und eine SMS ankündigte. Sie las sie mehrmals, da sie es erst gar nicht glauben konnte. Es war Steve.

„Morgen früh gegen neun Uhr in meinem Büro. Ist das möglich? Gruß Steve." Sophias Herzschlag beschleunigte sich. Somit war Mike also auch wieder da? Sie stand auf, simste ein schnelles „Geht klar" zurück und war sich plötzlich sicher, wo sie Mike finden würde, falls er wieder zurück sein sollte.

Zügig ging sie zur Tauchbasis. Himmel, sie bekam schon wieder eine Gänsehaut, wenn sie nur an ihn dachte, und keine unwohlige. Was wollte sie nur von diesem Kerl? Sie stand in der Eingangstür und sah sich um.

Tatsächlich. Am Tresen standen Mike und Steffi, die in irgendwelche Listen vertieft waren. Doch Sophia würdigte sie keines Blickes und ging zum Umkleideraum. Dennoch hatte sich ihre Körpertemperatur allein durch den Anblick von Mike gefühlt um mindestens vier Grad erhöht; und sie hielt unbewusst die Luft an, bis sie im Umkleideraum war, erleichtert, dass niemand sie angesprochen hatte. Sie schüttelte den Kopf über sich selbst. Was sollte sie jetzt tun?

Mike sah Sophia nach, und runzelte dann die Stirn. Auf Steffis fragenden Blick hin schüttelte er nur den Kopf und widmete sich wieder den Gruppeneinteilungen.

Sophia hatte sich inzwischen einen Shorty angezogen und ging im Schatten durch den Innenhof Richtung Steg. Sie achtete darauf, dass sie niemand beobachtete. Doch Mike hatte sie bereits entdeckt. Er entschuldigte sich bei Steffi und ging ihr nach. Sophia war inzwischen an der Spitze des Stegs angelangt, die Sonne berührte bereits den Horizont und ließ das Wasser golden schimmern. Sie atmete tief durch, stieß sich mit den Füßen ab und hechtete ins Wasser. Etwa achthundert Meter waren es zu einer kleinen Felseninsel, was wiederum mindestens zwanzig Minuten zügiges Schwimmen bedeutete. Das war es, was sie brauchte – erst mal wieder einen kühlen Kopf. Das Geräusch eines weiteren Hechtsprungs hinter sich nahm sie nicht wahr. Mit kraftvollen Armstößen kraulte sie durch das spiegelglatte Wasser. Dabei leerte sie ihren Geist, wurde eins mit ihren Bewegungen und wollte nur noch auf ihr Herz hören. Knapp zwanzig Minuten später kam sie ein wenig erschöpft auf der kleinen Insel an und erklomm den ersten Felsen.

Doch Mike war Sophia nachgeschwommen, hatte sie unbemerkt überholt und stand bereits auf der Insel. Er reichte ihr die Hand, um ihr aus dem Wasser zu helfen.

Als Sophia ihn bemerkte, hielt sie unwillkürlich die Luft an, und ihr Herz machte einen Satz, doch sie versuchte sowohl ihr Herz, als auch Mike zu ignorieren. Sie zog sich selbst die Felsen hinauf und kletterte vorsichtig zu einer kleinen Sandbank. Mannshohe Felsen umrahmten die kleine Bucht, und die Steine waren von der Sonne aufgewärmt. Sophia lehnte sich mit dem Rücken an einen Felsen und schloss die Augen. Trotzdem nahm sie wahr, dass Mike sie beobachtete. Er sah sie unverwandt an, während er mit verschränkten Armen dastand.

„Ich weiß, was ihr seid, du und Steve und die anderen", flüsterte Sophia schließlich.

Mike sprang aus dem Stand zwei Meter nach oben auf die Sandbank und lehnte sich ihr gegenüber an einen Stein.

„Ach ja?"

Sophia, die ihre Augen immer noch geschlossen hielt, um sich von der Abendsonne wärmen zu lassen, sah ihm nun direkt in die meerblauen Augen.

„Ja."

„Was du nicht sagst!"

„Ihr seid Vampire."

Mike hielt ihrem Blick stand.

„Hast du Angst?"

„Im Moment nicht, nein."

Mike ging langsam auf Sophia zu und entblößte seine Eckzähne:

„Dann sag mir, von was ich und auch die anderen leben."

„Du von Fisch, Steve sicher auch. Und die anderen? Blut, schätze ich."

Sophia machte ein trotziges Gesicht.

Mike musste unwillkürlich lächeln.

„Mitunter habe ich auch schon Menschen umgebracht."

„Das machen Menschen untereinander auch."

„Ich wollte auch DICH umbringen, Sophia!"

„Hast du aber nicht."

„Ich bin...nicht ungefährlich. Für Menschen und auch andere Lebewesen."

Mike hieb mit der bloßen Faust einen kopfgroßen Felsbrocken ab und zerbröselte ihn anschließend mit den Fingern. Dabei ließ er Sophia nicht aus den Augen.

„Du hättest keine Chance, weißt du ... weder auf dem Land ... noch im Wasser. Vielleicht in der Luft."

Mike lachte kurz auf, sprang ins Meer, riss eine der von Steffi und Uwe mühevoll befestigten Bojen wieder aus dem Meeresboden und schleuderte sie an Land, wo sie nicht nur in tausend Einzelstücke zebarst, sondern sich schier atomisierte.

Wütend kam er aus dem Wasser und presste sich mit dem Rücken an den Felsen, wobei er seine Hände zu Fäusten ballte.

„Du hast keine Ahnung!", presste Mike mühevoll hervor.

Sophia ging auf ihn zu, berührte ihn vorsichtig am Arm.

„Du würdest mir nichts tun."

„Bist du dir da so sicher?"

Mike nahm Sophias Hände und drängte sie an die gegenüberliegende Felswand. Er stand nun direkt vor ihr, sodass sich ihre Nasen beinahe berührten. Sophia hatte das Gefühl, in diesen blaugrünen Augen versinken zu müssen. Seine Hände fühlten sich stark und kräftig an, von seinem Körper ging eine wohlige Wärme aus, und sie wagte kaum zu atmen. Obwohl er wütend war, vielleicht auch gefährlich, fühlte sich Sophia sicher und wahnsinnig zu ihm hingezogen.

Mike runzelte die Stirn. Sophia war so ganz anders als die Frauen, die er bisher kennengelernt hatte. Normalerweise konnte er deren Gedanken lesen oder zumindest deren Emotionen spüren. Doch bei Sophia war das anders. Sie überraschte ihn immer wieder, kämpfte um ihr Leben wie ein Löwe und war doch so verletzlich wie ein kleines Kätzchen.

„Ich kann weder deine Gedanken lesen noch deine Gefühle. Das ist für mich sehr befremdlich."

„Na, dann willkommen in der Welt der Menschen! Und ich dachte, du seist ein Empath."

Sie sagte ihm nicht, dass es für sie eher befremdlich war, seit Neuestem die Gedanken von Vogelmenschen zu verstehen.

„Es funktioniert dann wohl nicht bei allen Menschen, wie es scheint." Mike stand immer noch direkt vor Sophia, und sie spürte seinen warmen Atem.

„Das fasse ich als Kompliment auf."

„Das solltest du nicht. Du lebst ziemlich gefährlich, kleine Menschenfrau."

Sophia lächelte: „Du auch."

Mikes Augen blitzten belustigt und wütend zugleich.

„Du lässt dich nicht so schnell einschüchtern, oder?" Seine Augen wurden dunkel.

Er ließ Sophias Hände los und trat wieder zurück an den anderen Felsen.

„Nein, eigentlich nicht. Aber ich habe dennoch Herzklopfen."

Sophia ging jetzt vorsichtig auf Mike zu und blieb dicht vor ihm stehen.

„Ich habe Angst, dass dieses Leben nicht echt ist, sondern ein Traum und die Realität mich irgendwann einholt. Dass ihr alle plötzlich verschwindet."

Mike seufzte, schüttelte leicht den Kopf und strich ihr vorsichtig eine Haarsträhne aus dem Gesicht. Dann nahm er sie zärtlich in den Arm und zog sie an sich. Er küsste sie, erst vorsichtig auf die Stirn, dann auf die Nase.

„O nein, das ist jetzt fast wie in Twighlight", flüsterte Sophia.

„Nicht ganz, denn dann müsste ich etwas sagen wie: Und so traf der Killerwal auf eine kleine Seerobbe ... und dann irgendetwas von masochistischer Wal oder so ..."

Sophia hatte Schmetterlinge im Bauch und konnte sich ein Lächeln nicht verkneifen. Zumindest war *Twighlight* ihm ein Begriff. Wenn Mike moderne Vampirgeschichten kannte, dann musste das Ganze hier doch der Realität entsprechen.

Fühlte man dann so das Glück?

Sophia hielt die Luft an, um die Zeit zu stoppen und diesen Moment für immer zu bewahren. Doch die Sekunden verrannen, und sie musste irgendwann wieder atmen.

Die Sonne war inzwischen untergegangen, und Sophia begann mit den Zähnen zu klappern.

„Du musst aus den nassen Klamotten raus."

„Wieso bist du eigentlich schon wieder trocken?"

„Meine Haut wird nicht richtig nass, und außerdem haben wir eine Körpertemperatur von ungefähr neununddreißig Grad, nicht ganz so viel wie die Vogelleute, aber doch so hoch, dass wir frierende, kleine Menschen wärmen könnten."

Sophia wollte sich eigentlich wehren, doch als Mike vorsichtig den Reißverschluss ihres Anzugs öffnete und sie aus dem Shorty befreite, fühlte sich das so gut an, dass jeglicher Widerstand erlosch. Frierend drängte sie sich näher an seinen warmen Körper. Mike stöhnte.

„Beweg dich nicht, Sophia, das ist gar nicht so leicht für mich. Du stellst für mich eine ständige Versuchung dar. Ich spüre deinen Herzschlag und höre dein Blut rauschen, was auf mich ungefähr die Wirkung hat, als ob du ausgehungert deine Lieblingsnudeln vor die Nase gestellt bekommst, ohne sie essen zu dürfen."

„Klingt kompliziert." Sophia drängte sich dennoch näher an ihn. Mike ächzte erneut, hielt sie aber fest.

Sophia grinste und sagte: „Dann werde ich dich mal erlösen. Mir ist wieder warm." Sie schob sich von ihm weg und schlüpfte zurück in ihren Neoprenanzug.

„Seit wann lesen Vampire eigentlich Vampirgeschichten?"

„Wer sagt denn, dass das nur Geschichten sind?"

Sophia lachte.

„Lass uns ein Mondscheinbad nehmen." Sie kletterte die Felsen hinauf, was nicht annähernd so elegant aussah wie der katzenhafte Sprung von Mike, der, oben bei ihr angekommen, ihre Taille umfasste und sein Gesicht in die kleine Kuhle zwischen ihrer Schulter und ihrem Hals legte. Dabei holte er tief Luft und raunte: „Du bist zum Anbeißen."

Sophia war sich im Mondlicht nicht mehr so sicher, ob seine Augen nun blaugrün geblieben oder doch schwarz geworden waren, und anscheinend hatte Mike ihren erschreckten Gesichtsausdruck bemerkt, denn er lachte auf und flüsterte ihr ins Ohr: „Und du hast doch Angst vor mir."

„Niemals!" entgegnete Sophia lachend und hechtete ins Meer. Mike folgte ihr. Allerdings tauchte er, während sie schwamm. Worauf Sophia schon etwas neidisch war, denn nach der Hälfte der Strecke wurde sie merklich langsamer, da ihr die Puste ausging. Mike tauchte neben ihr auf.

„Alles klar? Kannst du noch?"

„Fragen das Killerwale die Seerobben auch, bevor sie diese an Land schleudern?" Sophia kraulte weiter und hielt durch, bis sie die Leiter zum Steg vor Augen hatte. Sie stieg hinauf. Mike saß bereits gemütlich und trocken oben.

Etwas kurzatmig nahm sie dankbar die Wasserflasche entgegen, die er ihr reichte. Der Mond war aufgegangen, und die Sterne funkelten wie Diamanten am Himmel. In diesem Moment sah Sophia wieder eine Sternschnuppe, und sie wünschte sich, dass diese Nacht nie enden sollte.

Als sie später am Tresen der Tauchbasis vorbeikamen, war Steffi immer noch mit irgendwelchen Listen beschäftigt.

„Wo kommt ihr denn her?"

„Wir waren schwimmen", antwortete Sophia schelmisch.

„Stimmt", bestätigte Mike, während er Steffi charmant anlächelte. Diese schüttelte nur verständnislos den Kopf.

Sophia ging zu den Duschen hinter dem Haus und bekam natürlich den Reißverschluss ihres Anzugs nicht auf. Sie stellte sich trotzdem unter den warmen Wasserstrahl, da sie schon wieder fröstelte. Vorsichtig gesellte sich Mike zu ihr, während ihr Herz bereits wieder Kapriolen schlug. Er schlang seine Arme um sie.

„Im Wasser ist es leichter, vor allem im Anzug, da riechst du nicht so verführerisch und ..." – er küsste sie zärtlich auf die nasse Stirn –, „...du schmeckst auch nicht ausschließlich nach Lieblingsessen."

„Na, dann lass uns hierbleiben", flüsterte Sophia.

Sie drehte das Wasser weiter auf. Während Mike ihr den Neoprenanzug von den Schultern streifte, verharrte sie ganz ruhig, aus Angst, Mike könnte plötzlich aufhören. Sie genoss das warme Nass, ließ ihre Hände vorsichtig und langsam über die samtige Haut von Mike gleiten und schloss die Augen. Er hielt sie fest, strich ihr über die nassen Haare und den Rücken und genoss ihre Nähe.

So gründlich wie in dieser Nacht wurde der Anzug noch nie gespült. Doch irgendwann wurde das Wasser kalt. Sophia drückte sich noch mal kurz an den warmen Körper von Mike, der sie nur widerwillig losließ, und verschwand lachend in der Umkleidekabine, um sich in einen warmen Kapuzenpullover zu kuscheln.

Als sie sich umgezogen hatte, schlenderte sie langsam am Tisch vorbei, an dem Steffi immer noch am Computer saß und ihr mit großen Augen nachsah. Sie trat in die Nacht hinaus und konnte es nicht fassen, dass Mike tatsächlich am Strand saß und auf sie wartete. Sie setzte sich neben ihn, und wie zufällig berührten sich ihre Hände. Sophia wagte kaum zu atmen, geschweige denn ihre Hand zu bewegen. Doch Mike nahm die ihre und strich sich damit über das Gesicht. Er schloss die Augen und lächelte. Sophia sah ihn fragend an, doch er sagte nur: „Du riechst für mich einfach gut ...“

„Du wirst mir nichts tun, oder?“

Sophia hockte sich zwischen seine Beine und lehnte sich an seine Brust.

Mike bewegte sich zunächst nicht, doch dann legte er seine Arme um Sophia und seinen Kopf auf ihre Schulter, während er sie festhielt.

Sophia war überglücklich und hoffte, dass ihr Wunsch, die Zeit möge stehen bleiben, irgendwie in Erfüllung ging.

Das Meer lag silbern vor ihnen, und plötzlich schwamm Bob vorbei, sprang aus dem Wasser und ließ sich mit einem lauten Platschen wieder zurückfallen. Mike lachte und schüttelte den Kopf.

„Ihr redet miteinander?“, fragte Sophia

„Nein, nicht direkt, aber ich fühle seine Emotionen irgendwie, und umgekehrt ist es wohl genauso.“

„Und was erheitert euch beide gerade?“

„Na ja, Bob meint wohl, du stündest jetzt doch bei mir auf der Speisekarte, und er ärgert sich, da er dich ja neulich noch vor mir gerettet hat.“

„Kannst du ihm irgendwie sagen, dass alles in Ordnung ist?“

„Weiß ich nicht, aber ich habe versucht ihm klarzumachen, dass ich nicht auf diese Art hungrig bin.“

„Auf welche denn dann?“

Mike zog Sophia noch ein wenig fester an sich und seufzte tief.

„Ich habe lange auf dich gewartet ...“, raunte er ihr zu.

Sophia war perplex und hatte so viele Fragen. Doch im Moment wollte sie nur hier sein und schwieg.

Langsam zog der Mond von der einen Seite der Bucht zur anderen. Es war so wohlig warm in Mikes Armen, dass ihr irgendwann die Augen zufielen.

Mike beobachtete Sophia noch eine Weile beim Schlafen und trug sie dann ins Bett in ihrem Bungalow.

Als er beim Gehen die Tür hinter sich schloss, fiel ein Mondstrahl auf Sophias Gesicht. Mike lächelte und schwor sich, diesen Menschen zu beschützen und jede Gefahr von ihm abzuwenden, koste es, was es wolle.

Ein Hauch von Glück

Die Sonne schien Sophia ins Gesicht, als sie die Augen am nächsten Tag aufschlug. Die Möwen schrien, und als sie zum Fenster trat, sah sie Bob, der ihnen hinterherschwamm. Sie betrachtete ihr Bett. Wie war sie eigentlich hierhergekommen? Und wie in ihr Nachthemd? Sie seufzte wohlig. Hoffentlich war das alles nicht nur ein Traum! Und was für ein verdammt schöner noch dazu. Doch dann pfiff jemand vor ihrem Fenster, und Mike stand mit seinen strahlend grünblauen Augen und seinem wunderbaren Lächeln vor ihr.

„Hey, du Schlafmütze, Steve hat mich schon zweimal angesimst, ob ich wüsste, wo du steckst."

Sophias Herz schlug schon wieder Purzelbäume, und ihr Puls raste, als sie Mike so dastehen sah mit seinen verschränkten Armen, als wäre es das Normalste von der Welt, sie abzuholen.

Sie wusste nicht, was noch passieren würde, aber einige Dinge waren zu hundert Prozent sicher: Sie würde sich von niemandem einreden lassen, Mike sei gefährlich, auch wenn das in gewisser Hinsicht vielleicht stimmte. No risk, no fun! Und sie würde sich von niemandem überreden lassen, von dieser Insel aus Sicherheitsgründen wieder zu verschwinden. Sie war so glücklich wie noch nie zuvor in ihrem Leben.

Sophia schlüpfte in Shorts und ein T-Shirt und sauste zur Tür hinaus. Mike legte einen Arm um Sophia, und sie gingen Richtung Cafeteria, nicht ohne die Augen aller Anwesenden auf sich zu ziehen.

„Egal", meinte Mike, während seine Augen belustigt funkelten, „lass uns die Gerüchteküche zum Brodeln bringen."

Uwe pfiff durch die Zähne, als er Sophia mit Mike sah, und stieß Steffi mit dem Ellbogen an, die sich gerade an ihrem Milchcafé verschluckte.

Julius und den anderen „Sonnenbrillen" klappte der Kiefer herunter, und Mike schenkte ihnen ein strahlendes Lächeln.

„Der ist ganz schön sauer", flüsterte Sophia „Das sehe ich auch ohne empathische Fähigkeiten."

„Jip!", bestätigte Mike. „Aber unterschätze Julius und seine Freunde nicht, die sind gefährlich."

„Ach, darauf wäre ich nie gekommen", entgegnete Sophia.

„Na, wenigstens wird es nicht langweilig werden."

„Darauf kannst du wetten."

Als sie sich einen Latte macchiato geholt hatten, um sich anschließend bei Steffi und Uwe niederzulassen, sah Sophia in einer Ecke Phil und Edi sitzen und wollte Mike mit zu ihnen nehmen. Doch der schüttelte den Kopf.

„Keine gute Idee. Geh du, wir sehen uns später."

Mike nickte den beiden freundlich zu, die allerdings mehr als nur ein finsteres Gesicht machten. Sophia zog verwundert die Augenbrauen zusammen und ging allein zu ihnen. Sie freute sich aufrichtig, die beiden zu sehen. Seit ihrem „Unfall" hatte sie ja keinen der „Vögel" mehr getroffen.

„Als wenn du nicht so schon genug Probleme hättest, Sophia", begrüßte Phil sie.

„Bist du jetzt mit Mike zusammen, oder was?"

Sophia grinste Phil an: „Ja, ich freue mich auch, dich zu sehen, und hmm, ich weiß es noch nicht so genau. – Hallo, Edi, wie geht es dir?"

„Wir freuen uns, dich wohlauf zu sehen. Steve versprach, sich um dich zu kümmern. Aber du befindest dich in sehr gefährlicher Gesellschaft, da muss ich Phil recht geben. Doch genug davon. Bist du wieder auf dem Damm?"

„Ja, ich habe auch schon wieder im Labor gearbeitet, und da muss ich unbedingt was mit euch besprechen. Aber vorher sind noch ein paar Tests zu machen."

„Wieso, was hast du angestellt?"

„Nichts, ehrlich." Sophia sah auf die Uhr. Es war schon fast zehn Uhr, sie musste zu Steve. Hatte sie doch versprochen, zwischen neun und zehn Uhr in seinem Büro zu sein.

„Wie lange bleibt ihr auf der Insel? Ich muss zu Steve und dann ins Labor, aber können wir uns heute Abend sehen?"

„Klar, aber dann bei uns, hier auf der Insel sind mir zu viele Ungeheuer", meinte Phil mit verbissener Miene, während er einen bösen Blick auf Mike warf.

„Hör auf, Phil. Mike tut mir nichts."

„Dafür werde ich sorgen, das verspreche ich dir", murrte er.

„Wir sehen uns heute Abend. Irgendwie komm ich schon zu euch rüber."

„Und wenn ich dich fliegen muss", antwortete Phil Sophia, während er Mike einen vielsagenden Blick zuwarf, der nun seinerseits etwas verbissen zurückblickte.

Sophia stand auf, verabschiedete sich kurz, lächelte Mike zu und spurtete Richtung Steves Büro.

Julius hatte die Szene beobachtet und verließ noch vor Sophia den Raum. Er beobachtete diese, wie sie zur Treppe ging. Doch Mike hatte Julius im Blick und folgte diesem. Er passte ihn am Fuß der Treppe ab, während Sophia, ohne die beiden zu bemerken, schon fast bei Steves Zimmer angelangt war.

„Wage es ja nicht!", zischte Mike Julius zu.

„Wenn du dich nicht an die Regeln hältst, dann muss ich das ja wohl auch nicht. Wir werden sehen, wer zuletzt lacht."

Julius warf einen begierigen Blick zur Treppe, an deren Ende Sophia gerade verschwunden war, und zog genüsslich die Luft ein.

„Hmmm", seufzte er, lächelte Mike süffisant an, drehte sich um und ging Richtung Strand. Mike knurrte ihm leise hinterher, ballte die Fäuste und stieg dann ebenfalls die Treppe zu Steves Büro hinauf.

Teil 2

Entschluss

Sophia war aufgeregt. Es war so viel passiert. Sie stand unschlüssig vor Steves Arbeitstür und traute sich nicht anzuklopfen. Schon vor einer Stunde hätte sie da sein sollen, aber sie genoss jede Minute mit Mike, außerdem hatte sie ja noch Phil und Edi getroffen. Da hörte sie Schritte auf den Stufen, und Mike stand neben ihr.

„Keine Sorge, Steve beißt nicht", sagte er laut und murmelte, einen Blick die Treppe hinunterwerfend:

„Im Gegensatz zu manch anderen hier."

Dort hatte soeben noch Julius, der Leader der sogenannten „Sonnenbrillenfraktion", gestanden. Vampire, die zwar an die Regeln des Instituts gebunden waren, solange sie sich auf der Insel befanden, denen man aber nicht trauen konnte. Vor allem Julius nicht, der Mikes` Meinung nach bereits einen Blick zu viel auf Sophia geworfen hatte. Auch Mike gehörte irgendwie zu den Vampiren, doch zu den Guten, hatte Sophia für sich entschieden. Sie war ein Mensch, hatte aber in der Zeit ihres Aufenthalts hier auf der Forschungsinsel im atlantischen Ozean bereits gelernt, dass es noch etliche ökologische Nischen zu entdecken gab.

Sie amüsierte sich über Mikes Besorgnis und seufzte, als sie seinen Gesichtsausdruck sah. Dann klopfte sie an die Tür des Institutsleiters und hörte Steves tiefe Stimme: „Komm rein, Sophia, und Mike – ich glaube, du hast zu tun?"

Steve hatte Mike noch gar nicht gesehen, doch Vater und Sohn wussten als Empathen fast immer, wo der andere gerade steckte oder was jener empfand.

Mike grinste, zog Sophia noch mal kurz an sich und flüsterte ihr ins Ohr: „Ich bin in deiner Nähe."

Er drückte ihr einen Kuss auf die Stirn und ging die Stufen wieder hinunter. Sophia blickte ihm glücklich nach und trat dann ein.

Steve lächelte ihr freundlich entgegen.

„Du warst schwimmen gestern Abend?"

Sophia runzelte die Stirn. Sie ging davon aus, dass Steve über alles informiert war. So stellte sie eine Gegenfrage, statt zu antworten: „Ihr wart fischen die letzten Tage?"

„Touchez!" Steve seufzte. Er stand auf und ging zum Fenster. Gedankenverloren blickte er aufs Meer.

„Mike ist glücklich ... Er war es schon lange nicht mehr ... sehr lange."

Sophia wusste nicht, was sie sagen sollte, und nahm auf der Couch, auf der sie vor ein paar Tagen vierundvierzig Stunden am Stück geschlafen hatte, Platz. War das wirklich erst ein paar Tage her? Ihr kam es wie eine Ewigkeit vor. Mike hatte bei ihr gesessen und sie bewacht. Sie lächelte bei dem Gedanken.

„Bist du es auch?"

Sophia wusste erst gar nicht, was Steve mit seiner Frage meinte, doch antwortete ihm dann, als sie es begriff, mit einem bestimmten Ja.

„Edi war vorhin bei mir ... Er hält es für das Beste, dich aus der Gefahrenzone zu bringen, da es selbst im Vogelclan kontroverse Meinungen über deine Anwesenheit gibt."

Sophia musste an die Blicke von Sybill denken. Wenn Blicke töten könnten, wäre sie schon längst nicht mehr auf dieser Welt.

„Wie die Vampire mit der Grenzverletzung von Phil auf ihrem Territorium umgehen, steht noch nicht fest, aber wie die ‚Sonnenbrillen' die Beziehung zwischen dir und Mike hier auf neutralem Boden handhaben, kann ich mir gut vorstellen. Für sie gibt es kein Argument, das diese rechtfertigen würde. Julius wird alles daran setzen, dass man dich ausliefert. Da kommt ihm die nach dem alten Gesetz verbotene Freundschaft zwischen den `Vögeln` und mir gerade recht, und der Grenzübertritt von Phil auch."

Sophia schwieg und sah Steve nach wie vor zuversichtlich an, der die Wolkenformationen am Himmel verfolgte. Was hatte sie sich heute Morgen geschworen? Sie würde nicht gehen, nicht freiwillig.

„Dieses Forschungsinstitut kann nur überleben, wenn sich alle an die Regeln halten. Die ökologischen Nischen für uns werden immer kleiner, und jeder kämpft um sein Überleben."

Survival of the fittest. Sophia wusste Bescheid. Aber wer war denn der Stärkere? In der Evolution hatte der Aggressivste gewonnen. *Homo neanderthalensis* versagte gegen *Homo sapiens sapiens*. Aber war da nicht auch Wissen und soziale Kompetenz beim Kampf um das Überleben beteiligt? Wer ist stärker? Der Aggressivere oder der Intelligentere? Irgendwie müssen es die Menschen ja geschafft haben, sich den Lebensraum „Welt" zu erobern und alle anderen zurückzudrängen.

„Du kennst die Geschichte von Virginia, Tochter des Urahnen der Vogelmenschen, und Raffael, dem Urmenschen, aus der Sicht der Gelehrten des Vogelclans?"

Sophia nickte. Steve schaute immer noch den Wolkenfetzen nach, während er weitersprach.

„Der Vampir, der Raffael kurz vor seiner Rettung durch Virginia gebissen hatte, war nach der Legende Timotheus, ein Vorfahre der heutigen Albinovampire. Die Vampire erzählen sich die Geschichte etwas anders als die Vogelmenschen. Bei ihnen war der junge Raffael dem Tod nahe, ausgezehrt und schwach, als er Timotheus traf, der gerade schmerzvoll seine gesamte Familie im Sturm verloren hatte. Timotheus war selbst sehr alt, dem Tod nahe, und sah in dem jungen Raffael die einzige sinnvolle Alternative für seine Spezies. Er trank sein Blut nur zu einem gewissen Teil und ließ Raffael sein Blut und sein Gift trinken in der Gewissheit, dass in dieser Vereinigung eine stärkere Gattung, eine stärkere Familie entstehen würde. Dann, als er das Rauschen der großen Vögel hörte, stahl er sich davon. – Julius und seine Leute sehen in der alten Legende lediglich die Bestätigung ihres Wesens und ihrer Natur, ganz nach dem Motto ...“

Sophia vervollständigte den Satz automatisch: „Survival of the fittest.“ Sie konnte es nicht mehr hören.

„Sie verachten Virginia für ihr Mitleid mit Raffael und sind davon überzeugt, dass dieser nach seiner Verwandlung sie als Erste verspeist hat. Sie haben sich für den Vertrag und die Aufteilung der Gebiete mit den Vögeln nur bereit erklärt, als nach langen Diskussionen mit den Schriftgelehrten überzeugend dargelegt werden konnte, dass Raffael letztlich nur durch die Hilfe von Virginia überlebt habe, denn Timotheus hätte Raffael, so geschwächt wie er war, nicht mehr vor der herannahenden Flut retten können.“

Sophia rührte sich nicht. Sie dachte an die handgeschriebenen Seiten ihres Großvaters. Auch er hatte die Legende von einem Vampir gehört. Und er war sich sicher, dass auch der junge Raffael in Virginia verliebt gewesen war.

„Warum seid ihr, Mike und du anders?"

„Warum gibt es Vegetarier, Kannibalen und Allesfresser innerhalb des *Homo sapiens?"*

Sophia konnte nicht ganz folgen.

„Wir alle entscheiden selbst über unser Schicksal."

Steve trat vom Fenster weg und setzte sich zu Sophia auf die Couch.

„Ich war Meeresbiologe und arbeitete in einem kleinen Institut ähnlich dem hier. Aber das ist schon eine Weile her. Wir waren mit der Erforschung der Intelligenz von Delfinen beschäftigt, und ich verbrachte so viel Zeit, wie es ging, mit den Tieren im Tauchanzug unter Wasser. Eines Tages schwamm ich ziemlich weit mit einer Gruppe von Delfinen zu einer versteckten Bucht hinaus. Als ich an Land ging, um etwas Trinkwasser zu suchen, standen plötzlich zwei Wanderer mit rot leuchtenden, aber sehr freundlichen Augen vor mir und fragten mich nach dem Weg. Sie versuchten mich vom Wasser wegzudrängen, doch instinktiv verharrte ich einfach am Strand. Die Delfine spielten plötzlich verrückt und sprangen hoch, um so wieder ins Wasser zu fallen, dass es möglichst stark spritzte. Irgendwie hatten sie die Gefahr erkannt und wollten, dass ich wieder zurück zu ihnen käme. Die beiden Vampire – denn das waren sie zweifellos – wichen vor den Wasserspritzern zurück, als wären sie pures Gift. Aber ihre Augen wirkten so einladend, dass ich ein paar Schritte auf sie zu machte. Da zog mich der eine plötzlich ganz nah zu sich heran, und ich spürte einen brennenden Schmerz am Hals. Ich schrie und schlug um mich, doch beide hielten mich fest, und ein neuer Schmerz folgte an meinem Handgelenk. Dann kam Taubheit, mein Gesichtsfeld verengte sich, und ich ergab mich wohl, sodass sich ihre Griffe lockerten. Da hörte ich aus weiter Ferne den Schrei eines Delfins, so laut und durchdringend, dass sich mein Körper ein letztes Mal aufbäumte und losreißen konnte. Ich fiel nach hinten in die Brandung. Die Flut war mittlerweile etwas angestiegen, und ich hatte Glück. Die beiden fürchteten sich wohl vor dem Wasser oder den Delfinen, oder vor was auch immer. Jedenfalls ließen sie mich am Strand liegen und rannten davon."

Steve stand auf und ging erneut zum Fenster, seine Hände zu Fäusten geballt.

„Und wie ging es weiter?"

Sophia war komplett in den Bann gezogen von Steves Geschichte.

„Ehrlich gesagt weiß ich das nicht mehr so genau. Es waren höllische Schmerzen, Blut lief von meinem Hals und meiner Hand hinunter, während ich halb auf dem Sand und halb im Wasser lag, das langsam anstieg. Ein Delfin schob sich neben mich, sodass ich nicht ins Meer gespült wurde, während das Salzwasser meine Wunden ausspülte, die merkwürdigerweise sehr schnell zu bluten aufhörten. Ich weiß nicht, wie lange ich so am Strand lag. Ich weiß auch nicht, wie es die Delfine geschafft haben, mich nicht ertrinken zu lassen. Jedenfalls war es manchmal hell und manchmal dunkel, und ich konnte nicht klar denken. Nur dieser Schmerz, der war immer da. Erst als ich komplett von ihm ausgefüllt war, sodass ich dachte, dies sei unweigerlich das Ende, hörte es plötzlich auf. – Heute weiß ich, man darf sich nicht dagegen wehren. Dann geht es schneller."

Steve ging zum Schreibtisch und trank einen Schluck Wasser.

„Als ich dann zu mir kam, hatte ich eine Narbe am Hals und am Handgelenk und eine Horde Delfine um mich, die freudig umherschwammen und mich willkommen hießen. Willkommen in einem völlig anderen Leben. Ich musste Stunden, wenn nicht Tage im Wasser gelegen haben, doch meine Haut war trocken, und mir war warm. Ich fühlte mich fit und hungrig, unwahrscheinlich hungrig, während ich da im seichten Wasser hockte. Da sah ich Kinder am Strand spielen, und mein Puls beschleunigte sich. Ich handelte instinktiv im Jagdfieber, denn ich spürte, was ich brauchte."

Steve stockte, und es dauerte ein paar Minuten, bis er weitersprach.

„Wenn die Delfine nicht gewesen wären, hätte ich die Kinder getötet. Ich hätte ihr Blut getrunken, bis sie leer und kalt gewesen wären. Ich dachte, ich könnte diesem Verlangen nicht widerstehen, und ein Teil von mir sagte: Tu es, es ist nun deine Natur, deine Bestimmung, dein Schicksal. Du bist der Stärkere! Du wirst überleben! – Aber wieder pfiffen die Delfine. Zwei schwammen zu den Kindern, die lachend ins Wasser sprangen und mit ihnen spielten. Zwei weitere Delfine hielten sich zwischen den Kindern und den restlichen drei Tieren, die mich umrundeten, auf.

Was wollt ihr?, dachte ich: Lasst mich!

Doch sie ließen mich nicht. Vielmehr drängten sie mich von den Kindern fort und gingen dann auf die Jagd. Ich blieb hungrig zurück, bis ich plötzlich einen frisch erlegten riesigen Fisch vor die Füße geworfen bekam. Ich schüttelte den Kopf. Doch ich hatte so einen Hunger, dass ich mir dachte, etwas Sushi könnte nicht schaden. Und es schmeckte gar nicht so schlecht. Im Nu war der Fisch verspeist und die Delfine sorgten für Nachschub, bis mein erster Hunger gestillt war. Zumindest so weit, bis man nur noch Appetit nach einem Nachtisch hat und keinen Hunger mehr. Na ja, und so wurde ich wohl zu dem, was ich heute bin. Statt nach Blut dürstender Vampir ein selbsterwählter Wasservampir. Die Delfine hatten mir gezeigt, dass ich eine

Wahl gehabt hatte zwischen blutsaugendem Menschenjäger und etwas anderem. Ich bin mir heute sicher, dass ich nur so meinen Moralvorstellungen bis heute treu bleiben konnte, und ich weiß, dass man immer eine Wahl hat."

Steve hielt kurz inne, bevor er weitererzählte.

„Auf der einen Seite war es faszinierend. Ich konnte unter Wasser atmen wie ein Fisch, war schnell wie eine Robbe, und meine Haut hätte keiner Kleidung mehr bedurft. Ich jagte fortan mit den Delfinen umher und genoss diesen neuen Teil von mir.

Doch ein anderer Teil war einsam, ich hatte keinen Kontakt mehr zu den Menschen. Zu sehr hatte ich Angst davor, ich könnte ihnen schaden. Ich wollte kein Monster sein."

Steve stand die ganze Zeit am Fenster und drehte sich nun zu Sophia um. Er lächelte, doch in seinen Augen erkannte Sophia einen tiefen Schmerz.

„Ich habe alle meine Lieben damals verloren, Sophia. Es ist ein ständiger Kampf ums Überleben."

„Wie alt bist du?"

Steve vezog die Mundwinkel zu einem verschmitzten Lächeln, sagte aber nichts.

„Ist Mike wirklich dein Sohn?"

„Gewissermaßen."

Wieder trat Schweigen ein, doch Sophia wagte kaum zu atmen in der Hoffnung, Steve möge weitererzählen. Wieso hatte Steve all die Seinen verloren? Hatte er sie überlebt oder waren sie getötet worden? Steve schenkte sich noch ein Glas Wasser ein und stellte sich wieder ans Fenster.

„Nach einiger Zeit, in der ich mich an rohen Fisch und an das Leben mit den Delfinen gewöhnt hatte, lag ich gerade auf einem Felsen und hing meinen Gedanken nach, als fünf Delfine ganz aufgeregt den Stein umschwammen und mir bedeuteten mitzukommen. Der Ausflug ging zu einem Riff weitab von der Küste. Der Meeresgrund war dort mindestens siebzig bis hundertfünfzig Meter tief, und die Delfine zogen mich bis auf hundert Meter hinab. Dort lag ein Schiffswrack, in das drei Seile reichten. Ich wusste, was das zu bedeuten hatte. Damals gab es entweder Tauchanzüge aus Metall, in denen man aber sehr unbeweglich war, oder Senkkästen."

„Senkkästen?", fragte Sophia verständnislos.

„Bei einem Senkkasten handelt es sich um ein hohles, zylindrisches oder rechteckiges Gebilde, das als Fundament oder als Arbeitsraum im Wasser versenkt wird. Man ist so viel beweglicher als in dem Metalltauchanzug. Der Senkkasten wird in der Regel an Land erbaut und danach an die geplante Stelle auf dem Wasser geschleppt und versenkt. Häufig ist es erforderlich, den Senkkasten um ein bestimmtes Maß in den Grund abzusenken. In diesem Fall wird er als Arbeitsraum genutzt, der nach unten geöffnet ist. Um das ihn umgebende Wasser am Eindringen zu hindern, wird der Hohlraum pneumatisch unter einen abgestimmten Überdruck gesetzt. Und das auf hundert Metern Tiefe. Es war die Zeit noch vor Jacques-Yves Cousteau, der erst gut fünfzig Jahre später die ersten Lungenautomaten erfunden hat. Diese drei Seile waren eine Einbahnstraße in die Tiefe des Ozeans. Das war für mich damals klar. Die Delfine zogen mich zu einem Schiffswrack, wo ich Mike und zwei weitere Kollegen in einem Senkkasten fand. Ich kannte sie aus meinem früheren Leben, allerdings waren es da noch halbwüchsige Teenies gewesen und jetzt waren sie junge Männer und Frauen. Viel zu jung zum Sterben."

Steve sah Sophia tief in die Augen, woraufhin diese die Stirn runzelte.

„Warum machst du dir Sorgen? Mir passiert nichts. – Erzähl lieber, wie es weiterging."

Steve seufzte lächelnd.

„Die drei steckten also in diesem Kasten, aber natürlich hielt das Material dem Druck nicht stand. Weiß der Himmel, wie sie es überhaupt geschafft hatten, den Kasten so tief an genau diese Stelle zu bringen. Die junge Frau war schon tot. Sie hieß Sandra und war Mikes Schwester. Ich roch es an ihrem Blut. Es gibt nichts Abstoßenderes als totes Blut für uns Vampire. Der andere Kollege lag in den letzten Zügen, und Mike war einer Ohnmacht nahe. Doch als er mich sah, deutete er triumphierend auf die große Schatzkiste, die wohl das Ziel der Unternehmung gewesen war, und lächelte zufrieden. Dann kamen das Wasser und meine Wut. Wut über den sinnlosen Tod der jungen Taucher, und damit der Tod überhaupt noch einen Sinn haben sollte, stürzte ich mich auf Mike. Sein Blut war berauschend. Während meines Bisses übertrug ich ihm auch mein Gift, ohne es bewusst zu steuern. Es schmeckte so köstlich, dass ich nicht mehr aufhören wollte, die jungen Menschen waren ja sowieso verloren. Und wieder waren es die Delfine, die mich und auch Mike gerettet haben. Sie drängten mich von ihm fort und trugen ihn vorsichtig an die Wasseroberfläche. Erst viel später begriff ich, dass die Delfine einen Partner für mich gesucht hatten, da sie sehr wohl meine Einsamkeit spürten. Als Mike nach über einer Woche endlich zu sich kam, hatte er wie ich damals unglaublichen Hunger. Den Fisch nahm er dankbar an, und seither sind wir Sushispezialisten. Was nicht heißt, dass wir Blut nicht auch genießen würden ..."

Sophia war immer noch gedanklich mit dem Senkkasten beschäftigt. Denn wenn das zu einer Zeit stattfand, fünfzig Jahre vor Cousteau, wie alt war dann dieser Vampir vor ihr? Und wie alt war Mike? Es zog eine Wolke vor die Sonne, und Steve setzte sich zu ihr.

„Du bist in Gefahr, Sophia, das weißt du ... Julius und seine Leute auf der einen Seite und auch Mike und ich auf der anderen. Hier liegt dein Ticket nach München. Du kannst morgen nach Hause fliegen."

Sophia sah Steve verständnislos an. Nach Hause fliegen? Sie war nach Hause geflogen, und zwar auf dem Rücken eines Adlers. Hierher auf die Insel war sie geflogen und um dieses Zuhause würde sie kämpfen. Mit jeder Faser ihres Willens und ihres Körpers. Survival of the fittest? Wollen wir doch mal sehen, wer hier der Stärkere war, dachte sie. Sie würde nicht gehen, und wenn sie noch mal eine ökologische Nische finden musste. Mit blitzenden Augen stand sie auf, nahm das Ticket und zerriss es vor Stevs` Augen.

„Ich werde nicht gehen."

Steve atmete tief durch.

„Das sehe ich, aber du hast ein Recht darauf zu erfahren, worauf du dich einlässt. Jetzt weißt du es, und es ist, nein, war deine Entscheidung, ob du gehst oder bleibst."

Er hob die Schnipsel des zerrissenen Tickets auf und warf sie in den Papierkorb. Es klopfte an der Tür, und kurz darauf stand Mike im Zimmer:

„Sagt mal, habt ihr keinen Hunger? Es ist schon nach Mittag."

„Hunger?" Sophia sah ihn mit zusammengekniffenen Augen an. Doch seine Augenfarbe hatte ein klares Türkisblau, wohingegen ihr

Magen tatsächlich rebellierte. Mike lächelte über Sophias prüfenden Blick.

„Was ist das?", wollte Mike wissen, als Steve die letzten Schnipsel entsorgte.

„Das war die Fahrkarte in ein langes Leben ohne Gefahren", erklärte Steve seufzend, „aber Sophia zieht ein kurzes Leben inmitten von Vampiren mit Reißzähnen und Vogelmenschen mit Krallen vor."

„Schön." Mike lachte und legte einen Arm um Sophia.

„Na dann, lasst uns essen gehen!"

Einblicke

Die Tage und Wochen zogen dahin. Sophia war glücklich. Sie hätte ewig so weiterleben können. Morgens von der Sonne geweckt werden, im Labor arbeiten, tauchen und mit Mike zusammen sein. Am besten Tag und Nacht.

Heute war ein heißer Tag, die Möwen kreischten, und die Sonne leuchtete vom strahlend blauen Himmel. Die Wasseroberfläche glänzte golden. Es war früher Nachmittag und Sophia ging barfuß durch den heißen Sand. Als sie zur Tauchbasis kam, entdeckte sie Steffi und Uwe schlafend in einem Liegestuhl. Steffi hatte den Kopf an Uwes Schulter gelehnt und lächelte im Schlaf. Hatten die beiden nun doch endlich zueinander gefunden? Sophia seufzte zufrieden. Die Sonnenbrillenvampire ließen sie in Ruhe, selbst Julius hatte sie in den letzten Tagen nicht mehr gesehen. Steve und Edi hatten sich mit ihrer Entscheidung hierzubleiben wohl auch abgefunden. Nur Phil war immer noch sauer, dass sie mit Mike zusammen war.

Im Labor versuchte Norbert sie immer wieder zu ermuntern, sich nochmals genau daran zu erinnern, was sie mit dem Doppelansatz gemacht hatte, denn er war nach wie vor davon überzeugt, dass dieser der Schlüssel zu einem Impfstoff gegen das Albinogen der Vampire sein könnte. Am Tag zuvor war Sophia schon in Versuchung geraten, ihm einfach noch mal ihr Blut in den Ansatz zu werfen, damit er Ruhe gab, doch sie beherrschte sich. Hatte sie Steve nach einem längeren Gespräch doch versprochen, sich ruhig zu verhalten und in aller Stille und ohne Wissen des Laborleiters noch einmal einen Ansatz mit ihrem Genom fahren zu lassen. Nur hatte sich die Gelegenheit dazu noch nicht ergeben. Aber Sophia war nicht unglücklich darüber, denn sie wollte gar nicht so genau wissen, ob ihre Gene irgendetwas mit den Vampiren zu tun hatten.

Sie gähnte. Zurzeit litt sie ein wenig an Schlafmangel. Hatte Mike Steve doch versprochen, Tag und Nacht ein Auge auf sie zu haben, und diesem Versprechen kam er gewissenhaft nach. Nur dass Sophia etwas mehr Schlaf benötigte als ein Wasservampir. Wenigstens ein paar Stunden, wohingegen Vampire eigentlich gar keinen Schlaf brauchten, wie Sophia die letzten Tage und Wochen erfahren hatte. Sie versuchte mit weniger Schlaf auszukommen, um die Nähe mit Mike möglichst lange zu genießen. Doch irgendwann fielen ihr dann immer die Augen zu, was Mike mit einem Schmunzeln quittierte, das Sophia schon gar nicht mehr mitbekam. Sie träumte oft schlecht und wachte schweißgebadet auf. Sie bemühte sich, dies vor Mike zu verbergen, was ihr aber nur schwer gelang. Dafür hielt Mike mit der Information hinter dem Berg, dass Julius und seine Bande mehr als einmal pro Nacht an ihrem Bungalow vorbeischlichen.

Sophia ging zur Umkleidekabine und schlüpfte schnell in einen Shorty. Als sie zum Anlegesteg kam, wurde sie schon von Bob begrüßt, der Saltos schlagend im Wasser tollte. Sophia sprang zu ihm ins blaue Nass und ließ sich an der Oberfläche treiben.
Der Wahnsinn, dachte sie. Eigentlich verrückt, was das Leben so alles für Überraschungen bereithielt. Und das hatte ihr Großvater auch herausgefunden? Aber warum hatte er nie etwas erzählt, und was hatte er alles erlebt? Sie musste unbedingt mit Oma reden. Ob von Opa wohl noch irgendwo alte Tagebücher existierten?
Unbewusst hatte Sophia den Weg zur Felseninsel eingeschlagen, während Bob noch immer neben ihr schwamm.
„Hey, kleiner Delfin, lass uns ein Wettschwimmen machen, aber ich will mindestens hundert Meter Vorsprung."
Sophia drehte sich auf den Bauch und kraulte los. Sie genoss das Wasser auf ihrem Gesicht und das Dahingleiten an der Oberfläche. Hier und jetzt waren alle Sorgen und Probleme weit weg. Nachdem der Delfin ihr erst mal verdutzt zugesehen hatte, machte er das Spiel mit und schwamm hinterher. Bob tauchte unter Sophia durch, überholte sie und sprang einen Salto nach dem anderen über sie drüber. Er hatte sichtlich Spaß. Sophia musste lachen und prustete los. Die Krönung bestand darin, dass er sich auf den Rücken drehte, mit den Brustflossen klatschte und laut pfiff, während er mit der Schwanzflosse einen Gegenstrom verursachte.

„Na warte", dachte Sophia und sprintete hinterher, oder versuchte es zumindest.

„Das ist sie?", fragte ein Mann mit markanten Gesichtszügen, breiten Schultern, einem freundlichen Lächeln und leuchtenden smaragdgrünen Augen.

„Ja", sagte Steve.

„Sie hat sichtlich Spaß im Wasser!", stellte eine Frau mit freundlicher Stimme, tiefschwarzen Augen und langen, schwarzen Haaren fest.

„Und der Delfin mit ihr", bestätigte wiederum der Mann.

Alle drei standen am Panoramafenster von Steves Arbeitszimmer und verfolgten das Spiel von Sophia und Bob.

„Julius hat Interesse an ihr?"

„Ja", entgegnete Steve wieder.

„Und dein Sohn auch?"

„Mike liebt sie", antwortete die Frau anstelle von Steve.

„Doch ich kann nicht fühlen, was Sophia empfindet. Irgendetwas schirmt sie ab."

Gedankenverloren drehte sie an einer Haarsträhne.

„Mike geht es mit Sophia genauso, und mir auch. Deswegen ist Mike so besorgt. Er weiß nie, was Sophia gerade denkt oder wo sie ist. Seine Fähigkeiten wirken bei ihr nicht."

„Kann Julius sie hypnotisieren?", erkundigte sich die Frau.

„Nein", antwortete Steve, „aber es kostet sie viel Kraft, ihm zu widerstehen."

„Interessant", murmelte die Frau und beobachtete, wie Sophia auf die Felsen kletterte.

„Du sagtest, sie versteht auch die Sprache der Vögel?"

„Ja, Edi kann sich telepathisch mit ihr verständigen, wenn er nicht allzu weit entfernt ist."

„Interessant", sagte die Frau wieder.

„Kannst du telepathischen Kontakt mit ihr halten?"

„Das hab ich bisher nicht ausprobiert."

Die nächsten Minuten schwiegen alle und beobachteten weiter Sophia, wie sie auf dem Felsen lag, und Bob, wie er wartend seine Runden drehte.

„Du und Mike, ihr müsst zur Insel kommen. Diese ganze Geschichte mit Julius, den Vögeln und Mike mit Sophia. Das muss im Rat erörtert werden. Du kennst die konservativen Ratsmitglieder nur zu gut, warst ja lang genug bei uns. Es wäre besser für alle Beteiligten, wenn ihr bei der nächsten Versammlung dabei wärt. Julius mobilisiert schon seit Wochen seine Leute. Er führt irgendetwas im Schilde."

„Das denke ich auch. – Wir werden kommen."

„Bringt Sophia auch mit zur Insel, Steve."

„Wie bitte?"

„Du hast richtig verstanden, bringt sie mit."

„Aber .... sie ist ein Mensch. Da gelten unsere Regeln nicht. Du bringst sie damit in Lebensgefahr", stammelte Steve.

„Du wagst es, uns zu widersprechen?", fragte der Mann sehr leise, wobei seine Augenfarbe von meergrün zu schwarz wechselte.

„Natürlich nicht", Steve senkte den Blick und presste zwischen zusammengekniffenen Lippen hervor: „Ganz wie ihr wünscht."

Der Mann nickte und ging zur Tür.

Die Frau trat zu Steve und nahm seine Hand.

„Wir werden sehen, was passiert. Mach dir nicht allzu viele Sorgen. Eya hat zu mir gesprochen, und sie weiß, was sie tut."

Sie lächelte Steve aufmunternd zu.

Er versuchte ihr Lächeln zu erwidern, doch er schaffte es nicht.

Sophia genoss die Sonnenstrahlen und schloss die Augen. Das Leben fühlte sich großartig an. Sie seufzte tief. Bob drehte immer noch seine Runden. Die Möwen kreischten. Plötzlich schob sich ein Schatten zwischen Sophia und die wärmenden Sonnenstrahlen, und sie öffnete die Augen. Sie erschrak. Mike stand vor ihr, urplötzlich und ohne Ankündigung.

„Hey, kannst du nicht Hallo sagen oder klatschen oder wenigstens planschen wie ein Delfin? Du hast mich zu Tode erschreckt!"

Doch Mike lächelte nicht.

„Ich habe mir Sorgen gemacht. Keiner wusste, wo du warst. Und in der Basis hast du dich auch nicht abgemeldet."

„Ich bin ja auch nicht tauchen." Sophia lächelte ihn an.

„Du musst mir sagen, wo du bist. Ich mache mir sonst Sorgen."

Mit einem Seufzer setzte er sich neben Sophia. Wieder war er komplett trocken, während ihr Neoprenanzug immer noch feucht glänzte.

„Ich hätte auch Julius sein können."

„Der ist wasserscheu", entgegnete Sophia mit einem gewinnenden Lächeln.

„Aber er kann trotzdem schwimmen."

„Außerdem ist auch noch Bob da."

„Sophia ..."

„Ich weiß, ich weiß, der Sonnenbrillenclan will mein Blut, wir haben gegen ein paar Regeln verstoßen, sodass uns Steves Neutralgesetz nicht schützen kann, und außerdem haben es noch ein paar wilde Vögel auf mich abgesehen."

„Genau."

Mike seufzte.

Sophia lehnte sich an ihn und küsste ihn auf die Wange.

„Aber ich habe ein paar gute Vogelfreunde in gehobener Position, kenne den Sohn des Institutsleiters, der einen sehr guten Beschützer abgibt, und werde mich nur noch im Wasser aufhalten, wo außerdem noch ein Delfin über mich wacht."

Mike seufzte wieder und nahm Sophia in die Arme.

„Wobei dein Beschützer auch zu deinem Feind werden kann, vergiss das nicht."

„Niemals."

„Du hast keine Ahnung, Sophia."

Sorgenfalten stahlen sich in sein Gesicht.

Sophia nahm seine Hände und schaute ihm dabei fest in die meergrünen Augen.

„Ich verspreche dir, dass mir so schnell nichts passiert."

„Was macht dich da so sicher?"

„Ich weiß es einfach." Sophia sah ihn ernst an.

„Jugendlicher Leichtsinn."

„Möglicherweise."

Mike ächzte auf, während sich ein Lächeln auf Sophias Gesicht stahl.

Beide saßen auf einem Felsen und beobachteten Bobs Wasserspiele.

„Sag mal, Mike, wie alt bist du eigentlich?"

„Ist das wichtig?"

Sophia schmunzelte. „Kommt drauf an."

„Irgendwann redet man nicht mehr über das Alter. Außerdem ist Alter bei uns absolut relativ."

„Relativ zu was?"

„Relativ zu den Lebensumständen."

„Wie bitte?"

„Wir altern manchmal schneller und manchmal gar nicht."

„Das ist doch jetzt ein Witz, oder?"

„Kennst du die Redensart: Man ist immer so alt, wie man sich fühlt?"

„Klar, aber..."

„Bei uns ist das in gewisser Weise wirklich so."

„Inwiefern?"

Sophia sah Mike nach wie vor ziemlich ungläubig an.

„Nach unserer Verwandlung altern wir erst mal sehr langsam, aber wir werden trotzdem älter. Dieser Prozess kann allerdings beeinflusst werden ..."

Mike redete in Rätseln, und Sophia verstand kein Wort.

„Vampire trinken normalerweise Blut und halten sich dadurch auch jung. Es kommt ..." – Mike stockte, bevor er weitersprach –, „auf den Spender an. Je jünger, desto besser."

„Aber dann sind ja vor allem die Babys in Gefahr! Doch in dem Bus saß kein einziges Kind."

Sophia bekam Gänsehaut, wenn sie wieder an ihr Erlebnis mit der Kaffeefahrt der Vampire dachte.

„Das glaube ich sofort. Denn noch mehr als auf das Alter kommt es auf die Art und Weise an."

„Auf die Art und Weise?"

„Ja, also nehmen wir an, ein Mädchen verliebt sich in einen gut aussehenden Vampir und hat Endorphine im Blut, dann wird dieser Vampir bei Aufnahme des Blutes erst mal stärker und jünger, allerdings, wenn das Mädchen menschlich ist und kein Vampir, nur vorübergehend."

„Und wenn das Mädchen nicht menschlich ist?"

„Wenn zwei Vampire die wahre Liebe gefunden haben, so sagt man zumindest in den Legenden, dann soll das die absolute Erfüllung sein. Denn wahre Liebe birgt ewiges Leben in sich und hält ewig jung." Mike stockte.

„Wow!", murmelte Sophia. Zu mehr war sie momentan nicht fähig.

„Bedeutet das, dass Vampire sich auch gegenseitig beißen?"

„Wir nennen es *sich austauschen*, nicht unbedingt beißen. Aber es gibt auch andere Mittel als das Blut, um sich auszutauschen."

Mike suchte nach den richtigen Worten, ohne rot zu werden.

„Hmm ... also, wir verändern uns bei der Verwandlung nicht nur bezüglich des Aufbaus der Haut ..."

Sophia sagte nichts dazu. Sie war viel zu perplex, gleichzeitig aber auch ungemein neugierig. Ob die anatomischen Veränderungen bei Vampiren zu googeln waren? Wohl eher nicht. Aber sie wollte Mike auch nicht weiter in Verlegenheit bringen.

„Tut das weh?"

„Was? Der Austausch?"

„Äh, ja, aber der nicht blutige."

„Es hat sich, soweit mir bekannt, noch nie ein weiblicher Vampir beschwert."

Mike schmunzelte.

„Und wie sieht es mit menschlichen Freundinnen von Vampiren aus?"

„Das hat es wohl noch nicht so oft gegeben."

„Das heißt dann wohl: No risk, no fun."

Sophia grinste Mike an, dessen Gesicht sich schon wieder verfinsterte.

„Wobei wir schon aufpassen müssen, mit wem wir uns austauschen, nicht nur anatomisch. Denn du wirst, so sagen zumindest die Schriften, eins mit deinem Partner. Ist die Liebe stark, so gibt das beiden Kraft, doch wird zum Beispiel ein männlicher Vampir von Hass beherrscht ...“

Sophia musste unwillkürlich an Julius hassverzerrtes Gesicht in der Cafeteria denken und schauderte.

„... was so manchen weiblichen Vampir aufgrund der von ihm ausgehenden Stärke anzieht, vor allem die Jüngeren, dann wird auch dieses Gefühl verstärkt.“

Sophia verdrängte den Gedanken an Julius, schüttelte die Gänsehaut ab und fasste zusammen: „Was dann so viel bedeutet wie: geteilte Liebe, doppeltes Glück, geteilter Hass, doppelte Stärke?“

„Nicht nur das. Mit dem Akt der Vereinigung werden neben Gefühlen auch Erinnerungen ausgetauscht, je nachdem, wie nah sich die beiden sind. Wird einer dem anderen untreu, kann er dieses Erlebnis vor seinem Partner kaum geheim halten.“

„Da bekommt der Satz ‚Schatz, ich hab Kopfweh‘, ja eine ganz andere Bedeutung.“

Sophia versuchte zu lachen. Das Ganze klang so abgefahren, dass sie das Gehörte nur mit einer Portion Humor verarbeiten konnte.

Mike runzelte missbilligend die Stirn, als er Sophias Grinsen sah.

„Angeblich hat ein sehr altes Paar den Vorsitz über den Ältestenrat der Vampire. Es soll die wahre Liebe sein. Keiner weiß, wie alt die beiden wirklich sind. Sie wirken zeitlos und herrschen seit Ewigkeiten. Sie stellen auch die Regeln des Zusammenlebens auf. Steve hat eine Weile bei ihnen gelebt, um dann dieses Institut aufzubauen.“

„Was passiert, wenn einer der beiden stirbt?“

„Es ist nicht leicht, als Vampir zu sterben, aber nach den Schriften ist es so, dass der Hinterbliebene umgehend altert, meistens fast so schnell wie die Menschen, und dann stirbt auch er. Außer er findet einen neuen Partner, der ihn allerdings mit seiner ganzen Vergangenheit so annehmen muss, wie er ist, und den er aufrichtig liebt. Ansonsten werden die beiden keine Stärke aus ihrer neuen Verbindung ziehen können."

Sophia dachte an ihre geschiedenen Eltern, die eigentlich immer noch auf der Suche nach dem richtigen Partner waren, und an Fredi aus ihrem Semester, der seine Freundin für einen Mann verlassen hatte. Na bravo, die wahre Liebe! Das klang bei den Vampiren irgendwie genauso kompliziert wie bei den Menschen.

Sophia atmete tief durch. Sie beobachtete die Wellen, die leise klatschend an den Strand rollten, und wusste in diesem Moment nur, dass sie nirgendwo anders sein wollte als mit Mike auf dieser Insel, ob das jetzt von der Evolution so vorgesehen war oder nicht. Sie wollte ihm nahe sein, ganz nahe, anatomische Veränderungen hin oder her. Oder sollte sie sich doch lieber noch mal in der Bibliothek von Steve über die Anatomie der Vampire informieren?

„Warst du schon mal mit einer menschlichen Frau zusammen?"

Mike lachte amüsiert.

„In meinem Leben als Vampir? Nein, das wäre mir auch viel zu gefährlich. Sophia, ich werde dich beschützen und sicher nichts tun, was dich vielleicht gefährden könnte."

Sophia entfuhr ein: „Mannomann! " Dann wandte sie sich zu Mike um, strich zärtlich mit dem Zeigefinger die Konturen seines Gesichtes nach und küsste ihn erst auf den Hals, dann auf die Nasenspitze und anschließend auf den leicht geöffneten Mund.

„Bist du dir da auch sicher?", fragte sie sanft.

Mike stöhnte auf und schob sie dann energisch von sich weg. Dabei flüsterte er: „Nein, bin ich nicht. Ich will dich mehr, als du ahnst, doch wenn ich mich nicht beherrschen kann, wirst du sterben. Ich bin kein Mensch, vergiss das nicht."

Er stand auf und sah aufs Meer hinaus.

Sophia folgte ihm und lehnte sich an seinen warmen Rücken. Er drehte sich zu ihr um, sah sie mit seinen unergründlichen, meergrünen Augen an und nahm sie fest in den Arm.

„Dann mach mich zu einer von euch", flüsterte Sophia, „keine Gefahr durch Julius mehr, ewige Jugend, und alles ist gut."

„Du weißt nicht, was du da sagst." Mike strich ihr zärtlich eine Haarsträhne aus dem Gesicht. Einige Zeit schwiegen sie und beobachteten wieder Bob beim Herumtollen.

„Kannst du dir vorstellen, warum wir im Verhältnis zur Menschheit so wenige sind?"

Sophia schüttelte den Kopf.

„Weibliche Vampire können keine Kinder kriegen."

„Anatomische Veränderung?"

„Ja."

„Aber es gibt auch Menschen, die keine Kinder bekommen können. Das zählt nicht."

„Es gibt noch einen Grund, Sophia: Wird jemand von einem Vampir verwandelt, ist ihm der zukünftige Austausch mit diesem Vampir nicht mehr möglich. Das ist eines der elementaren Gesetze."

„Was passiert dann?"

„Irgendwie ist dann das Blut nicht mehr kompatibel. – Ich hatte mal eine Auseinandersetzung mit einem Hai, und es hätte nicht mehr viel gefehlt, dann wäre ich doch noch sein Mittagessen geworden. Steve wollte mir Blut spenden. Andi machte eigentlich aus reiner Routine einen Verträglichkeitstest, und das Ergebnis war nicht sehr erfreulich. Es kam sofort zu massiven Agglutinationen."

„Und?"

„Und? Ich habe es auch so geschafft. Andi besorgte einfach einen Blutbeutel aus der Apotheke."

„Dann rede ich mit Steve." Sophia gab nicht auf.

„O nein, kleine Menschenfrau. Das wirst du schön bleiben lassen. Genügt dir das, was du hast, denn nicht?"

„Hmm ..."

Mike küsste sie auf die Stirn und raunte: „So, hmm, also..."

In diesem Moment schwammen zwei dunkle Schatten knapp unter der Wasseroberfläche an der Insel vorbei, und Mike wurde blass. Bob klatschte auf das Wasser, winkte ihnen noch einmal zu und folgte dann den beiden Schatten.

„Wer oder was war das?"

„Das waren zwei vom Ältestenrat."

„Warum sind sie hier?"

„Wahrscheinlich unseretwegen. Julius wird Klage eingereicht haben. Dieser Mistkerl!"

„Was hat das zu bedeuten?"

„Weiß ich nicht. Wir sollten mit Steve reden."

Ein Hauch von Dunkelheit

Zurück in der Tauchbasis, trocknete Sophia ihre Haare, schlüpfte in ihre Jeans und holte sich aus dem Kühlschrank ein Coke. Mike war zu Steve gegangen. Steffi und Uwe saßen über der Gruppeneinteilung, und so hatte sie im Moment nichts zu tun. Sie beschloss, das Hauptgebäude aufzusuchen.

Es war sechzehn Uhr durch und niemand mehr auf den Gängen. Vielleicht war es Zufall, vielleicht Bestimmung, aber plötzlich befand sich Sophia vor dem Genetiklabor und öffnete die Tür. Die Laborkittel hingen säuberlich am Haken, was bedeutete, dass man den Feierabend bereits eingeläutet hatte.

Sollte sie noch mal einen Ansatz wagen? Irgendwie wollte sie ja schon wissen, ob wirklich etwas mit ihrem Blut nicht stimmte. Vogelgene? Woher denn das? Und Vampireigenschaften? Das konnte nun wirklich nicht sein. Aber Norbert, der Chef der Genetikgruppe, hatte ihr anhand der PCR das Gegenteil bewiesen. Alle Reagenzien, die sie für ihr Vorhaben benötigen würde, standen von der täglichen Routine noch herum. Es war im Moment keiner da, der Fragen stellen konnte. Zudem liefen gerade fünf Ansätze, sodass einer mehr oder weniger erst mal nicht auffiele. So beschloss sie, endlich herauszufinden, was es mit ihrem Blut auf sich hatte.

Mit zusammengebissenen Zähnen nahm sie eine sterile Kanüle, stach sich in den Zeigefinger und ließ ihr Blut auf den Objektträger tropfen. Da glaubte sie ein Quietschen an der Tür zu hören und fühlte sich ertappt. Ihr Puls beschleunigte sich, doch nachdem sie sich vergewissert hatte, dass außer ihr niemand im Raum war, konzentrierte sie sich wieder auf die Arbeit. Sie holte sich Reagenzgläser, Pipetten und diverse Lösungen und war bald vertieft in die Untersuchung. Der Computer folgte gehorsam ihren Anweisungen. Als sie allerdings versuchte, die Datenbank der Albinovampire zu öffnen, um ihr Genom mit allen vorhandenen Dateien zu vergleichen, wurde ihr der Zutritt verweigert. Sophia zuckte mit den Achseln. Eigentlich war sie sogar froh, nicht in die Datenbank zu gelangen. So konnte sie Steve sagen, dass sie alle Daten verwendet hatte, die verfügbar waren, und musste keine Angst haben, dass der Computer doch noch Verbindungen zwischen ihr und den Sonnenbrillenvampiren fand.

Im selben Moment läutete nicht weit von Sophia entfernt der Vibrationsalarm einer Armbanduhr.

Julius schob den Ärmel seines Hemds wieder über die Uhr, schlich sich durch ein Nebenzimmer zum Genetiklabor und vergewisserte sich durch den Spalt der Tür, dass Sophia allein am Computer arbeitete. Er lächelte.

Sophia war inzwischen fertig. Jetzt hieß es warten. Während die Analyse lief, blieb ihr eigentlich nichts zu tun, und sie beschloss Mike und Steve zu suchen. Sie löschte das Licht und verließ das Labor. Doch Steves Arbeitszimmer lag verwaist da und Mike war nicht über das Handy zu erreichen. Komisch, aber nicht gänzlich ungewöhnlich. Die beiden waren ja des Öfteren mal von jetzt auf gleich unterwegs. Die würden schon wieder auftauchen. Vielleicht hatte ja Steffi Lust, noch einen abendlichen Tauchgang mit ihr zu unternehmen.

Während Sophia – immer noch stirnrunzelnd auf ihr Handy blickend – die Treppe zur Eingangshalle hinunterging, knipste Julius im Labor wieder das Licht an und setzte sich an den Computer. Mit ein paar

Mausklicks war die Vampirdatenbank offen, und Julius rief die Blutanalyse von Sophia auf.

„Dann wollen wir doch mal sehen", murmelte er und vertiefte sich in die Analyse.

Wenn Sophia auch nur einmal nach oben gesehen hätte, während sie zum Strand ging, wäre ihr das Licht im Labor vielleicht aufgefallen.

Steve und Mike standen in einer abgelegenen Bucht hinter dem Institut.

„Mike, du kannst dich den Befehlen der Ältesten nicht widersetzen. Wenn Sonja und Lucius Sophia auf der Insel haben wollen, dann müssen wir sie mitnehmen."

„Wie kannst du so etwas sagen! Das ist ihr Todesurteil. Wenn sie jemanden bestrafen wollen für unsere Freundschaft, dann sollen sie mich nehmen, nicht Sophia. Ich hab sie gerade erst getroffen. Ich kann sie nicht schon wieder aufgeben, niemals!"

„Du bist mein Sohn. Ich werde dich nicht alleine gehen lassen. Sie werden dich nicht nur für die Liaison mit Sophia, sondern auch für die Missachtung ihrer Anordnung, sie nicht mitzubringen, bestrafen. Und du kennst das Strafmaß. Du wirst nicht mehr zurückkehren. Das ist doch Wahnsinn. Nimm sie mit!"

„Ich werde nicht zulassen, dass sie geopfert wird!"

„Wie willst du Sophia erklären, dass du nicht mehr wiederkommen wirst?"

Mike schwieg. Ein schmerzvoller Ausdruck trat in seine Augen. Die Sonne ging gerade über dem Meer unter, und die See leuchtete blutrot. Dunkle Wolken türmten sich am Horizont auf. Ein Sturm zog auf. Mike war verzweifelt. Würde er Sophia mitnehmen wie befohlen, wäre das ihr Todesurteil. Sie würden eine Beziehung zwischen ihnen nicht zulassen. Er hatte gegen die Regeln verstoßen. Und doch war sie es wert. Wie viele Jahre hatte er auf sie gewartet. Wenn er mit Sophia zusammen war, fühlte er sich vollständig, auch wenn sie ein Mensch war. Ein Leben ohne sie konnte er sich nicht mehr vorstellen. Es fühlte sich an wie ein Hauch von ...“

„... Schicksal?“, vervollständigte Steve den Satz.

„Du liest meine Gedanken, Vater.“

„Du hast dich also entschieden?“

„Ja. Wenn das mein Schicksal ist, dann werde ich gehen – und zwar alleine. Du wirst hier gebraucht.“

Sein Blick war entschlossen, seine Stimme fest. Steve wusste, er konnte seinen Sohn nicht mehr umstimmen, aber er würde mitkommen, um vielleicht doch noch ein gutes Wort beim Ältestenrat einzulegen.

Von weit oben verfolgten zwei Adler, die auf dem Weg zur Insel waren, wie zwei Vampire in das bereits von der untergehenden Sonne dunkelrot leuchtende Meer glitten und direkt Richtung Sturmfront schwammen.

Sophia fröstelte. Ein kühler Wind schlug ihr entgegen, und sie blickte auf die Wolkenberge am Horizont. Das mit dem gemütlichen Feierabendtauchgang konnte sie also abschreiben. Sie seufzte und wurde das Gefühl nicht los, dass irgendetwas nicht stimmte.

Da zeigte ihr Handy eine neue Nachricht an.

WIR KÖNNEN NICHT ZUSAMMEN SEIN. NICHT SO, WIE WIR ES UNS WÜNSCHEN. ICH MUSS FORT. ES IST AUS. ES IST BESSER SO. MIKE

Sophia sank auf den Sandboden. Sie bekam plötzlich keine Luft mehr. War das ein schlechter Scherz? Dann musste es ein sehr, sehr schlechter sein. Welcher Idiot schickte ihr so eine SMS? Doch als sie die Telefonnummer abglich, war es tatsächlich Mikes Mobilfunkanschluss. Sie drückte die Rückruftaste. Doch es war nur eine mechanische Stimme am Ende der Leitung zu hören: „The person you call is not available. Dieser Anschluss ist nicht verfügbar."

Wie ... Warum? Konnte das wirklich wahr sein? Warum ging er von ihr fort? Was war passiert? Alles war gut, sie hätten es gemeinsam geschafft. Warum ließ er sie jetzt im Stich?

„NEIN!", schrie sie dem Sturm entgegen. „WARUM?"

Sophia wusste nicht, ob es die Gischt oder ihre Tränen waren, die sie auf ihrem Gesicht spürte. Sie fühlte ohnehin nichts mehr, und es schien, als wäre die Zeit stehen geblieben. Verzweifelt grub sie ihre Fingernägel in den Sand. Warum? Sie brauchte eine Erklärung. Nun war sie wieder allein, ganz allein. Sie heulte mit dem Sturm, schrie und klagte, bis die Stimme versagte, und weinte, bis sie keine Tränen mehr hatte.

Aus der sonst so friedlichen Bucht war die Kulisse eines gespenstischen Albtraums geworden. Blitze zuckten vom Himmel, tauchten den Strand für Sekunden in taghelles Licht. Als der Donner krachte, waren aus der sanften Dünung meterhohe Wellen geworden. Sie überschlugen sich draußen auf dem Meer und brachen sich am Ufer. Dann schlug der Blitz in den Stromverteilerkasten des Instituts ein, und das Gebäude lag schlagartig im Dunkeln.

Hilflose Ohnmacht

Julius fluchte. Die Analyse war fast fertig, aber der Stromausfall würgte jäh den Drucker ab, sodass der Ausdruck unvollständig blieb. Bis die Notstromaggregate ansprangen, waren bestimmt die Laborleiter schon alle hier, um ihre Geräte beim Neustart zu überprüfen. Er wollte sich aber nicht im Labor erwischen lassen. So verließ er mit dem halbfertigen Ausdruck den Raum. Draußen tobte der Sturm. Der Regen prasselte mit einer solchen Intensität an die Fensterscheiben, dass man nur hoffen konnte, sie würden dem Sturm standhalten. Da sah er eine Gestalt am Volleyballplatz, während der nächste Blitz die Nacht erhellte, und er wusste sofort, wer das war. Er lächelte, nahm seine Brille ab und verließ in aller Ruhe das Gebäude. Sein Handy klingelte. Es war Edgar, der Vertreter des hohen Rates der Gilde der richtigen Vampire, wie Julius sich und seinesgleichen im Gegensatz zu den in seinen Augen unwürdigen Wasservampiren bezeichnete. Der Vertreter dieser Spezies war jemand, dem selbst Julius Rechenschaft schuldig war. Julius fluchte nochmals. Er wollte nach draußen zum Volleyballplatz.

„Hast du die Ergebnisse?"

„Ja, allerdings nicht vollständig, wegen des Stromausfalls."

Die Neonlampen leuchteten in diesem Moment wieder auf und Julius stellte sich schnell in einen Seitengang, da die Institutsmitarbeiter aufgeregt in die Flure drängten.

„Der Abgleich mit uns ist vollständig drauf. Der mit den Menschen auch, nur der mit den Vögeln fehlt, was aber nicht relevant sein sollte."

„Das Serum ist also funktionstüchtig?"

„Das weiß ich nicht."

„Komm mit den Ergebnissen zu mir. Jetzt."

„Jetzt? Steve wird sicherlich gleich eine Mitarbeiterbesprechung einberufen mit den Abteilungsleitern, Schadensmeldungen durchgehen und planen, wie jeder am besten eingeteilt wird. Das fällt auf, wenn ich nicht komme. Außerdem hält sich Sophia am Strand auf. Allein! Mike ist nirgendwo zu sehen, eine einmalige Gelegenheit, an Sophia heranzukommen."

„Die Analyse ist jetzt das Wichtigste. Dann entscheide ICH, wie es weitergeht. Außerdem werden Steve und Mike eine Weile nicht mehr auftauchen. Du hast also jede Menge Zeit, deine persönlichen Angelegenheiten zu regeln."

„Wieso tauchen sie länger nicht mehr auf? Was ...?"

Aber die Leitung war schon unterbrochen.

„Mist!" Julius fluchte erneut, trat in den Gang hinaus und ging Richtung Keller. Als er sicher war, unbeobachtet zu sein, öffnete er eine in der Wand versteckte Tür und schlüpfte hindurch.

Es gab ein Labyrinth von Gängen unter dem Institut, das nur von Julius und seinen Leuten genutzt wurde.

Dunkle Teppiche und Wandvorhänge aus dunkelrotem Samt dämpften fast jedes Geräusch. Julius fand die Gemächer von Edgar zu überladen.

Aber jeder wie er will, ging es ihm durch den Kopf. Er zog es jedenfalls weniger schwülstig vor.

Bei einem großen Portal erwartete ihn eine summende Kamera. Nachdem er einen Netzhautscan absolviert hatte, öffnete sich die Tür, und er traf Edgar an seinem Schreibtisch an, auf dem drei Flachbildschirme standen.

„Ah, Julius. Hast du die Ausdrucke dabei?"

„Ja."

„Komm her und sieh dir den Abgleich an. Das Programm läuft noch."
Edgar schenkte sich ein Glas Wein ein und lächelte zufrieden.
Julius war Biochemiker und hatte einen Doktor in Genetik. Er trat an
den Schreibtisch und Edgar nickte ihm zu. Julius beendete den unendlich währenden Zusammenbau einer Doppelhelix, die als Bild-
schirmschoner eingestellt war, durch Verschieben der Maus und versuchte einen Überblick über die laufenden Programme zu erhalten.
Vor dem Stromausfall hatten die Computer nicht mehr alle Daten
speichern können. Jede Arbeitsgruppe verfügte über ihren eigenen
Server und ihre eigenen Sicherheitsvorkehrungen, sodass eigentlich
niemand an die Ergebnisse des anderen ohne dessen Einwilligung
herankam. Doch Edgar musste es irgendwie geschafft haben, den
Hauptrechner zu hacken, denn das Programm von Norberts Gruppe
arbeitete problemlos. Die Probe von Sophia war markiert worden
und durchlief nun die unterschiedlichen Sequenzen. Das Muster sah
völlig anders aus als die bisherigen Probesequenzen. Die Anomalien,
die der Computer errechnete, erinnerten Julius an etwas. Er kam nur
im Moment nicht darauf, an was. Nachdem er die Ausdrucke hervor-
geholt hatte, verglich er sie mit den Angaben am Bildschirm. Er
konnte es selbst nicht fassen. Sophia schien irgendetwas mit der
Probe angestellt zu haben. Das musste genetisch verändertes Erbma-
terial sein. Es befanden sich Vogelgene auf der Helix, aber auch Vampiranlagen. Was bedeutete das?

„Ein Hybrid?" Er sah Edgar fragend an.

„Du sagst, das Mädchen ist auch Biochemikerin?"

„Zumindest macht sie ihren Doktor in Genetik."

„Du meinst, sie hat eine Probe manipuliert und es geschafft, Vampir- und Vogelblut so zu vereinen, dass das Blut nicht nur kompatibel ist, sondern auch noch ganz neue Eigenschaften aufweist? Einfach so? In einer unbeobachteten Minute im Labor?"

Julius zuckte mit den Schultern.

„Niemals." Edgar kniff die Augen zusammen und runzelte gedankenverloren die Stirn.

Das konnte nicht sein. Vogel- und Vampirblut waren überhaupt nicht kompatibel. Die Antikörper im Blut würden sich gegenseitig auslöschen. Das war wiederholt bewiesen worden.

„Weißt du, was das bedeutet? Wenn es wirklich stimmt, dass diese Biochemikerin einen Weg gefunden hat, unsere Stärke mit den Möglichkeiten der Vögel zu vereinen, dann müssen wir wissen, wie sie das gemacht hat. Das ergibt Vampire, die nicht mehr auffallen unter den Menschen, die sich über Meilen hinweg telepathisch verständigen und fliegen können. Das würde die Machtverhältnisse wieder etwas mehr zu unseren Gunsten verschieben."

Edgar trank genüsslich einen Schluck aus seinem Glas.

„Und wie sollen wir das anstellen? Sie steht ständig unter Schutz. Freiwillig wird sie es uns nicht verraten."

„Mach dir deswegen keine Sorgen. Mike und Steve sind fort. Es wird so manche Veränderung hier geben, und schon bald werden die Territorien anders aufgeteilt sein. Setze deine hypnotischen Fähigkeiten ein. Für was bist du der Anführer deines Clans? Lies in den alten Schriften nach. Nicht alles kann mit der modernen Technik geklärt werden. Hast du nicht gesagt, du hättest etwas am Strand zu erledigen? Diese Unterredung ist hiermit beendet."

Julius neigte den Kopf und verließ das Kellergeschoss auf dem Weg, den er gekommen war.

Er war tief in Gedanken versunken. Wenn man den alten Legenden Glauben schenkte, wurde davor gewarnt, sich Eigenschaften oder Informationen über das Blut anzueignen ohne die Einwilligung des anderen. Die fremden Fähigkeiten waren dann nur von kurzer Dauer, Informationen lückenhaft und unvollständig. Wollten Vampire wirklich Fortschritte machen, mussten sich zwei finden und sich freiwillig vereinen, um gemeinsam zu wachsen. Das war ein Geheimnis, das Edgar ihm vor Jahren mitgegeben hatte. Also musste Sophia freiwillig zu ihm kommen. Durch ihr Blut hoffte er, ihr Geheimnis lüften zu können. Im Blut konnte nichts verheimlicht werden. Denn erzählen würde sie ihm freiwillig nichts, davon war er überzeugt. Es würde interessant und spannend werden. Für die menschlichen Mädchen, deren Blut er bisher genossen hatte, gab es außer Urlaub, Flirts und Klamotten kaum etwas von Interesse. Wenn er an das Wissen von Sophia herankommen könnte, hätten die Vögel vielleicht endlich das Nachsehen, von den nervenden Wasservampiren mal ganz abgesehen.

Julius war in der Eingangshalle angelangt. Der Wind peitschte den Regen gegen die Türen, und der Sturm tobte unverändert. Er klappte den Kragen seiner Jacke hoch und trat lächelnd ins Freie. Dann schlenderte er in aller Gemütsruhe Richtung Volleyballplatz.

Sophia lag bis auf die Haut durchnässt im Sand, doch sie spürte den Regen nicht. Dem Wind, der an ihren Haaren zerrte, schenkte sie keine Beachtung. Ihr war alles egal: der Regen, der Sturm, die Wellen. Schmerz erfüllte ihr ganzes Selbst. Sie fühlte sich alleingelassen, leer und wie ausgelöscht. In Sekundenschnelle hatte sich die Welt in den Fluten des Meeres aufgelöst. Die Welt verschwand im Nichts. Dann würde sie das ebenfalls tun.

Nach einer Ewigkeit – oder waren es Minuten? – ertönte aus der Dunkelheit eine Stimme: „Steh auf Sophia, STEH AUF!"
Doch Sophia reagierte nicht. Teilnahmslos in die Fluten starrend, blieb sie im Sand liegen.
Es war Edi, ein Vorsitzender des Ältestenrats der Vögel, der Sophias Schreie in der Nacht gehört hatte, ihre Verzweiflung spürte und nun versuchte, sie telepathisch zu erreichen.
Er startete gerade mit Phil in der Werkstatt das Notstromaggregat, denn auch hier war zu Beginn des Sturms der Strom komplett ausgefallen. Phil stand auf und blickte ebenfalls hinaus auf das tosende Unwetter.
„Was ist los? Stimmt was nicht?"
Fast im selben Moment erfasste ihn eine entsetzliche Ahnung. Er wusste, Sophia war in Gefahr. Edi machte eine abwehrende Handbewegung Richtung Phil, der ihn alarmiert ansah und dann seinem Blick folgte. Edi konzentrierte sich auf Sybill und Maria, die sich kurz vor dem Sturm Richtung Insel aufgemacht hatten.
Nach dem Angriff auf Sophia, ein paar Wochen zuvor, hatte der Ältestenrat der Vögel beschlossen, nach wie vor ein Auge auf Sophia zu haben, schließlich gehörte sie doch irgendwie zur Familie, auch wenn bestimmte Clanmitglieder das nicht wahrhaben wollten.
„Sybill, was geht da vor?", fragte Edi sie in seinen Gedanken.
„Das Institut liegt im Dunkeln beziehungsweise geht das Notstromaggregat gerade an", übermittelte diese.

„Wo ist Sophia?"

„Am Strand."

„Bei dem Sturm? Ich hab sie schreien gehört. Was ist passiert? Wo ist Mike?"

„Soweit wir das sehen konnten, sind Mike und Steve kurz vor dem Sturm weggeschwommen. Sophia ist allein", antwortete Maria.

„Aber sie wird nicht lange allein bleiben", warf Sybill ein, „Julius nähert sich ihr gerade über den Strand."

„Dann holt sie da weg!", schrie Phil, der sich unterdessen in einen Adler verwandelt hatte, um dem Gespräch lauschen zu können. Noch während seines Sprungs durch die Tür breitete er die mächtigen Schwingen aus.

„Sehr witzig. Da unten ist eine Gruppe Vampire, und bei dem Sturm haben wir zu kämpfen, überhaupt in der Luft zu bleiben. Von Rettung war nie die Rede", murrte Sybill.

„Reiß dich zusammen! Wir helfen euch!"

Auch Edi verwandelte sich und folgte Mike.

Sophia lag immer noch im Sand. Regen prasselte auf sie ein, doch erfüllt von Dunkelheit und Leere, spürte sie ihn nicht. Sollten die Wellen sie doch wegspülen. Es war nicht mehr wichtig. Wenn Mike sie nicht haben wollte, dann wollte sie sich auch nicht mehr.

Julius war inzwischen auf dem Volleyballplatz angekommen und konnte sein Glück kaum fassen. Sophia ganz alleine im Sturm hier draußen! Fast so, als würde sie auf ihn warten! Da war das Schicksal ihm doch mal wohlgesonnen!

„STEH AUF!", hallte es in Sophias Kopf. Es waren Edi und Phil, die verzweifelt versuchten, Sophia zum Weglaufen zu bewegen. Doch sie blieb liegen. „SOPHIA, STEH AUF!" Sie versuchte, die Stimme zu ignorieren, doch sie hatte etwas so Dringliches an sich, dass sie ihren Kopf hob und aufhorchte. „SOPHIA – selbst wenn es das Letzte ist, was du tust: STEH JETZT AUF! BITTE!" Sie gehorchte widerwillig und fast wie in Trance. Sie spürte weder ihre nassen Kleider noch ihre Haare, die ihr im Gesicht klebten. Sie sah Julius am anderen Ende des Beachvolleyballplatzes. Doch spielte das noch eine Rolle? Seine roten Augen leuchteten im Dunkeln. Es berührte sie nicht. Julius lächelte, aber Sophia hatte sich bereits aufgegeben. Er hieß sie willkommen. Seine Augen luden sie ein, mit ihm zu kommen. Sie ließ es geschehen. Warum auch nicht?

Phil flog so schnell er konnte gegen den Sturm an. Er hatte gewusst, dass er Mike nicht trauen konnte. Der ließ Sophia einfach im Stich! Er hätte sie niemals zur Insel zurückbringen dürfen. Niemals! Jetzt stand sie diesem Ungeheuer gegenüber, und keiner war da, um sie zu beschützen. Er musste zu ihr!

Julius stand direkt vor Sophia und meinte mit einem anzüglichen Lächeln: „Sophia, meine Liebe, so allein am Strand? Ich werde mich jetzt um dich kümmern, keine Sorge."
Er ergriff ihre Hand und schaute ihr tief in die Augen. Sophia ließ sich fallen in diese vermeintliche Wärme und Geborgenheit, die diese Augen versprachen. Es war so leicht.
Fast zärtlich nahm Julius Sophia in die Arme. Triumphierend lächelnd kniete er mit ihr im Sand, strich über ihren zitternden Körper

und raunte ihr ins Ohr: „Ich werde dir Wärme geben, dich stark machen!"

Der verzweifelte Schrei eines Adlers erfüllte die Nacht.
Apathisch ließ Sophia alles mit sich geschehen. Ja, sie wollte Stärke haben, Geborgenheit und ...
Sie spürte einen stechenden Schmerz im Handgelenk. Ein Gefühl von Macht durchströmte sie, aber auch von Kälte, Hass und Gier. Dann war da nichts mehr, nur noch Dunkelheit. Sie hätte nie gedacht, dass Dunkelheit ein Gefühl sein könnte.

Julius hingegen fühlte sich stark. Sie hatte sich ihm freiwillig angeboten. Er hob den Kopf und lachte mit dem Sturm, während ihm ihr Blut von den Mundwinkeln tropfte und er sich diese genüsslich ableckte.

Da zerriss ein zweiter durchdringender Schrei die Nacht, und zwei Adler schossen auf ihn herab. Phil entriss ihm die ohnmächtige Sophia, während Edi ihn mit seinen Krallen im Sand festhielt. Julius röchelte, doch er verzog hämisch den Mund, als er hervorstieß: „Zu spät. Ich habe bekommen, was ich wollte." Er riss sich los, erfüllt von Energie. Ein Prickeln erfasste ihn, und mit einem Brüllen bildeten sich zwei fledermausartige Flügel mit messerscharfen Krallen an seinem Rücken. Er lachte in die Nacht. Er spürte, dass dies das Werk von Sophias Blut war. Ihr Blut hatte ihm Flügel geschenkt. Genial. Diese Frau gehörte ihm. Ihr Blut gehörte ihm.

Er drängte Edi zurück. Weitere Vampire tauchten auf dem Volleyballfeld auf, das sich in ein Schlachtfeld verwandelt hatte. Adler landeten am Strand und fochten gegen die Vampire. Wildes Kampfge-
schrei erfüllte die Luft, wobei Julius´ siegessichere Lachen den Sturm
übertönte.

Verunsicherung und Mutmaßungen

Phil hatte Sophia inzwischen durch den Sturm zur Werkstatt
gebracht und auf eine Liege gelegt. Doch sie war noch nicht
wieder aufgewacht. Er presste sie an sich und wünschte sich
verzweifelt, doch noch rechtzeitig gekommen zu sein. Sophias Atem
ging unregelmäßig, sie schien zu träumen.

Sie selbst hatte das Gefühl zu fliegen. Sie sah sich um. Befand sie sich
im Meer? Da war jene Unterwasserhöhle aus ihrem Traum, die sie
schon öfter aufgesucht hatte. Das Wasser schimmerte türkisblau und
leuchtete. Delfine schwammen um sie herum und lockten sie tiefer in
die Höhle hinein. Doch wie die letzten Male bekam sie plötzlich keine
Luft mehr und drehte um.

Da reichte Julius ihr lächelnd seine Hand durch die Wasseroberfläche. Sie wandte sich von der Höhle und den Delfinen ab und griff
nach der Hand. Aber diese zog sie nicht aus dem Wasser, sondern
drückte sie nach unten, immer tiefer, und Julius Lächeln wurde zu
einer Grimasse. Der Drang, Luft holen zu müssen, wurde unerträg-
lich, sie versuchte sich loszureißen. Doch er hielt sie unbarmherzig
fest. Dann umgab sie undurchdringliche Schwärze.

Aus diesem Schwarz tauchten Bilder auf von Gängen mit samtenen Wandvorhängen und einer Kapuzengestalt am Computer. Da waren Arme von hübschen Frauen, Mädchen und Jungen. Aber voller Blut! Sie sah sich selbst Blut trinkend von diesen Menschen! Dabei fühlte sie sich stark und genoss die Macht, die sie durchströmte. Verzweifelt versuchte Sophia den Bildern zu entkommen, doch der Albtraum hielt sie fest. Erst viel später lichtete sich die sie umgebende Dunkelheit. Sie flog, fühlte sich glücklich. Sie lag auf dem Rücken eines Adlers, nein, sie war ein Adler. Die Sonne durchbrach die Wolkendecke, und sie genoss den Wind, wie er durch die Federn drang. Sie landete auf einem Felsen. Da stand ihr Großvater. Sie wollte ihm erzählen, wie glücklich sie sei, ihn fragen, ob er auch sein Glück gefunden habe. Er sagte irgendetwas, das sie nicht verstand. Er wirkte unendlich traurig. Dann sprang sie ins Meer, brach durch die Wasseroberfläche und schwamm wieder mit den Delfinen. Seeanemonen wogten in der leichten Strömung, das Sonnenlicht brach sich in den unterschiedlichsten Farbschattierungen von smaragdgrün bis türkisblau. Sie schwamm so schnell, dass sie beinahe mit den Delfinen mithalten konnte. Es machte Spaß und fühlte sich schwerelos an. Und plötzlich war da Mike. Er sah traurig aus, verzweifelt. Sie wollte zu ihm schwimmen, sagen, dass ihnen jetzt nichts mehr passieren könne, dass alles gut sei. Doch als sie näher kam, löste er sich auf. Nein, das durfte nicht sein. Sie musste zu ihm, erklären, dass sie ihn doch liebe. Aber er war schon verschwunden, ehe sie auch nur in seine Nähe gelangte.

Und wieder fand sie sich in jener Höhle wieder. Das blaue Licht erschreckte sie nicht mehr, doch irgendetwas darin leuchtete grün. Eine Pflanze? Ein Tier? Instinktiv versuchte sie, dorthin zu kommen. Sie schwamm so schnell sie konnte. Alles in ihr sagte, dass dort die Antworten zu finden waren, die sie suchte. Aber je schneller sie schwamm, umso mehr entfernte sich der Eingang von ihr. Wieder bekam sie keine Luft mehr. Noch einmal versuchte sie sich dem Leuchten zu nähern, doch die Dunkelheit umfing sie erneut.

Phil verfolgte den unruhigen Schlaf von Sophia mit Bangen. Er strich ihr die nassen Haare aus der Stirn. Sie schrie und hatte Schüttelfrost. Die Wunde an ihrem Handgelenk schloss sich dagegen langsam. Würde sie jetzt einer von den Blutsaugern werden? Zu einer Feindin seines Volkes mutieren? Hatte Julius es geschafft, sie zu verwandeln? Die Nacht war fast vorüber, und das erste Morgenrot stahl sich über den Horizont. Der Sturm hatte sich gelegt.

Eine Stätte der Verwüstung war zurückgeblieben.

Edi und fast der gesamte Ältestenrat betraten den Raum.

„Wie geht es ihr?"

„Sie schläft. Aber es geht ihr nicht gut. Ich glaube, sie hat Albträume. Ich bringe die beiden um, erst Julius, dann Mike." Verzweifelt hielt Phil Sophias kalte Hand.

„Lass mich mal sehen." Edi trat zu Sophia.

„Er hat sie gebissen. Wir haben es gesehen. Wir müssen sie töten, sonst wird sie eine von denen!", warf Sybill in die Runde.

„Nicht so voreilig, Sybill. Zum Verwandeln gehört mehr als ein Biss, wenn man den alten Schriften Glauben schenken kann."

Stephano trat an das Krankenlager, betrachtete die Wunde und nahm ein paar Proben.

„In ein paar Stunden werden wir es wissen. Behaltet sie im Auge. Wenn er sie nur gebissen hat, kommt sie wieder auf die Beine. Schließlich ist sie ein Mensch."

„Oder sie stirbt", warf Maria ängstlich ein.

„Hoffentlich, denn sonst wird sie doch noch eine von denen", entgegnete Sybill. „Aber dann ist sie auch tot. Das ist ein Versprechen."

„Wage es nicht!", zischte Phil in Sybills Richtung.

„Hört auf zu streiten. Lasst uns die Ergebnisse abwarten."

Stephano zog eine Injektion auf und verabreichte sie Sophia.

„Damit sollte sie zumindest ruhig schlafen können."

Die Adler verabschiedeten sich einer nach dem anderen, und Edi blieb schließlich mit Phil, Maria und Sybill bei Sophia zurück.

„Warum hasst du Sophia so?"

„Ich hasse nicht sie, ich hasse ihre Art."

„Aber sie ist ein Mensch. Ein Mensch, der unsere Sprache versteht. Sie ist eine von uns."

„Sie ist eine von denen. War es schon immer. Ich spüre es."

„Quatsch."

Edi machte Kaffee und ließ sich von Phil verarzten.

„Wie ist es eigentlich ausgegangen?", wollte dieser wissen.

„Ich würde sagen unentschieden."

„Unentschieden? Julius war dieses Ding, das fliegen und kämpfen kann und wenn wir uns nicht zurückgezogen hätten, wäre es übel ausgegangen", warf Maria ein.

„Ein Vampir mit Flügeln. Hast du so etwas schon erlebt?"

„Nein, bisher noch nicht", antwortete Edi nachdenklich.

„Aber ich glaube auch nicht, dass Julius Sophia verwandelt hat. Irgendetwas muss an ihr sein, das so ein starkes Interesse in ihm weckt. Diese Verwandlung auf der Insel ..."

Die anderen sahen ihn erwartungsvoll an. Doch Edi vervollständigte den Satz nicht.

„Morgen berufen wir eine Vollversammlung ein", erklärte er stattdessen. „Es müssen ein paar wichtige Entscheidungen getroffen werden."

Fremdes Blut

J ulius und seine Leute feierten die Vertreibung der Vogelmenschen von der Insel. Die Dämmerung brach an, und das Morgenrot leuchtete mit der gleichen Intensität wie die Augen der Vampire. Nur Julius` Augen blieben schwarz. Er war inzwischen wieder am Strand vor dem Institut gelandet und wurde jubelnd empfangen. Das Adrenalin floss in seinen Adern. Oder war es das Blut von Sophia, das ihn so berauschte? Fliegen zu können war für ihn das Höchste. Den Greifvögeln, die am Boden sowieso keine Chance gegen ihn hatten, in der Luft die eigenen Klauen zu zeigen, war der Beginn einer neuen Ära. Das Blatt würde sich wenden. Eine Entwicklung, die längst fällig geworden war. Wie lange hatte er auf diesen Tag gewartet? Seine Anhänger hoben Julius über ihre Köpfe und warfen ihn immer wieder triumphierend in die Luft. Wein und Sekt wurden ausgeschenkt, und auch Blut füllte so manches Glas.

Edgar sah sich das Treiben eine Weile an, trat dann langsam zu Julius, der inzwischen etwas zur Seite getreten war, und nickte ihm anerkennend zu.

„Du hast es also tatsächlich geschafft. Das Fliegen ist für uns in absehbarer Zeit kein Tabu mehr?!"

Der Satz war bewusst als Frage formuliert, und er beobachtete Julius genau. Dieser schenkte ihm ein Lächeln.

„Wie du siehst."

„Dann ist das eine bleibende Mutation?"

Julius zögerte, bevor er antwortete.

„Eher ein Zwischenergebnis eines erfolgreichen Versuchs. Das Resultat steht noch nicht fest."

„Egal, morgen tagt der Ältestenrat der Vampire auf der Insel. Dort werden wir deine neuesten Forschungsergebnisse vorstellen."

„Morgen? Auf DER Insel?"

„Ja. Und du kommst mit. Es wird Zeit, dass die Karten neu gemischt werden. Der Vorsitz über das Institut ist das Mindeste, was uns zusteht. Du bist der lebende Beweis, dass wir bisher unterschätzt wurden. Wir müssen keine Sonnenbrillen mehr tragen, um nicht aufzufallen, und können uns unter den Menschen bewegen wie ihresgleichen. Das wird ein Leben wie im Schlaraffenland."

Edgars Augen bekamen einen gierigen Glanz. Julius konnte es kaum fassen. Mitkommen auf DIE Insel. Der Wahnsinn!

„Aber wieso morgen? Müssen da nicht Anträge gestellt werden und verschiedene Gremien abstimmen? Das dauert doch normalerweise Wochen, bis eine Versammlung einberufen wird."

„Ich habe auch vor Wochen einen Antrag gestellt. Schließlich beobachte ich dich schon seit einer Weile, und du hast gesagt, du stündest kurz vor einem Durchbruch."

„Aber du konntest die Entwicklungen nicht vorhersehen."

„Du hast es doch geschafft, oder?"

Edgar durchbohrte Julius fast mit seinem Blick.

„Dass du damit gleich dein neues Spielzeug eroberst und einen Krieg mit den Vögeln anfängst, halte ich zwar für etwas übertrieben, aber dein Enthusiasmus gefällt mir. Das erinnert mich an meine eigene Jugend."

Julius runzelte die Stirn. Auf der einen Seite war er freudig erregt. Ein Besuch auf der Insel der Ältesten! Davon wurde immer nur erzählt. Dort wurden Gesetze geschrieben, prallten jahrhundertealtes Wissen und Neuzeit aufeinander. Es war streng untersagt, die Insel zu betreten, wenn man nicht explizit eingeladen war. Die Besucher unterlagen strengen Auswahlkriterien und hatten, wenn sie eingeladen waren, eigentlich keine Möglichkeit mehr abzusagen, wollten sie sich nicht mit den Ältesten anlegen. Das hatte aber noch nie jemand gewagt, der nicht lebensmüde war. Dort herrschten eigene Gesetze und Gesetzmäßigkeiten. Selbst die Zeit sollte dort anders geartet sein als sonstwo auf der Welt. Es war üblich, dass immer nur der ranghöchste Vertreter einer Gilde geladen war. Wenn Edgar ihn jetzt mitnehmen wollte, hatte das eventuell enorme Auswirkungen und brachte auch ungeahnte Chancen für ihn.

Auf der anderen Seite wusste er überhaupt nicht, wie lange seine Flugfähigkeit und die dunkle Augenfarbe ihm erhalten bleiben würden. Die dunkle Pigmentierung war eine weitere Veränderung, die er Sophias Blut zuschrieb. Eine bleibende Mutation? Wohl eher ein

Wunschtraum. Aber Sophia war kein Traum! Der Genuss ihres Blutes war ein berauschendes Erlebnis. Sophia ...?! Wenn er an sie dachte, huschte ein begieriges Lächeln über sein Gesicht. Wer oder was war sie? Hatte sie ihr Erbgut irgendwie verändert? Wieso konnte er mit ihrem Blut in seinen Adern fliegen? Sie war ein Mensch! Eine heiße Welle des Verlangens überrollte ihn bei der Erinnerung an ihre Berührung. Brauchte er sie oder ihr Blut? Nun, wie auch immer: Wenn er ihr Blut benötigte, würde er es auch bekommen. So oder so. Egal, wie. Egal, wann. Im Moment hielten die neuen Fähigkeiten ja an. Aber dieses Wissen würde vorerst sein Geheimnis bleiben. Sollte Edgar nur glauben, dass diese Mutation seine eigene Entwicklung war. Er sah ihn an und fragte: „Wann brechen wir auf?"

Finsternis

Steve und Mike waren mehr unter Wasser als an der Oberfläche des Ozeans. Die See zerrte an ihren Leibern, und der Wind an der Oberfläche war so stark, dass sie konstant bei vierzig Metern Tauchtiefe bleiben mussten, um überhaupt von der Stelle zu kommen und nicht von der Strömung mitgerissen zu werden. Anfänglich wurden sie von den Delfinen begleitet, wobei sich Bob wie wild gebärdete, um Mike zur Umkehr zu bewegen. Mike musste ihn immer wieder abwehren. Und irgendwann kam der Punkt, wo auch die Delfine kehrtmachten und sie ganz auf sich gestellt waren.
Von Mond und Sternen oder einem Licht am Horizont war nichts mehr zu sehen. Schwarze Wassermassen türmten sich auf, um dann

wieder in den Abgrund zu stürzen. Mike schwamm aus Verzweiflung und Wut so schnell durch das Meer, dass er bald jede Orientierung verloren hatte. Sollte der Ozean ihn doch mit sich in die Tiefe reißen. Besser ein Grab auf dem Meeresgrund, als irgendwohin in die Verbannung geschickt zu werden, um in Ewigkeit ohne Sophia zu leben. Lieber würde er sterben. Die Schatten, die sich plötzlich um ihn und Steve scharten, nahm er kaum wahr. Dunkle Wesen, teils in Menschen-, teils in Fischgestalt, nahmen Mike und Steve in ihre Mitte. „Das ist dann wohl unser Willkommenskomitee", versuchte Steve zu scherzen, doch Mike wusste, dass ihre Begleiter abgestellt worden waren, um sie an einer Flucht zu hindern. Noch war kein Ende ihrer Reise in Sicht, aber es würde ein Ende geben, da war er sicher. Ob es allerdings ein gutes Ende sein würde, stand in den Sternen.

Nachdem sie gefühlte drei Tage und Nächte durchgeschwommen waren, zog die Sturmfront über ihnen langsam ab. Dafür wurde die See unnatürlich ruhig, und Nebelschwaden zogen auf. Inzwischen schwammen sie an der Oberfläche. Es war dämmrig, und eine Inselgruppe tauchte am Horizont auf, die von einem Riff umgeben war. Als der Nebel immer dichter wurde, tauchte Mike mit Steve wieder ab, um sich besser orientieren zu können. Aber auch das Wasser schien eine andere Beschaffenheit anzunehmen. Die Bewegungen fielen ihnen viel schwerer, als würden sie durch eine gelatineähnliche Masse schwimmen. Ihre Begleiter schienen ebenfalls Probleme zu haben und verschwanden einer nach dem anderen in den Tiefen des Ozeans. Als sie schließlich auftauchten, um sich umzusehen, hatten sie das Riff schon erreicht. Mittlerweile war es vollständig dunkel geworden und erschöpft hievten sie sich an Land.

Eine Steintreppe war in den Fels gehauen, die von Fackeln gesäumt wurde. Der Nebel lichtete sich und ein bläulicher Schimmer lag über der Insel. Die Steinstufen führten steil nach oben, und in regelmäßigen Abständen waren Ornamente eingraviert. Steve wusste, dass die Bilder der Göttin Eya gewidmet waren. Sonja und Lucius, seit Jahrzehnten Hüter des alten Wissens, hatten sie vor Ewigkeiten anbringen lassen, um jeden, der die Tempelstadt betrat, daran zu erinnern, wo alles Leben begann. Es war die Religion der Ältesten. Die Religion aller Vampire, egal, für welches Leben sie sich nach der Verwandlung entschieden hatten. Eya hingegen war das, was alle Lebewesen verband: Vögel, Menschen, Tiere, Pflanzen und auch Vampire. Es war alles nur eine Frage der Mutation, Energie und Evolution. Eya verband die Lebewesen aber nicht nur untereinander, sondern auch mit ihren Lebensräumen. Sie war die Erde, der Baum, die See, der Sand, der Fels und die Seele in allem. In ihrem Wesen, das die wenigsten je gesehen hatten, verkörperte sie gleichsam alles, was lebte. Angeblich erschien sie manchem als Frau von großer Schönheit und unendlichem Wissen. Viele hatten schon versucht, sie zu beschwören, um sich Wünsche erfüllen zu lassen, doch das hatte bei niemandem funktioniert. Eya bestimmte selbst, wann sie in das Schicksal anderer eingriff oder mit wem sie sprach. Manche behaupteten sogar, Eya wäre das Schicksal selbst.

Während Mike in Gedanken versunken war, beschäftigte sich Steve mit den örtlichen Gegebenheiten. Er wusste, dass hermetisch abgeschlossene Räumlichkeiten unter den Felsen geschaffen worden waren, um die alten Schriften zu bewahren. Das Privileg, sie zu studieren, erhielten nur Auserwählte. Zu denen hatte er, vor langer Zeit, auch mal gehört. Doch heute war er nicht der alten Lehren wegen hier, sondern wegen seines Sohns.

Mike hatte für die Feinheiten und Bildnisse am Treppenrand keinen Blick. Er wollte das, was auch immer ihn erwartete, so schnell wie möglich hinter sich bringen.

Als beide Vampire auf dem Felsplateau angekommen waren, ging ein Raunen durch die dort versammelte Menge. Sonja und Lucius sahen auf und begrüßten die Neuankömmlinge höflich. Das war also das Ältestenpaar. Sonja war groß, anmutig und schlank. Eine Frau mit blondem, bis zur Hüfte reichendem Haar und freundlichen Augen. Lucius hingegen hatte schwarzes Haar, das er zu einem Pferdeschwanz zusammengebunden trug, war von durchtrainierter, muskulöser Gestalt und hatte stechend blaue Augen. Die Vampire bildeten eine Gasse, sodass Mike und Steve durch sie hindurchgehen konnten. Es waren alle möglichen unterschiedlichen Arten versammelt: Wasservampire, Baumvampire, Vegetarier und auch Blutvampire.

Sonja lächelte, stand auf und strich Steve sanft mit der Hand über die Wange. Es war ein Zeichen der Zuneigung und gleichzeitig ein Erforschen seiner Gefühle; denn Sonja konnte bei jeder Art von Körperkontakt den anderen bis in sein Innerstes erfühlen. Ihre Augen wiesen den gleichen grünen Schimmer auf wie das seltsam grün schimmernde Wasser, das in einem kleinen Rinnsal aus einer Quelle in einen von Felsen umgebenen Teich lief. Es war das gleiche grünliche Schimmern, das über der ganzen Insel lag.

Steve schloss während der Berührung durch Sonja die Augen und senkte den Kopf. Während diesem Ritual verstummten alle Gespräche, und eine erwartungsvolle Spannung baute sich bei den Anwesenden auf. Die Sekunden zogen sich in die Länge, dehnten sich zu kleinen Ewigkeiten. Doch irgendwann zog Sonja sich schließlich zurück und sagte: „Ich sehe, du bist aus Liebe hier. Herzlich willkommen auf der Insel."

Die Menge atmete hörbar auf, und Erleichterung machte sich breit. Nur Lucius Gesicht wirkte enttäuscht.

Steve richtete sich auf und ließ Mike vor Sonja treten. Diese sah ihm freundlich entgegen. Mike schlug die Augen nieder und senkte den Kopf, so wie Steve es vor ihm getan hatte. Dieser hatte ihm von dem grünen Wasser erzählt. Nur dem inneren Zirkel der Ältesten und wenigen Auserwählten war es erlaubt, von dem grünlich schimmernden Wasser zu trinken. In der Gemeinschaft der Vampire gab es keine Geheimnisse, und als Zeichen der Verbundenheit tauschten die Clanführer von Zeit zu Zeit ihr Blut und damit ihr Wissen und ihre Emotionen aus. Die Gefäße, um das Blut aufzufangen, waren heilig und wurden in der Quelle der Erkenntnis gewaschen, sodass sich das Wasser mit dem restlichen Blut vermischte. Glaubte man den alten Legenden, so sammelte sich darin auf diese Weise im Lauf der Zeit jahrhundertealtes Wissen. Trank man davon, gehörte man nicht nur zum inneren Kreis, sondern trug auch die Verantwortung für die ganze Spezies. Da dieses Wissen auch gleichzeitig Macht bedeutete, mussten diejenigen, die davon getrunken hatten, für zwei Jahre auf der Insel bleiben und in den heiligen Hallen die alten Schriften studieren. Denn die Ältesten waren der Meinung, dass sich die Sicht auf bestimmte Dinge, die man einseitig durch das heilige Wasser erfuhr, gegebenenfalls durch das Studium erweiterte. Mike fragte damals, als Steve ihm davon erzählte, was denn mit denjenigen geschehe, die nicht zwei Jahre bleiben wollten, doch er erhielt darauf keine befriedigende Antwort. Einige sahen in der grünen Quelle die Möglichkeit, die Macht an sich zu reißen. Nicht wenige hatten schon widerrechtlich versucht, das Wasser in ihren Besitz zu bringen, bekamen jedoch keine Möglichkeit mehr, dieses Wissen auszuspielen, da sie bitter mit ihrem Leben dafür bezahlen mussten. Es hieß, dass das Wasser selbst erkenne, ob es widerrechtlich getrunken wurde, und es würde demjenigen ein qualvolles Ende bereiten, der es verbotenerweise tat. Mike glaubte zwar nicht daran, aber darauf ankommen lassen wollte er es auch nicht.

Sonja reichte ihm die Hand. Mike sah kurz auf und gab ihr dann die seine. Wieder verstummte die Menge, und die Spannung war fast greifbar.

„Hab keine Angst", raunte eine Stimme in ihm, und er wusste dass es Sonja war, die sich empathisch mit ihm verständigte. Ihre Handfläche strahlte ein helles Grün aus, und ein Raunen ging durch die Menge. Lucius Augen funkelten.

Mike verspürte keine Angst. Nun würde Sonja innerhalb eines Augenblicks erfahren, warum er Sophia nicht hergebracht hatte, obwohl er sich damit einem der höchsten Gebote, nämlich dem unbedingten Gehorsam gegenüber den Ältesten, widersetzte, und dass es dafür keine Entschuldigung gab außer seiner Liebe zu einem Menschen, einem Nichtvampir, einer potenziellen Beute. Sonja fühlte seine Verzweiflung, seinen Schmerz, seine Sehnsucht nach Sophia und ein tiefes Verlangen nach ihrem Blut. Das grünliche Schimmern verschwand, und sie ließ seine Hand wieder los. Ein unausgesprochener

Schmerz lag in ihrem Blick, als sie sprach: „Auch dich, Mike, heiße ich willkommen auf unserer Insel. Du bist ebenfalls aus Liebe gekommen."

Wieder atmete die versammelte Menge auf. Lucius sah seine Frau an. Diese erhob sich und küsste ihn zärtlich auf den Mund. Die Menge applaudierte.

Mike blickte Steve fragend an.

„Das ist auch Teil eines uralten Rituals. Sonja hat Lucius gerade mitgeteilt, was sie über uns in Erfahrung gebracht hat."

„In einem Kuss?"

„Vampire brauchen nicht unbedingt die Sprache, um sich zu verständigen. Das solltest du wissen."

„Weiß ich. Aber dass ein Kuss reicht, wusste ich nicht."

„Ja, die beiden sind ja auch ein eingespieltes Team. Außerdem kann so weder gelogen werden, noch entstehen Missverständnisse."

„Dann ist wirklich alles wahr, was du mir erzählt hast?"

„Hast du je daran gezweifelt?"

Doch Mike kam nicht mehr dazu, seinem Vater zu antworten. Lucius erhob sich und gebot der Menge zu schweigen.

„Mike, Sohn von Steve, dem Clanführer eurer Rasse. Du hast wissentlich gegen eines unserer höchsten Gebote verstoßen."

Wieder ging ein Raunen durch die Menge.

„Wir haben strenge Gesetze, an die wir uns seit Jahrhunderten zum Schutz unserer Art halten. Des Weiteren bist du der Aufforderung, die Menschenfrau mitzubringen, nicht nachgekommen. Du hast somit einem unmittelbaren Befehl zuwidergehandelt."

Erneut wurde es laut. Steve stellte sich hinter seinen Sohn, um ihm beizustehen. Doch Lucius war noch nicht fertig.

„Und du stehst widerrechtlich in einer Bindung zu diesem Menschen."

Nun wurde aus dem Raunen ein Grollen.

„Eine Bindung zwischen Mensch und Vampir ist streng verboten. Zu unser aller Schutz. Das weißt du. Und die Strafe dafür kennst du auch."

O ja, die kannte Mike. Zehn Jahre Verbannung ins Nirgendwo. Da wollte er lieber sterben. Und das sagte er auch. Steve stöhnte auf.

„Das lasse ich nicht zu."

„Es ist meine freie Wahl, Vater. So will und kann ich nicht leben."

Lucius drehte seine Handflächen nach oben, hob die Schultern und setzte sich zum Zeichen, dass er diese Entscheidung respektieren würde. Sonja warf ihrem Gatten einen missbilligenden Blick zu, erhob sich und gebot der Menge Ruhe.

„Hier wird nicht eigenmächtig über die Rechtsprechung entschieden." Ihre Augen funkelten.

„Das Recht ist geschrieben und gesammelt in der Quelle der Erkenntnis. Mike und Steve haben sich einer Anordnung widersetzt, das ist bedauerlich und muss bestraft werden. Viel bedauerlicher ist allerdings, dass ihr Sophia nicht mitgebracht habt, so wie es euch aufgetragen wurde."

Mike bekam eine Gänsehaut.

„Wovon redest du?"

„Die Zeit ist relativ, mein junger Freund, und manches ist ganz anders, als es zunächst erscheint. Aber das wirst du lernen."

Grünliche Nebelschwaden sammelten sich und bildeten die Kontur einer jungen Frau. Mike kniff die Augen zusammen. Doch noch ehe er irgendetwas erkennen konnte, war das Gebilde bereits wieder verschwunden. Dann glaubte er ein helles Lachen zu hören. Er schaute sich um, konnte aber nur den grünlichen Nebel, der über der Insel hing, erkennen.

Mike wollte nichts lernen. Er wollte zu Sophia zurück und sonst nirgendwohin. Sonja sah zu Steve hinüber.

„Du weißt, dass auch du gegen das Gesetz verstoßen hast, auch wenn es aus Liebe zu deinem Sohn geschah. Du kennst unsere Schriften gut. Was wäre wohl im Sinne des Gesetzes?"

Steve zögerte mit seiner Antwort. Sonja war Mike und ihm wohlgesonnen, das spürte er. Es lagen Zeichen der Veränderung in der Luft. Das Schicksal war greifbar.

„Ich werde als Clanvorstand und Institutsleiter zurücktreten."

Mike schüttelte den Kopf. Das konnte Steve nicht tun. Das Institut war sein Lebenswerk. Er war es doch, der alles im Gleichgewicht hielt: die Verbindung mit den Vögeln, das Abkommen mit den Menschen und den Blutvampiren. Das alles lag in den Händen von Steve.

Gerichtsbarkeit

Da tönte es aus der Menge: „Ein großes Wort." Alle Köpfe drehten sich zu der Stimme um. Eine dunkle Gestalt mit leuchtend roten Augen trat vor. Edgar.

Sonja kniff die Augen zusammen. Es war nicht üblich, dass jemand in eine Verhandlung eingriff, wenn er dazu nicht aufgefordert wurde.

Doch Lucius hatte sich bereits erhoben und bat Edgar nach vorn. Er erntete dafür einen erneuten missbilligenden Blick seiner Frau.

„Was hast du uns zu sagen, Edgar, Clanführer der Blutvampire?"

Demütig beugte dieser ein Knie vor dem Ältestenpaar.

„Unabhängig von den schweren Vergehen unserer Verwandten ist es mir eine Freude, mitteilen zu können, dass es meinem Zögling Julius gelungen ist, nach langjährigen Forschungen einen bahnbrechenden Erfolg für unseren Clan zu erzielen."

Sonja hob die Augenbrauen.

„Ist das der Grund, warum du um dieses Treffen gebeten hattest?", fragte Lucius.

„So ist es."

„Es ist nicht üblich, das Wort zu ergreifen, ohne aufgerufen zu werden", warf Sonja ein, funkelte Edgar dabei an, und ballte die Faust. Dieser zuckte schmerzhaft zusammen. Mike lächelte. Anscheinend fand Sonja das Auftreten von Edgar ebenso wenig erbauend wie er – und die Bestrafung erfolgte umgehend. Dass Sonja auch Strafen austeilen konnte, ohne den anderen dabei zu berühren, war interessant.

„Aber gut. So rede", flüsterte Sonja Edgar zu.

Sie öffnete ihre Faust wieder, und Edgar atmete hörbar aus.

„Es ist uns ab jetzt möglich zu fliegen wie die Vögel!"

Ungläubiges Gemurmel war zu hören, und Edgar drehte sich zur Menge um.

„Und damit nicht genug, wir können nun alle wieder gefahrlos unserer eigentlichen Bestimmung nachgehen. Wir müssen uns nicht mehr vor den Menschen hinter Sonnenbrillen verstecken. Wir können unter ihnen weilen, ohne dass sie es bemerken. Wir können bestimmen, ob unsere Augen leuchten oder nicht, wie einst unsere Vorfahren."

Lucius' Augen hatten bei den Worten von Edgar einen besonderen Glanz angenommen. Denn er war ein Liebhaber der alten Schule und den Blutvampiren wohlgesonnen. Seine Frau betrachtete die Entwicklung allerdings mit Argwohn und war selbstherrlichen Reden wenig zugetan. Sonja hatte schon zu viele Machthaber kommen und gehen sehen, und das Gleichgewicht lag ihrer Meinung nach ausschließlich in den Händen von Eya.

In diesem Moment ertönte ein Rauschen über ihnen, sodass einige erschrocken den Kopf einzogen. Sekunden später landete Julius selbstbewusst neben Edgar und ging höflich vor Lucius in die Knie.

Mike zitterte vor Wut bei Julius' Anblick. Langjährige Forschungen? So ein Unsinn. Irgendetwas stimmte hier ganz und gar nicht.

Lucius hingegen betrachtete bewundernd Julius' Flügel und Augen.

„Julius, Zögling von Edgar, stimmt es, dass du dich von Blut ernährst, wie unsere Vorfahren es taten, als es noch kein Abkommen mit den Menschen gab?"

„Das ist richtig."

„Du kannst dich unter den Menschen bewegen, ohne aufzufallen?"

„Ja, sie kommen sogar freiwillig."

Julius warf Mike einen selbstgefälligen und abschätzenden Blick zu. Dieser kochte. Was war hier los? Er wollte Julius an die Kehle gehen, sich auf ihn stürzen. Da glaubte er wieder ein leises, helles Lachen zu hören, und blickte sich erneut um. Aber er sah nur Sonjas unergründliches Lächeln, Steves sorgenvolles Gesicht und Edgars und Julius' selbstherrliches Gehabe.

„Julius hat es geschafft, eine Mutation hervorzubringen, die das Gleichgewicht zu unseren Gunsten verschieben wird. Wir müssen nicht mehr vor den Vögeln weichen oder uns mit den Menschen arrangieren. Die Welt gehört wieder uns Vampiren."

Bei diesen Worten hob Edgar die Hände. Ein Teil der Menge jubelte ihm zu.

„Natürlich bedarf das noch weiterer Forschungen, und es braucht Zeit, doch da ich gerade vernommen habe, dass der Job als Institutsleiter frei geworden ist ..."

„... würdest du dich bereit erklären, das Institut zu leiten", ergänzte Sonja etwas süffisant den Satz. Sie bat um Ruhe.

„Edgar, Clanführer der Blutvampire, und Julius, Zögling des Clanführers, da ich euch beide noch nicht willkommen geheißen habe auf unserer Insel und ihr die alten Bräuche so ehrt, möchte ich das hiermit nachholen."

Edgar wandte sich sofort Sonja zu und senkte den Kopf. Nur Julius stand jetzt eher verunsichert als selbstherrlich da. Auch er hatte gehört, dass Sonja eine besondere Gabe besaß und durch eine bloße Berührung Gedanken lesen konnte. Aber das waren doch nur alte Geschichten. Oder etwa nicht?

Sonja legte ihre Hand auf Edgars Kopf. Die Menge schien die Luft anzuhalten. Nach einer Weile sagte sie: „Ich heiße dich willkommen, Edgar. Du bist aus Überzeugung für deinen Clan hier."

Anschließend trat Sonja zu Julius und reichte ihm die Hand wie zuvor Mike. Wieder verband ein grünes Leuchten beide Hände. Nach einer halben Ewigkeit – zumindest kam es Julius so vor – ließ Sonja seine Hand los, und sah ihn ernst an, während sie sprach: „Du bist aus Gehorsam deinem Clanführer gegenüber hier. Du hast eine Fähigkeit, die vergänglich ist. Nicht gestohlen, aber aus der Verzweiflung geboren. Pass gut darauf auf. Du verachtest die Liebe, aber sie ist das Stärkste, was wir haben. Dennoch hoffe ich, dass du die Einladung auf diese Insel zu schätzen weisst."

Julius hörte die Worte von Sonja kaum. Er hatte es geschafft. Er war hier auf der Insel der Ältesten und konnte fliegen. Er hatte Sophia gefunden, deren Blut getrunken, was ihm den Weg zum Fliegen eröffnete, und das Institut befand sich so gut wie in den Händen von Edgar und damit auch in seinen eigenen. Steve und Mike waren aus dem Weg geräumt. Besser konnte es nicht sein.

Lucius gebot Edgar und Julius wieder zurückzutreten. Sonja ging nun zur Quelle der Erkenntnis, füllte einen der heiligen Becher und trank daraus. Anschließend reichte sie ihn Lucius, der ebenfalls daraus trank, und ergriff dann das Wort: „Heute Abend sind wir hier zusammengekommen, um Recht zu sprechen. Das werden wir im Einvernehmen mit Eya tun."

Das grünliche Leuchten auf der Insel nahm schlagartig an Intensität zu und umgab Sonja wie einen Mantel, während sie sprach.

„Steve tritt als Clanführer und Institutsleiter zurück. Das ist eine gerechte Strafe für seinen Ungehorsam gegenüber dem Ältestenrat."

Mike stöhnte auf, woraufhin er einen bösen Blick von seinem Vater erntete.

„Edgar und Lucius haben uns demonstriert, dass durch ihre Forschung Neuerungen in Gang gekommen sind, die die Übertragung der Institutsleitung rechtfertigen. Somit wird Edgar zum Institutsleiter ernannt."

Ein triumphierendes Lächeln umspielte dessen Mund.

„Steve jedoch wird stellvertretender Leiter des Instituts und unabhängiger Berater sein, wenn es zu Auseinandersetzungen und Versammlungen mit unseren Mitgeschöpfen, den Menschen oder den Vögeln, kommt."

Edgar traute seinen Ohren nicht. Unabhängiger Berater in artübergreifenden Versammlungen. Das bedeutete enormen Einfluss. Das war keine Bestrafung, das war ein Aufstieg!

Sonja erhob die Stimme, da es wieder laut geworden war, und winkte Mike zu sich.

„Du hast nicht nur den Gehorsam verweigert, sondern bist eine Bindung mit einem Menschen eingegangen. Das Gesetz schreibt Verbannung vor, damit derjenige genug Zeit erhält, den wahren Weg eines Vampirs wiederzufinden."

Zustimmendes Gemurmel war zu hören.

„Aber du konntest nicht nur dem Verlangen widerstehen, dich des Bluts von Sophia zu bemächtigen, sondern hast sie außerdem aus Liebe verlassen, um sie zu schützen."

Mike glaubte wieder ein leises Lachen zu hören. Lachte diese Stimme ihn aus? Wer wollte ihn da verhöhnen? Wo steckte der- oder, besser, diejenige? Aber außer ihm schien niemand dieses Lachen wahrzunehmen. Sonja sprach weiter.

„Du wolltest Sophia beschützen, einen Menschen, wolltest dein Leben opfern für eine potenzielle Beute. Aus diesem Grund, und um dir das Wesen der Dinge näher zu bringen, verbanne ich dich für zwei Jahre zu uns auf diese Insel."

Mike wusste nicht recht, was das nun bedeutete. Er sollte hierbleiben? Er wurde nicht für zehn Jahre in die Verbannung ins Nirgendwo geschickt?

Steve konnte es nicht glauben. Bedeutete das Urteil doch, dass sein Sohn statt der Bestrafung das Privileg erlangte, mit den Ältesten auf der heiligen Insel bleiben zu dürfen. Damit war er praktisch in den inneren Kreis der Vampire aufgenommen und hatte zudem die Gelegenheit, die alten Schriften zu studieren. Er bewunderte die Weitsicht von Sonja. Doch diese war immer noch nicht fertig.

„Da die Wasservampire auch einen neuen Clanführer brauchen, wird Mike nach diesen zwei Jahren die Aufnahmeprüfung zum inneren Zirkel der Clanführer absolvieren. Bis zu diesem Zeitpunkt wird Steve kommissarischer Clanführer bleiben."

Die grünen Nebelschwaden, die Sonja umgeben hatten, lösten sich in winzige Tropfen auf, und hüpften wie kleine lebendige Wesen zwischen den Angesprochenen hin und her. Der Großteil blieb wie ein Umhang an Mikes Körper hängen und ließ diesen grünlich leuchten, was Sonja wohlwollend zur Kenntnis nahm.

Niemand wagte zu widersprechen. Mike fühlte sich überrumpelt, Steve überwältigt, und Edgar und Julius wussten nicht so recht, ob sie nun auf der Gewinnerseite waren oder nicht.

„So sei es denn."

Lucius stand auf und erhob seine Stimme.

„Im Namen Eyas, gesprochen durch meine liebe Frau Sonja, wird Edgar, Clanführer der Blutvampire, Institutsleiter. Julius bekommt jegliche Unterstützung für seine Forschungen. Steve wird kommissarischer Clanführer der Wasservampire auf zwei Jahre, stellvertretender

Institutsleiter und unabhängiger Berater aller Vampire, verantwortlich für alle artübergreifenden Verhandlungen mit Diplomatenstatus. Mike wird von heute an für zwei Jahre bei uns auf der Insel bleiben und dann die Clanführerprüfung ablegen. Zum Zeichen der Verbundenheit und zur Besiegelung der Rechtsprechung werden die jetzigen Clanführer nun den heiligen Becher teilen."

Wieder raunte die Menge. Der heilige Becher bedeutete nicht nur eine besondere Ehre, sondern ganz praktisch auch den Austausch jeglichen Wissens derjenigen, die aus dem Becher tranken. Im Grunde war es wie bei den Indianern eine Art von Blutsbrüderschaft. Edgar trat vor, wohingegen Steve Sonja und Lucius fragend ansah, denn er war ja kein Clanführer mehr. Sonja sagte: „In Anbetracht des Tatbestandes, dass die Wasservampire in absehbarer Zeit einen neuen Führer bekommen und Steve und Edgar bereits das Band der Verbrüderung teilen, schlage ich vor, die jüngere Generation das Band teilen zu lassen."
Zustimmendes Gemurmel erklang. Doch nach den alten Statuten mussten erst die bisherigen Clanführer gehört werden. Und noch bevor Julius sich mit Edgar verständigen konnte, meldete dieser sich schon zu Wort.
„Ich trete gerne für Julius zurück. Die Ehre der Blutsbrüderschaft ist die gebührende Belohnung für seinen durchschlagenden Erfolg."
Edgar wusste, dass auch Mike über herausragende Fähigkeiten und ein großes Wissen im Bereich der Genetik verfügte und hoffte so, dass durch den Austausch dieses Wissen auf Julius übertragen werden würde. Er trat gönnerhaft zurück, sodass die Aufmerksamkeit sich nun auf Julius richtete.

Dieser schwitzte. Trinken aus dem heiligen Becher – zusammen mit Mike! Das bedeutete, dass dieser die Wahrheit über seine neuen Fähigkeiten herausfinden würde. Schlimmer noch, er würde erfahren, dass er Sophia gebissen hatte. Das durfte auf keinen Fall passieren. Doch wie sollte er das verhindern? Edgar war schon in der Menge verschwunden, Sonja sah ihn lächelnd an, und Lucius nickte ihm aufmunternd zu. Steve war ebenfalls einverstanden.

„Da mir die Ehre des Blutaustausches nicht mehr zusteht, erfüllt es mich mit Stolz, wenn meinem Sohn dies erlaubt wird."

Steve wusste, dass Edgar sich einen Vorteil für Julius erhoffte, doch er war lange genug auf der Insel gewesen, um Sonja und Eya bedingungslos zu vertrauen. Oft wurden Zusammenhänge erst viel später klar. So trat Steve zurück, und Mike und Julius standen sich Auge in Auge gegenüber.

Mike merkte, dass Julius Selbstsicherheit zunehmend schwand, und konnte es kaum erwarten zu erfahren, wie Julius zu seinen Mutationen gekommen war. Dieser suchte nach einem Ausweg, doch er wusste nicht, wie er das anstellen sollte. Einfach davonfliegen und alles aufs Spiel setzen? Nein, jetzt war endlich er am Zug. Sollte Mike doch wissen, dass er Sophias Blut getrunken hatte. Er würde es ja nicht ändern können. Er saß für die nächsten Jahre hier fest und er, Julius, hatte alle Zeit der Welt, sich um Sophia zu kümmern. Selbst wenn sie sich im Moment bei den Adlern aufhielt. Er war nun der Stärkere.

Sonja trat zum in grünen Nebel getauchten Wasserbecken. Ihre Hände berührten die sich bewegende Oberfläche. Es schien fast so, als würde sie den grünen Schleier streicheln. Bald darauf teilten sich die Schwaden und gaben das Becken frei. Sonja holte einen goldenen Kelch hervor und ein silbernes Messer, das sie auf ihre Handflächen legte, und trat zu Mike und Julius.

Steve hatte Mike oft von dem alten Ritual erzählt. Man musste mit dem heiligen Messer ein paar Blutstropfen spenden, die mit dem Kelch aufgefangen wurden. Anschließend wurde das Blut getrunken und somit jegliche Information ausgetauscht. Mike viel auf, dass Julius zurückschreckte, und fragte sich, warum.

„Was ist los, Cousin, hast du etwa Angst, dich zu schneiden?"

Da Julius wie versteinert dastand, nahm Mike das Messer, dankte Sonja und Eya für die erteilte Ehre, wie es die Schriften lehrten und setzte das Messer an die Armvene. Sofort lief ein kleines Rinnsal seines Blutes in den Becher. Wieder glaubte er ein leises, freundliches Lachen zu vernehmen. Widerwillig reichte er den Kelch weiter, würde Julius doch nun all seine Gefühle für Sophia erfahren.

Dieser nahm den Kelch und trank. Seine Augen weiteten sich, während ein spöttisches Lächeln seine Lippen umspielte. Er wusste nun, wie es um Mikes Gefühlsleben stand und wie sehr er litt, zwei Jahre lang nicht von der Insel wegzukommen, zumal danach eine erneute Beziehung zu Sophia sehr unwahrscheinlich war. Doch dieser Triumph währte nur kurz, denn nun war er an der Reihe. Er zögerte noch immer und sah zu Edgar hinüber. Dieser zog jedoch missbilligend die Augenbrauen zusammen. Auch Lucius wurde ungeduldig. Blutvampire zierten sich normalerweise nicht. Nun war es an Mike, spöttisch die Mundwinkel zu verziehen. Endlich würde er die Wahrheit über Julius erfahren. Er war sich sicher, es hatte irgendetwas mit Sophia zu tun. Er saß zwar hier fest, doch er konnte Steve alles mitteilen, was er nun in Erfahrung bringen würde. Sonja legte unterdessen Julius das Messer in die Hand und hielt den Becher, da dieser nach wie vor keine Anstalten machte, den Dolch von sich aus zu nehmen. Dieser überlegte fieberhaft, wie er sich doch noch aus der Affäre ziehen könnte und sah eine Möglichkeit. Er legte das Messer an, ohne Sonja oder Eya zuvor angesprochen zu haben, was die Ältesten missbilligend zur Kenntnis nahmen. Sonja fing das Blut mit gerunzelter Stirn auf und reichte Mike das Gefäß. Doch als dieser danach greifen wollte, stolperte Julius plötzlich und schlug dabei Sonja den Kelch aus der Hand.

Mike konnte es nicht fassen. Julius Blut verteilte sich auf dem Felsen. Ein Aufschrei ging durch die Menge. Das heilige Messer konnte nur einmal angesetzt werden. Derjenige, der das Blut vergoss, brachte nicht nur Schande über seinen Clan, sondern versagte sich selber auch auf ewig die Möglichkeit, erneut an diesem Ritual teilzunehmen.

Mike zitterte vor Enttäuschung. Da war die Wahrheit zum Greifen nah und doch unerreichbar. Er kniete sich neben den Kelch und hob ihn auf, doch er war leer. Das vergossene Blut begann bereits auf dem Fels zu trocknen. Sonja trat zu Mike und half ihm hoch. Julius verkündete zeitgleich sein unsägliches Bedauern. Lucius würdigte ihn keines Blickes mehr. Mike war sich sicher, dass Julius den Becher absichtlich zu Boden gestoßen hatte. Er sah zu Julius hinüber, der mit einem verstohlenen Lächeln die Schultern entschuldigend hochzog und ihm zuraunte: „C'est la vie. So ist das Leben, kleiner Cousin."
Mikes Augen färbten sich gefährlich dunkel.
Edgar trat vor.

„Wir wissen, dass wir dieses Missgeschick nicht mehr gutmachen können, doch erkläre ich mich gern bereit, an die Stelle meines Zöglings zu treten, der sichtlich erschöpft ist von dem Flug und den Strapazen im Labor. Falls dem damit nicht Genüge getan sein sollte, werde ich mich den Konsequenzen stellen."

„Wenn Mike nichts dagegen hat, soll dem damit Genüge getan sein", antwortete Lucius. Er sah fragend zu Mike, der nickte. Was hatte er zu verlieren? Er konnte nur noch gewinnen.

So beendete Edgar das Ritual an Julius Stelle. Aber auch Edgars` Blut brachte nichts Nennenswertes über die neuen Fähigkeiten von Julius. Die Verhandlung war zu Ende, und Lucius löste die Versammlung auf. Die Menge verteilte sich. Edgar und Julius verabschiedeten sich mit den Worten, dass es nun viel zu organisieren gebe. Lucius trat mit Steve zum Feuer, und bald stand Mike mit Sonja allein auf dem Plateau. Er war frustriert.

Ein Hauch von Schicksal

„Das war Absicht, Sonja. Julius führt irgendetwas im Schilde. Da bin ich mir sicher. Diese Mutation ... Irgendetwas ist falsch daran."
Mike ließ sich verzweifelt auf den Boden sinken.

Sonja lächelte ihn an, nahm den Kelch und ging zum Becken mit dem Wasser der Erkenntnis. In dem Moment lösten sich einige grün leuchtende Wassertropfen aus dem grünen Nebel und ließen sich auf

Mikes Schultern und Armen nieder. Intuitiv versuchte er sie abzuschütteln, doch die Tropfen ließen sich nicht vertreiben, und wieder hörte er dieses leise, freundliche Lachen, das aus dem Nichts zu kommen schien. Wie kleine, lebendige Wesen tanzten sie auf Mike herum. Er drehte seine Handflächen nach oben, und einige Tropfen sammelten sich darin zu einer grün leuchtenden Flüssigkeit.

„Lass sie auf den Boden!", flüsterte Sonja.

Mike sah sie verständnislos an.

„Die Kinder Eyas in deiner Hand. Lass sie auf den Boden."

Mike verstand immer noch nicht. Doch er schüttete das grüne Wasser, wie geheißen, vorsichtig auf den Felsen mit dem getrockneten Blut. Die Tropfen verteilten sich und sogen das Blut förmlich auf. Das Grün verfärbte sich rot, und nach wenigen Augenblicken verlief sich das grün-rote Rinnsal in einer Felsspalte.

„Nein!", entfuhr es Mike und sprang hinterher. Erneut glaubte er ein Lachen zu hören.

Sonja stand am Teich und winkte ihn zu sich, gab ihm den Becher und sah ihn dabei auffordernd an, als wollte sie ihn testen.

Hatte Steve ihm nicht auch von der Prüfung des Wassers erzählt? Es war eine der vielen Prüfungen auf dem Weg zum Clanführer. Man musste das Wasser der Erkenntnis, das von Eya erfüllt war, bitten, es kosten zu dürfen.

„Im Grunde", so hatte Steve erzählt, „musst du es behandeln wie eine Frau". Mike hatte ihn damals ungläubig angesehen. Das Wasser? Wie konnte man das Element Wasser denn wie eine Frau behandeln? Steve hatte damals nichts gesagt außer: „Das wirst du dann schon sehen, wenn es so weit ist. Lies die alten Schriften."

Das hatte er auch vorgehabt zu tun, doch es kam dann nie dazu.

Er nahm den Kelch und strich vorsichtig über den grünen Nebel, so wie er es vorhin bei Sonja gesehen hatte. Das Grün wurde intensiver unter seiner Hand und wand sich. Er musste an Sophia denken. Alle schlechten Gedanken an Julius, dessen Neumutation oder die Verbannung waren wie weggeblasen. Das grüne Etwas floss über seine Hände und hatte fast die Konturen einer Hand, die zärtlich über seinen Arm strich. Mike schloss die Augen und ließ es geschehen. Hinter ihm verdichtete sich der Nebel zur Gestalt einer schönen jungen Frau mit langen, blonden, welligen Haaren. Zärtlich schmiegte sie sich an ihn.

„Jetzt ist es aber genug!", flüsterte Sonja. Die Kontur löste sich schlagartig mit einem Seufzen auf, und Mike öffnete die Augen.

„Was war das?"

„Ich denke, du hast die Prüfung bestanden. Komm zu mir."

Sonja trat an einen Felsspalt, und kurz darauf floss eine grünrötlich leuchtende Flüssigkeit hervor. Sonja blickte Mike auffordernd an. Der hielt den Becher darunter und fing die Tropfen auf.

„Ich lass dich nun allein. Wir sehen uns morgen."

Mike schwenkte das Nass in dem Kelch, gespannt, was passieren würde, und leerte es in einem Zug.

Was er spürte, war kaum zu beschreiben, es fühlte sich neu und gleichzeitig uralt an. Als hätte eine fremde Macht von ihm Besitz ergriffen, etwas Großes, Uraltes, schon immer Existierendes. Einen winzigen, kostbaren Moment lang dachte er, mit dieser Kraft schon einmal in seinem Leben Bekanntschaft gemacht zu haben, ohne zu wissen, wann und wo das gewesen war. Dann verschwand diese Empfindung so schnell, wie sie gekommen war. Plötzlich spürte er Julius, seine Gefühle, sein Blut. Er spürte dessen Euphorie über die neue Fähigkeit, fliegen zu können, als wäre es seine eigene. Er spürte dessen Verwunderung, als er seine Augen nicht mehr leuchten sah und fliegen konnte. Sein Erstaunen darüber, dass er Macht über die Vögel erlangt hatte.

Aber wie konnte das sein? Woher kam diese plötzliche Mutation? Sollte das Ganze etwas mit Sophias Blut zu tun haben? Aber sie war doch ein Mensch! Wie konnte das sein? Es handelte sich um die gleichen Fragen, die sich auch Julius gestellt hatte.

Dann spürte er Sophia und hatte eine Szenerie vor Augen, in die er nicht eingreifen konnte. Sophia allein am Strand, im nassen Sand liegend, sich aufgebend, ihre Hand Julius entgegenstreckend.

Tränen traten in Mikes Augen. Er hatte alles falsch gemacht. Er hätte Sophia niemals allein lassen dürfen. Nun war klar, dass Julius Sophia gebissen hatte. Er hatte es wirklich gewagt, sich an Sophia zu vergreifen. Er schwor sich, ihn umzubringen. Er spürte Sophias Verzweiflung, ihn, Mike, verloren zu haben – und er spürte ihre Liebe. Gleichzeitig nahm er wahr, dass Sophia sich selbst aufgegeben hatte. Seinetwegen. Weil er dachte, er könnte sie retten, indem er sie zurückließ. Tränen liefen nun über seine Wangen. Was hatte er nur getan? Aber dann spürte Mike, wie sich ein Teil des grünlichen Wassers mit einem Teil von Sophias Blut verband, und es schien, als wäre es eine uralte Verbindung. So alt wie die Menschheit, so alt wie die Erde. Mike konnte sich diese Erkenntnis nicht erklären, doch tief in seinem Inneren wusste er, dass sie wichtig war. Plötzlich war ein Gedanke da, zum Greifen nahe – und genauso schnell wieder verschwunden. Er hätte Sophia mitbringen müssen. Es wäre richtig gewesen. Nun schwebte sie in Gefahr, und er konnte nichts für sie tun. Verzweiflung und Wut überkam ihn. Da lösten sich erneut grüne Tropfen aus dem Nebel und setzten sich auf seine Hand wie zuvor. Sie hüpften umher und verbanden sich wie zu einer Art Decke, die sich zärtlich an ihn schmiegte. Mikes Gefühl der Hoffnungslosigkeit wurde erträglicher. Er schloss die Augen. Das grüne Schimmern verlieh ihm Geborgenheit. Dann schlief er ein.

„Meinst du nicht, dass du es etwas übertreibst?", sagte Sonja zum grünen Nebel, der sich über Mike gelegt hatte.
„Lass mich doch, Sonja."
Die grüne Decke nahm wieder die Gestalt einer jungen Frau an.
„Wann hatten wir zuletzt einen so gut aussehenden jungen Besucher? So erfüllt von Leidenschaft und Liebe? Er wird Zuneigung brauchen, sonst läuft er uns davon."
„Hör mit dem Unsinn auf, Eya. Manchmal könnte man meinen, du bist ein kleines Kind, das nur Unsinn im Kopf hat."
Eya lachte ein helles Lachen, das Mike schon gehört hatte.
„Pass gut auf ihn auf, und lehre ihn gut. Es ist der Hauch des Schicksals, der ihn umgibt. Seine Liebe ist es, die es bestimmt."
Wieder lachte Eya leise.
„Aber finde die Wahrheit selbst heraus."
Aus dem grünen Nebel tauchte der Becher auf, der nun wieder zu einem Drittel gefüllt war. Die Nebelschwaden zogen sich zu dem grünlichen Leuchten in die Bucht zurück, und Sonja trank vom Wasser der Erkenntnis.

Veränderungen

Steve und Lucius saßen am Feuer und lauschten in die mondhelle Nacht, als Sonja zu ihnen trat. Auf Steves fragenden Blick antwortete Sonja: „Er schläft jetzt. Eya hat ihn bereits willkommen geheißen."

Sie lächelte. Lucius hob fragend die Augenbrauen, doch Sonja winkte ab.

„Er weiß, dass er einen großen Fehler gemacht hat, Sophia nicht mitzubringen."

„Du hast ihn dafür aber nicht bestraft. Er wurde von dir mit seinem Aufenthalt hier belohnt."

„Das wird schwer genug für ihn werden. Genauso wie für dich, Steve. Edgar und Julius sind machthungrig. Allerdings könnte ihnen ihre Gier auch zum Verhängnis werden. Das wird sich zeigen. Ich weiß, dass du immer das Beste für alle wolltest, doch die ökologischen Zwischenräume werden noch kleiner werden, und die Evolution wird ihren Weg nehmen. Das tut sie immer."

„Du sprichst von der Vermischung der Arten, Sonja? Das funktioniert nicht. Menschen waren von jeher unsere Beute, Greife unsere Feinde. Die Vampire untereinander sind nicht fortpflanzungsfähig. Wenn Edgar und Julius einen Weg finden, dies durch Mutation zu verändern, verdienen sie jede Unterstützung. Und diese Mutationen, die der junge Julius geschaffen hat, sind überzeugend, oder etwa nicht?"

Sonja stand auf, ging zu ihrem Mann und küsste ihn. Es wurde ein inniger Kuss, doch Lucius Augen nahmen danach einen traurigen Ausdruck an.

Steve verstand zunächst nicht, doch dann begriff er, dass sich Sonja und Lucius ohne Worte verständigt hatten.

„Darum war es dir so wichtig, dieses Menschenkind hier auf der Insel zu haben", murmelte Lucius.

„Ja, sie könnte der Schlüssel sein", bestätigte Sonja.

„Oder nur eine Laune der Natur. Außerdem schafft es ein Mensch nicht durch den Nebel zu uns auf diese Insel. Und falls doch, würde er hier sehr viel schneller altern als normalerweise, da die Zeit hier anders geht."

„Wer weiß? Ich spüre den Hauch des Schicksals. Eya auch. Die Dinge sind im Wandel."

Das Feuer brannte weiter herunter, und nach einer langen Pause sagte Steve: „Vielleicht könnte ein Mensch hier überleben, wenn ein Vampir ihm Lebenszeit verschaffen würde durch sein Blut."

Sonja musterte Steve aufmerksam.

„Allerdings haben wir mal einen Verträglichkeitstest von Menschenblut und Vampirblut im Labor durchgeführt. Die Übertragung funktioniert nur einmal. Dann entstehen Antikörper und das Menschenblut ist innerhalb weniger Stunden verbraucht. Es sei denn, der Mensch würde alle paar Stunden von einem anderen Vampir mit Blut versorgt, aber irgendwann wäre dann auch Schluss. Also wissenschaftlich gesehen eigentlich doch unmöglich."

„Du warst lange bei uns, Steve. Du solltest die Geschichte eigentlich kennen. Sie gehört nicht zur eigentlichen Lehre, doch ist sie dennoch aufschlussreich."

„Diese Art von Geschichten, auf die du anspielst, Sonja, sind aus den heiligen Hallen verschwunden", warf Lucius ein. „Du redest von einer Legende. Die Wahrheit ist nicht bewiesen."

„Die Wahrheit konnte bisher nicht bewiesen werden, da die Einzige, die diese bezeugen könnte, von dir vor fünfundneunzig Jahren verbannt worden ist."

„Sonja, wir haben damals lange im Rat darüber diskutiert. Vampire können nur durch ihresgleichen weiterkommen, eine Verbindung mit den Menschen ist undenkbar! Und Eva hat Schande über uns alle gebracht mit dieser Geschichte. Genauso wie Mike."

Steve kam der Name Eva bekannt vor. Aber er wollte jetzt nicht nachfragen; zumal er ihn nicht gehört, sondern vor langer Zeit einmal gelesen hatte. Nicht hier in den Schriften, sondern in den handgeschriebenen Aufzeichnungen von Dr. Ferdinand Baum.

Vermutungen

Sophia hatte furchtbare Kopfschmerzen. Sie schlug die Augen auf und wusste im ersten Moment nicht, wo sie sich befand. Sie hörte Stimmen und spürte einen warmen Arm um ihre Taille. Ihr Kopf lag auf dem Schoß von Phil, der leise schnarchte. Edi und Stephano hantierten in der Werkstatt an der Espressomaschine, und Maria und Sybill beäugten sie argwöhnisch. Sophia richtete sich auf und versuchte durch Zählen ihrer Herzschläge einen klaren Gedanken zu fassen. Sie fühlte sich schwindlig, und das Handgelenk schmerzte. Als ihr Blick auf die bereits verheilte Wunde fiel, war sie schlagartig hellwach. Der Strand. Julius. Der tosende Sturm. Wie lang war das her? Panik ergriff sie. Phil wurde durch Sophias ruckartige

Bewegungen geweckt und grinste erst mal von einem Ohr zum anderen.

„Dich kann man echt nicht allein lassen. Und spannend ist es auch. Herzlich willkommen unter den Lebenden."

„Was ist denn eigentlich passiert?" Sophia versuchte die beängstigenden Bilder vor ihrem inneren Auge zu verdrängen.

„Was passiert ist? Durch dich bringen wir uns alle in Lebensgefahr."

„Lass sie doch erst mal zu sich kommen, Sybill. Eckzähne sind ihr noch keine gewachsen, wie ich sehe", warf Edi ein, der Sophia erst mal eine Tasse Espresso reichte, die sie dankbar annahm.

„Was nicht ist, kann ja noch werden", grummelte Sybill, bevor sie demonstrativ den Raum verließ.

Sophia atmete hörbar aus. Vorsichtshalber tastete sie trotzdem nach ihren Eckzähnen, konnte aber ebenfalls keine Veränderung feststellen. Auch sonst fühlte sie sich wie immer. Wenn nur diese Kopfschmerzen nicht gewesen wären.

„Julius hat es irgendwie geschafft, seine Gene so zu verändern, dass er nun fliegen kann. Du warst am Strand, während des Orkans. Was hast du da überhaupt allein gemacht? Wo sind Mike und Steve?"

Sophia hatte sofort wieder einen Kloß im Hals. Tränen stiegen ihr in die Augen. Als Phil ihr ins Gesicht sah, war ihm sowieso alles klar.

„Mike hat dich verlassen?" Er wurde wütend. Nicht nur, dass Mike Sophia verletzt hatte, er hatte sie auch Julius überlassen. Wenn die Vögel nicht eingegriffen hätten, wäre Sophia jetzt tot. Das würde er Mike niemals verzeihen.

Sophia ahnte, was in Phil vorging, und schüttelte den Kopf.

„Ich glaube nicht, dass Julius mich umgebracht hätte."

Verzweiflung schwang in ihrer Stimme mit. Sie wollte einfach nicht glauben, dass Mike sie derart im Stich gelassen hatte. Ihr Hals brannte, und sie versuchte die erneut aufsteigenden Tränen zurückzuhalten.

„Heute Abend ist Ratsversammlung. Die Ergebnisse der Gewebeproben sind auch fertig." Sophia sah Stephano fragend an.

„Wir mussten ein paar Proben von dir nehmen, als wir dich vom Institut geholt haben, um sicher zu gehen, dass du nicht doch zu den Rotaugen gewechselt bist."

Sophia wollte lieber nicht wissen, was mit ihr geschehen würde, wenn die Ergebnisse nicht wie gewünscht ausfielen.

„Die vorläufigen Ergebnisse belegen, dass Sophias DNA noch dieselbe ist wie vor dem Biss", warf Sybill ein, die den Raum mit ein paar Blatt Papier wieder betreten hatte, „doch wer garantiert uns, dass sich das nicht noch ändert?"

Phil warf Sybill einen vernichtenden Blick zu.

Sophia war die Diskussion im Moment egal. Sie wollte eigentlich nur noch allein sein, fühlte sich völlig überfordert und endlos traurig.

„Die Versammlung beginnt mit dem Einbruch der Dunkelheit. Einer bleibt bei Sophia. Die Vampire haben inzwischen bestimmt eins und eins zusammengezählt und wissen, wo Sophia zu finden ist. Falls es Fragen gibt, kann Edi sich ja mit Sophia verständigen, und du musst hier nicht als Adler in der Werkstatt sitzen, Phil."

Edi ging automatisch davon aus, dass keine Versammlung der Welt Phil von Sophia wegbringen würde, womit er sich auch nicht getäuscht hatte. Nur konnten die Vogelmenschen sich nur in ihrer Tiergestalt telepathisch verständigen, nicht aber in Menschengestalt. Sophia dagegen konnte die Vögel auch als Mensch verstehen. Ein Phänomen, das sie nun schon zum zweiten Mal gerettet hatte und eine gewisse Verwandtschaft zu den Vögeln zeigte. Auch das sollte heute Abend besprochen werden.

Nachdem Sophia zwei Aspirin eingenommen hatte, ließen die Kopfschmerzen langsam nach, und sie versuchte immer noch zu begreifen, was eigentlich geschehen war. Mike unerreichbar. Für immer. Diese Erkenntnis erfüllte sie von Kopf bis Fuß. Für mehr schien kein Platz mehr in ihr zu sein. Wieder stiegen ihr Tränen in die Augen. Phil sah sie aufmunternd an, doch Sophia wandte sich ab. Sie stand auf und ging über die Terrasse auf den nahegelegenen Anlegesteg. Phil beobachtete sie. Die Sonne ging unter, und Sophia glaubte, das Feuer auf dem Felsplateau ausmachen zu können. Die Versammlung würde in Kürze beginnen. Gedankenverloren strich sie über die Narbe am Handgelenk. Die Clanmitglieder hatten Angst, sie könnte sich noch in einen Vampir verwandeln, doch das war nicht Julius Absicht gewesen, sonst wäre sie schon längst zu einem geworden. Sie schauderte bei dem Gedanken. Doch das bedeutete, entweder hatte er kein Interesse daran oder wollte ihr Blut noch öfter genießen. Letztere Vorstellung jagte ihr einen Schauder über den Rücken. Dennoch lenkten diese Überlegungen sie von Mike ab. Sie vermisste ihn so sehr, dass es körperlich wehtat. Phil kam zu Sophia an den Steg. Er hatte ein Päckchen in der Hand.

„Hier, Sophia. Das ist vor ein paar Tagen aus Deutschland für dich angekommen."

Sophia sah erstaunt auf und öffnete es. Es war ein Brief ihrer Großmutter und ein Umschlag aus Büttenpapier, der mit einem dünnen Lederriemen verschlossen war.

Sophia öffnete zunächst den Brief.

Liebe Sophia,

nun werden es fünfundzwanzig Jahre, dass Ferdinand ver-
schwunden ist, doch er wird dennoch immer bei mir sein. Be-
vor er gegangen ist, hat er mich gebeten, Dir zu Deinem
achtundzwanzigsten Geburtstag diese Schriftstücke zukom-
men zu lassen. Es war ihm wichtig, dass Du sie zu diesem
Zeitpunkt erhältst. Nun ist es so weit. Du bist achtundzwan-
zig. Herzlichen Glückwunsch! Ich hoffe, Ferdinands Ge-
schenk bringt Dir das Glück und die Liebe im Leben, die wir
Dir von Herzen wünschen Ich weiß nicht, was sein Geschenk
beinhaltet, aber sei gewiss, er meinte es immer nur gut mit uns
allen, und er liebt Dich!
Alles Liebe und lass Dich feiern!
Deine Oma

Vergangenheit und Zukunft

Sophia fühlte sich überfordert von den Geschehnissen. Mike war weg, die Vampire wollten ihr Blut, die Vögel trauten ihr nicht, ihre Oma gratulierte ihr zum Geburtstag. Heute? Ihre

Kopfschmerzen nahmen wieder zu. Die Liebe ihres Lebens? O Mann, die war weg, für immer. Trotzig wischte sie die Tränen aus dem Gesicht. Wie konnte sie nur in das alles hineingeraten? Verdammt noch mal! Wo lag der Ausgang zu diesem Schlamassel?

Irgendwie hatte das Schicksal sie auf diese Insel verschlagen, und sie wusste, dass das irgendetwas mit ihrer Vergangenheit zu tun haben musste. Aber was? Sophia schaute auf die heranrollenden Wellen und schwor sich, dass sie dem allen auf den Grund gehen werde, koste es, was es wolle. Sie musste herausfinden, was das alles zu bedeuten hatte und – noch viel wichtiger – wer oder was sie war!

Sie sah zu Phil auf, der sie argwöhnisch musterte.

„Nein, ich will gar nicht wissen, was dieser Ausdruck in deinen Augen zu bedeuten hat. Du bist diesen Tieren nur um Haaresbreite entkommen."

„Hey, komm, setz dich zu mir."

Sophia versuchte zu lächeln. Und in diesem Moment, in dem sie Phil in seine sorgenvollen Augen sah, wusste sie, was zu tun war.

„Ich muss da noch mal hin."

„Niemals!"

Phil wollte sie nicht wieder verlieren. Sophia schien ja lebensmüde zu sein.

„Phil ..."

„Nein ..."

„Phil ...", versuchte es Sophia noch einmal, und als er nicht widersprach, redete sie weiter.

„Alle machen sich Sorgen. Der Ältestenrat tagt, ob er mir trauen kann. Deine Leute haben Angst, dass ich zum Feind werde oder gar schon bin. Die Vampire wollen irgendetwas aus meinem Blut. Ich spüre, dass sich etwas verändert. Keine Ahnung in welche Richtung. Aber ich muss wissen, was für eine Rolle ich da spiele. Wo ich stehe. Was das alles mit mir zu tun hat. Kannst du das verstehen?"

Verzweiflung mischte sich in ihren Blick.

Währenddessen diskutierten Stephano und Edi die nicht eindeutigen Blutergebnisse von Sophia mit den restlichen Clanmitgliedern.

„Sybill, du hast die Blutergebnisse ausgewertet, die besagen, dass sich die DNA von Sophia nicht verändert hat nach dem Biss. Ist das richtig?"

„Das stimmt. Aber hier gibt es dennoch ein Problem. Ihre DNA wich bereits vor dem Biss vom Genom der Menschen ab."

Es wurde still in der Runde.

„Wie meinst du das?"

„Sophias Blut hat Ähnlichkeiten mit dem unseren und auch mit dem der Vampire."

„Das kann nicht sein. Blut von uns ist mit dem der Vampire nicht kompatibel. Dazu gibt es Doktorarbeiten einer ganzen Generation."

Maria meldete sich zu Wort.

„Ich will mich ja nicht einmischen oder dagegenreden, aber was ist, wenn die Evolution einen Weg gefunden hat, über den man die Spezies Mensch, Vampir und Vogel vereinen kann?"

„Das ist Blasphemie!", warf Edi ein.

„Oder ein waghalsiges Gedankenspiel", meinte Stephano.

„Jedenfalls können wir diese Möglichkeit nicht außer Acht lassen", entgegnete Sybill.

„Falls auch nur ein Fünkchen Wahrscheinlichkeit in dieser Möglichkeit liegt, muss Sophia weg! Sie bedeutet eine Gefahr für uns alle! Ich habe Sequenzen in ihrer DNA gesehen, die bisher nicht aktiv sind. Wir wissen nicht, wie, wann und ob diese aktiviert werden können. Aber eins ist sicher, das sind Sequenzen, die nicht der DNA der Vögel oder der Menschen entsprechen und uns definitiv gefährlich werden können."

„Okay", warf Stephano ein, „wir haben die DNA. Wir bekommen mit Sicherheit auch noch mehr, wenn es nötig sein sollte. Aber bevor wir voreilige Schlüsse ziehen, sollten wir das mit Steve besprechen."

Ein Raunen ging durch die Versammlung der Ratsmitglieder.

„Wir haben mit bestimmten Vampiren ein Bündnis geschlossen, und das wurde bisher nicht gebrochen. Steve ist eine Vertrauensperson. Wir müssen das weitere Vorgehen in einem größeren Kreis beratschlagen."

„Bullshit! Unsere Art ist in Gefahr durch dieses Menschenmädchen. Habt ihr das immer noch nicht kapiert? Survival of the fittest! Willst du etwa das Gleichgewicht infrage stellen?"

Sybill war außer sich.

„Jetzt beruhigt euch wieder!", warf Edi ein.

„Falls sich Sequenzen in der DNA befinden, die bisher noch nicht aktiv sind, werden wir DNA-Polymerasen einsetzen oder entwickeln, die uns die Sequenzen auslesen und blockieren lassen, sodass diese niemals aktiv werden. Dafür haben wir doch die Insel mit ihren Wissenschaftlern. Wir werden somit einen Impfstoff gegen die eventuelle Aktivierung dieser Gene in der Hand haben. Vielleicht nicht heute oder morgen, aber Sophia ist ja jetzt bei uns. Falls wir zu dem Schluss kommen, diesen Impfstoff bei ihr einzusetzen, muss Sophia nie erfahren, dass sie Vampirgene in sich trägt. Sie kann so als Mensch mit einigen Eigenschaften von uns Vögeln ein glückliches Leben führen."

Wieder ging ein Raunen durch die Versammlung.

„Und du hältst dieses Vorgehen für durchführbar?"

„Klar. Das ist alles eine Frage der Forschung. Und am Institut sind die besten Forscher dieser Erde versammelt, mit Steve an der Spitze. – Also lasst uns abstimmen." Von dem Machtwechsel auf der Instituts-insel wussten die Adler noch nichts.

Sophia und Phil standen immer noch am Steg.

„Du willst mir jetzt aber nicht erklären, dass du wieder auf diese ver-dammte Insel willst, oder?"

Phil sah Sophia entgeistert an.

„Ich weiß es nicht. Nein, von wollen kann keine Rede sein. Aber ich weiß, dass ich nur dort Antworten finden kann."

„Du spinnst doch. Die wollen nur deinen Tod."

„Den wollen bestimmte Teile deiner Familie auch. Ich bin anders. Und ich muss wissen, inwiefern oder ob ich eine Gefahr für andere darstellen könnte."

„Eine Gefahr? Für wen? Für uns?"

Phil lachte.

„Ich habe dir-, warte mal, wie oft jetzt schon? deinen süßen Hintern gerettet und eigentlich keine Lust mehr dazu. Und Mike? Er hat dich im Stich gelassen! Sieh das endlich ein!"

Bei der Erwähnung von Mikes Namen bekam Sophia unwillkürlich wieder einen Kloß im Hals, aber ihre Entschlossenheit wurde dadurch nur noch größer.

„Phil, ich weiß ja auch nicht ..."

Doch Phil ließ sie nicht zu Wort kommen. Er legte seine Hand in ihren Nacken und zog sie an sich. Er stöhnte kehlig auf, während er sie an sich presste und verzweifelt seine Lippen auf die ihren drückte. Sophia erwiderte seinen Kuss und spürte seine Verbundenheit, doch es fühlte sich nicht richtig an. Sie drückte ihn sanft von sich weg und sah ihm direkt in die Augen. Er hielt sie weiter fest flüsterte resigniert: „Tu doch, was du nicht lassen kannst, aber ich hole dich da nicht mehr raus!" Abrupt wandte er sich ab und ging.

Sophia war nun allein mit dem Meer und dem Gefühl absoluter Einsamkeit.

Sie sah hinunter zu den Holzbohlen, während die vom Mondlicht schimmernden Wellen an sie schlugen. Erst jetzt wurde ihr wieder bewusst, dass sie das Dokument ihres Großvaters immer noch in Händen hielt.

Na dann, herzlichen Glückwunsch zu deinem Geburtstag, Sophia, sagte sie sich mit Tränen in den Augen. Gleichzeitig löste sie den Lederriemen vom Umschlag.

Stephano fasste unterdessen zusammen: „Dann ist es also beschlossene Sache, Sybill. Du arbeitest hier mit deiner Gruppe an einem Impfstoff. Ich werde mich mit Steve beratschlagen, inwieweit wir auf der Insel kooperieren können, und in der Zwischenzeit sorgen wir alle für die Sicherheit von Sophia, die trotz ihres andersartigen Erbgutes bewiesen hat, dass sie im Moment keine Gefahr für uns darstellt."

Die Clansitzung war hiermit beendet, und ein zustimmendes Gemurmel erhob sich. Sybill raffte ihre Unterlagen zusammen und war nicht ganz zufrieden mit dem Ganzen. Wenn es aber so sein sollte, dass Sophia jetzt unter ihnen weilen konnte, dann würde sie dafür sorgen, dass ihre inaktiven Vampirgene nicht nur nicht aktiviert, sondern irreversibel zerstört werden würden. Für alle Zeiten.

Sophia hatte die Seiten ihres Großvaters aufgeschlagen und sah ergriffen seine vertraute Handschrift auf den vergilbten Seiten.

Liebe Sophia,

ich weiß, dass Du nicht unbedingt nur Gutes von mir gehört hast. Aber ich weiß auch, dass Du stets auf Dein Herz hören wirst. Du warst immer neugierig und bist eigene Wege gegangen. Frag mich nicht warum, aber Du hast die Möglichkeit, an Deinem achtundzwanzigsten Geburtstag ein neues Leben zu beginnen. Du bist etwas ganz Besonderes.

Sophia, ich bin nicht einfach so verschwunden. Ich habe ökologische Nischen entdeckt, die die Menschheit gar nicht entdecken will. Es gibt Kreaturen auf dieser Welt, die ein Mensch niemals wirklich kennenlernen sollte. Aber ich befürchte, dass das, wenn Du dies liest, nichts Neues sein wird für Dich. Was soll ich sagen? Ich stehe hier an Deiner Geburtsstätte. Du wurdest mir geschenkt. Du liegst in meinen Armen und lächelst mich an. Wir stehen im seichten Wasser, in dem Du auch geboren wurdest. Grüntürkis leuchten mir Deine Augen entgegen. Das gleiche Leuchten wie in den Augen Deiner Mutter. Deine Oma möge mir verzeihen. Sie ist mir der liebste Mensch auf Erden, doch sie hätte etwas Besseres verdient als mich. Ich konnte nicht anders, Sophia. Jeder von uns hat sein Schicksal, und jeder geht unwillkürlich seinen Weg ...

Sophia fing schon wieder an zu heulen. Was sollte das denn? Opa war mit einer anderen Frau zusammen gewesen? Und mit ihrer Mutter an irgendeinem Strand? Türkise Augen? Sophia wusste lediglich, dass ihre Mutter und sie dunkelbraune Augen hatten. Noch mehr Fragen und wieder keine Antworten! Langsam nervte das wirklich.

Wind kam auf, und Sophia glaubte ein wohlwollendes Lachen zu hören. Mehr gefühlt als gehört. Wenn nur diese Kopfschmerzen nicht gewesen wären. Sie massierte ihre Schläfen und beobachtete, wie die Clanmitglieder wieder am Strand landeten. Stephano winkte ihr zu und betrat den Steg. Na, dann würde sie ja gleich erfahren, wie sich die Adler entschieden hatten.

Insel der Ahnen

Mike fühlte sich total erschlagen. Er lag auf der ihm inzwischen vertrauten Pritsche in einer kleinen Höhle, die er sich als Zimmer ausgesucht hatte. Das Morgenrot hatte ihn geweckt. Er stand auf und begann mit seinem körperlichen Training, das ihn manchmal von seinem seelischen Schmerz ablenkte. Er hatte inzwischen viel gelernt. Sonja ließ ihm auch kaum Zeit, um in

Selbstmitleid zu zerfließen. Zu viel stand auf dem Spiel. Täglich schlug er sich mit den alten Schriften und mit Genetik herum. Doch je mehr er hoffte durch die Naturwissenschaft zu verstehen, desto mehr verlor er sich in der Mysthik der alten Schriften. Dabei gab es eindeutige Regeln: Mensch – Vampir – Vogel. Man wurde in die einzelnen Gattungen hineingeboren. Ein Mensch konnte zum Vampir werden, verlor dadurch aber seine Menschlichkeit und seine Fortpflanzungsfähigkeit, was somit eine Sackgasse der Evolution darstellte. Julius und seine Gruppe bestand fast ausschließlich aus Verwandelten. Wenn die Spezies weiterkommen wollte, dann nur über die Genetik. Ansonsten würden die wasserscheuen Landrattenvampire endlich aussterben. Er stieß einen tiefen Seufzer aus, beendete seinen Gedankengang und versuchte, seinen Geist frei zu bekommen. Er trat aus der Höhle in den Sonnenschein. Sein inzwischen durchtrainierter Körper spannte sich, und er sprang von einem achtzehn Meter hohen Felsen in die Fluten. Es zerriss ihn fast bei dem Gedanken an Julius, der seiner Sophia so nah sein konnte und bestimmt auch bereits war. Mike spürte das ihm bekannte Verlangen, seine Pupillen wurden tiefschwarz, und er wusste, dass nur eine Jagd etwas Linderung bringen würde. So schoss er knapp unter der Oberfläche dahin, Ausschau haltend nach Beute.

Sonja beobachtete ihren Schützling mit gerunzelter Stirn.

„Er macht dir Sorgen, was?", flüsterte eine helle Stimme. Kleine grüne Flammen tänzelten auf Sonjas Handfläche.

„Sorgen ist wohl das falsche Wort. Diese Menschenfrau lenkt ihn nach wie vor zu sehr ab. Er nimmt kein Blut von einem unserer Mädchen. Aber er braucht Blut, um zu arbeiten, um sich abzuregen."

„Du weißt genau, dass Sophia keine normale Menschenfrau ist. Wenn dein Göttergatte Eva nicht verbannt hätte, wäre das Schicksal schon vor fast hundert Jahren erfüllt worden. Die Evolution wird nicht stehen bleiben, Sonja. Sie findet immer einen Weg und immer nach dem Motto: Survival of the fittest."

„Wie kannst du nur so reden. Unsere Regeln haben uns die letzten Jahrhunderte am Leben erhalten und uns eines Besseren belehrt. Nur wenn die einzelnen Arten streng getrennt sind, bleiben unsere ökologischen Nischen erhalten. Jeder Spezies ihre eigene Nische: Mensch – Vampir – Vogel."

„Sonja, sei nicht so langweilig. Du weißt, dass sich die Vampire aufgeteilt haben. Es gibt unterschiedliche Arten, und selbst da wird es schwierig mit der Fortpflanzung. Das fällt nur wegen der langen Lebenserwartung kaum ins Gewicht. Die Vögel? Die sind zumindest fortpflanzungsfähig in Menschengestalt, doch nicht jeder Nachkomme hat automatisch die Fähigkeit der Wandlung zum Adler. Somit werden die Vögel über die Generationen eher weniger als mehr. Und der Mensch? Ja, er war seit jeher Bindeglied zwischen den Arten. Er kann nicht fliegen, er kann nicht ewig leben, aber er pflanzt sich ständig fort. Somit kann auch nur ein Mensch der Schlüssel sein für den nächsten Schritt der Evolution."

„Lass das mal nicht die Männer hören. Wenn du recht haben solltest, werden alle Clanführer versuchen, dies zu verhindern, da sie die Zukunft ihrer Spezies als bedroht ansehen würden."

„Nein, Sonja, es geht nicht um die Zukunft der jeweiligen Spezies. Es geht um Macht, um Stärke, um Beeinflussung und Unterwerfung des jeweils anderen. Unser Mike ist nicht nur der Anwärter auf den Thron seines Vaters oder den Thron der Vampire hier auf dieser Insel. Er ist vielleicht die Verbindung zum Schlüssel, den ihr schon so lange sucht."

Sonja seufzte wieder und verscheuchte die lästigen Flammen auf ihrer Hand. Eya war bestimmt weise, doch immer hatte sie nicht recht. Es gab Traditionen, und das war gut so.

Eine Stunde später ging Mike an Land, schüttelte die letzten Wassertropfen aus seinen in der Sonne glänzenden Haaren und schlüpfte in eine Jeans, die ihm bereits bereitgelegt worden war. Sonja erwartete ihn in den heiligen Hallen, das wusste er, doch er hatte keine Lust auf neue Lehren oder Weisheiten, sodass er den Weg zum Boxring einschlug, wo Lucius, der inzwischen ein vertrauter Freund von Mike geworden war, mit anderen trainierte beziehungsweise einen nach dem anderen aus dem Ring warf.

„Hey, kleiner Anwärter, kommst du rein für eine Runde?", rief Lucius ihm zu, während er einen Kameraden im Würgegriff hielt.

Mike hatte sein Verlangen im Meer zwar gestillt, aber er war noch lang nicht ausgelastet. An einem anständigen Kampf mit Lucius hatte er immer Freude.

Kurz darauf prallten zwei stählerne Körper aufeinander, und in Sekundenschnelle hatte sich eine kleine Gruppe um den Ring gebildet. Wetten wurden abgeschlossen. Es wurde ein harter, aber fairer Kampf. Und fast sah es so aus, als würde es diesmal zu einem Unentschieden kommen. Doch dann trat Sonja mit Julia, einer Schwester aus dem Tempel, an den Ring und beendete den Kampf.

Niemals würde Lucius gegen Sonja aufbegehren. Sie war sein kostbarstes Gut. Er nahm sie in seine Arme und küsste sie leidenschaftlich. Eine Welle der Energie durchlief die beiden, und der Rest wusste, dass sie nun alleine gelassen werden wollten. Mike grinste. Er bewunderte die zwei, ihre Innigkeit und Vertrautheit. Ein Stich durchfuhr ihn, und er versuchte auf seinen Atem zu hören, um den Schmerz in seinem Herzen nicht zu fühlen.

Julia trat neben ihn und beobachtete ihn.

„Warum quälst du dich so, Krieger?"

„Was willst du, Julia? Möchtest du mir noch mehr Pein bereiten? Ich habe einen Eid geleistet."

„Ja, gegenüber dieser Menschenfrau, an die du aber noch nicht gebunden bist. Du hast das Ritual nicht vollendet. Du hast ihr ewige Liebe geschworen. Aber dazu gehören Zweisamkeit und ein Austausch des Blutes. Du stirbst, wenn du diesem Verlangen nicht bald nachgibst."

„Ich kann nicht."

Verzweifelt und ärgerlich wandte er sich ab.

„Wovor hast du Angst?"

Ein tiefes Grollen kam aus seiner Kehle, und seine Augen funkelten.

„Treibe es nicht zu weit, Dienerin des Tempels."

Doch Julia ließ sich nicht entmutigen. Sonja hatte sie auf eine solche Konfrontation vorbereitet, und auch Eya hatte mit ihr darüber gesprochen.

„Genau das ist dein Problem, Anwärter. Du liest die Schriften und verstehst sie dennoch nicht. Ich bin als Auserwählte bestimmt, dir zu dienen, und zwar auf jede erdenkliche Weise, um dich zu unterstützen. Ich bin dafür da, dir beizustehen. Aber ich kann deinen Schmerz nicht lindern, wenn du mich nicht lässt."

In Mike tobte ein Sturm. Er hatte gejagt, er hatte gekämpft, und dennoch war da dieser unstillbare Durst, dieses tiefe Verlangen.

„Ich kann dir helfen, das weißt du!", sprach Julia weiter.

„Wenn du diese Menschenfrau wirklich liebst, dann wirst du sie nicht verlieren, nur weil du deine natürlichen Bedürfnissen befriedigst!"

„Du wirst mich nicht anrühren, Auserwählte."

„Wie du wünschst", antwortete Julia in der alten Sprache. Dennoch versuchte sie es mit einem verführerischen Augenaufschlag. Sie bemühte sich, ihn dazu zu bewegen, sie zu nehmen, so wie es unter ihnen Sitte war und wie sie es gelernt hatte.

Romeo, Joshua und Leonardo, ebenfalls Krieger und Kameraden von Mike, verfolgten amüsiert den Kampf, den Mike offensichtlich mit sich selber austrug.

„Hey, Jungs", flüsterte Romeo seinen Brüdern zu, „sollen wir wetten, dass er endlich nachgibt?"

„Niemals!", winkte Leonardo ab.

„Aber ich geb trotzdem einen aus, wenn er endlich wieder frisches Vampirblut in seinen Adern hat. Seine ständigen Stimmungswechsel sind verdammt anstrengend."

„Wie wahr. Dann lassen wir die beiden mal allein."

„Ich habe alles gehört, Jungs. Verzieht euch! Meine Stimmungsschwankungen beeinflussen meine Fähigkeiten bestimmt nicht. Mit euch nehme ich es nach wie vor jederzeit auf."

Johlend und feixend verzog sich die Bande in Richtung ihrer Unterkünfte.

Mike nahm die ihm von Julia entgegengestreckte Hand in die seine und zog sie in die Sonne. Ihre Silhouette war atemberaubend schön. Ihr Gesicht lag im Schatten, und ihr Haar leuchtete golden. Sie lächelte ihm aufmunternd zu, doch er nahm Julia gar nicht richtig wahr. Er hatte plötzlich nur noch Sophia vor seinem inneren Auge. Er spürte ihr Haar an seiner Wange, und ihre Haut berührte die seine! Ein Beben ging durch seinen Körper.

„Ich kann das nicht tun, Julia."

„Du wirst sterben, wenn du nicht trinkst."

Mike wandte sich zitternd ab.

Julia nahm einen auf dem Tisch liegenden Dolch und öffnete ihre Handvene. Mike sah sie verständnislos an. Sie nahm einen Becher, den sie mit ihrem Blut füllte.

„Hier, Krieger, trink. So wirst du zumindest nicht schwächer, und dein Durst wird gelindert. Mit deinem Schmerz hingegen musst du allein zurechtkommen. Jeden Abend steht ab jetzt ein solcher Becher in deinem Zimmer. Außer du überlegst es dir doch noch anders. Ich bin jederzeit für dich da, in jeder Hinsicht."

Mit diesen Worten drehte sich die Auserwählte um und ging.

Mit zitternden Lippen brachte Mike gerade noch einen Dank hervor, bevor er begierig das kostbare Nass an die Lippen führte. Schon während er trank, spürte er ein Nachlassen des fast unerträglichen Durstes, der ihn so quälte.

Doch seine Seele fand dadurch keine Ruhe.

Auf dem Festland

Sophia legte schnell den Riemen wieder über die Blätter, denn Stephano hatte den Steg betreten und kam auf sie zu. Unauffällig schob sie die beiden Briefe unter ihren Pulli. Er sah sie prüfend an und lächelte.

„Alles gar nicht so einfach, oder?"

Das konnte man laut sagen. Nichts war einfach.

Eine Weile standen sie schweigend am Wasser. Dann erzählte er Sophia von dem Beschluss, einen Impfstoff gegen die Anomalien in ihrer DNA entwickeln zu wollen. Sophia sagte erst einmal nichts, seufzte, atmete tief durch und ging dann mit Stephano zu den anderen ins Haus.

„Du hast doch selber Angst, dich zu verwandeln, oder?", fragte Maria Sophia unsicher, als alle um den Tisch saßen.

„Wie meinst du das, Maria?", entgegnete Sophia etwas scharf, und Maria zuckte zurück.

„Andauernd schaust du in den Spiegel und tastest nach deinen Eckzähnen", giftete Sybill.

„Stimmt doch gar nicht."

Sophia stand vom Tisch auf. Irgendwie hatte sie plötzlich das Gefühl sich verteidigen zu müssen. Phil wollte sie wieder zurück auf den Stuhl drücken, doch Sophia wandte sich wütend ab. Ein Tumult brach los und Stephano versuchte, wieder für Ruhe zu sorgen.

„Es ist beschlossene Sache, Sophia. Wir werden versuchen, einen Impfstoff gegen deine möglichen Anomalien zu entwickeln, um dich auf Dauer zu beschützen. So kannst du weiter Mensch sein und bist zudem als Gast bei uns immer willkommen."

Die Argumentation des Clanführers war zwar schlüssig, doch fühlte es sich für Sophia falsch an. Mensch sein? Sie glaubte, sich verhört zu haben. Das würde sie ja gerne, denn dann hätte sie nämlich eine Familie. Aber ihr Blut sagte etwas anderes. Da waren Gene einer Art, die sich in den Himmel schwingen konnte, und Gene einer Art, die das Blut anderer trank. Mensch sein war etwas anders.

Die Vögel hatten ihren Clan, die Menschen die Familien, die verdammten Vampire ihre Bruderschaft. Und sie? Wer war sie? Wo gehörte sie hin? In diesem Moment durchzuckte Sophia ein stechender Schmerz, und sie suchte schwankend Halt an der Stuhllehne. Phil war bereits hinter ihr und warf den anderen einen vernichtenden Blick zu.

„Ich bring sie mal an die frische Luft."

Er hakte Sophia unter, und gemeinsam verließen sie den Raum.

Doch Sophia brauchte keine frische Luft. Der Schwächeanfall war vorüber, und sie fühlte sich jetzt völlig klar, trotz Kopfschmerzen.

„Phil, ich kann nicht hierbleiben. Ich weiß, dass das mit dem Serum vielleicht vernünftig klingt, aber ich kann das nicht. Das ist keine Krankheit in mir, das bin ich. Verstehst du? Ich muss herausfinden, wer oder vielleicht auch was ich bin, und das kann ich ausschließlich im Institut."

Phil zitterte und hielt sie verzweifelt fest.

„Wie willst du das anstellen? Das ist dein sicherer Tod. Julius wird dich bereits erwarten. Er lechzt doch nach deinem Blut."

„Eben. Ich muss ihm ein Angebot machen, das er nicht ausschlagen kann."

Phil traute seinen Ohren nicht.

„Wie bitte? Forschungsergebnisse gegen dein Blut?"

Sophia sah Phil mit Tränen in den Augen an.

„Das ist der schlechteste Plan, den ich je gehört habe", flüsterte er in ihr Ohr und hielt sie dabei weiter an seine Brust gedrückt.

Sophia seufzte. Sie wusste, auf Phil würde sie immer zählen können. Und egal, was die Gene sagten, er würde stets zu ihrer Familie gehören.

„Ich liebe dich, Sophia, auch wenn ich weiß, dass dein Herz bereits jemand anderem gehört. Obwohl dich dieser Mistkerl einfach hat hängen lassen."

Ein gefährlicher Glanz trat in seine Augen.

„Und nicht nur das. Er hat dich beinahe umgebracht, indem er dich schutzlos zurückgelassen hat."

Sophia sah Phil traurig an, versuchte ein Lächeln und löste sich dann aus seiner Umarmung.

Sie ging langsam, aber entschlossen an das Ende des Stegs und sah am Horizont die Umrisse des Instituts im Rot der Abendsonne leuchten. Sie wusste, dass es dort die Antworten auf ihre Fragen gab, und sie hatte ihren Entschluss bereits gefasst. Nichts würde sie davon abhalten, das herauszufinden.

Phil atmete tief durch und trat dann neben Sophia. Er spürte, dass er sie nicht von ihrem Vorhaben abbringen konnte.

Plötzlich hörte Sophia die Stimmen von Steve und Stephano und drehte sich um, doch die beiden waren nicht zu sehen.

„Hörst du das auch?", fragte Sophia Phil.

Dieser sah sie verständnislos an.

„Na Steve und Stephano, die unterhalten sich irgendwo."

Phil lauschte und schüttelte dann den Kopf.

„Die beiden wollen sich treffen, aber nur auf neutralem Boden, und das ist ..."

Phil unterbrach Sophias Ausführungen.

„Du kannst beide verstehen? Ehrlich? Obwohl sie weit und breit nicht zu sehen sind? Aber Steve ist ein Vampir!"

Sophia schloss die Augen und konzentrierte sich.

Ja, sie konnte beide hören. Und nicht nur das, plötzlich waren da auch Maria und Sybill, aber auch Julius und ein Edgar. Erschrocken öffnete sie die Augen. Phil sah sie verständnislos an. Sophia hatte plötzlich Angst. Angst, dass sie durch ihre empathischen Fähigkeiten, die sie anscheinend den Vampiren gegenüber gerade entwickelte, diese auch auf sich aufmerksam machen würde. Denn dann wären die Vögel in unmittelbarer Gefahr. Und sie auch. Denn was würden Stephano und die anderen sagen, wenn sie jetzt auch die Vampire hören konnte? Hieße das nicht, dass sie vielleicht doch zum Vampir mutierte?

Sie musste herausfinden, über was sich Stephano und Steve unterhielten. Vielleicht war Mike ja in deren Nähe? Aber so sehr sie sich auch anstrengte, Mike war weder zu hören noch zu fühlen. Sophia konzentrierte sich wieder auf die Stimmen.

„... das könnte für uns alle eine Gefahr darstellen", hörte sie Stephano sagen.

„Unsere Territorien sind klar definiert, und doch treten in letzter Zeit immer mehr Überschreitungen auf."

„In unseren Schriften steht, dass es vielleicht eine Veränderung geben wird", antwortete Steve.

„Inwiefern?"

„Ich weiß es nicht. Die Evolution sucht sich immer einen Weg, und das Schicksal nimmt seinen Lauf."

„Du sprichst in Rätseln. Wir müssen auch Sophia zuliebe mit euch zusammenarbeiten. Ihr habt das beste Labor und die besten Wissenschaftler."

„Wieso Sophia zuliebe?"

Stephano sah Steve ernst an: „Nach unseren Genanalysen ist sie menschlich mit einer gewissen Verwandtschaft zu unserer Art. Dennoch sind die Analysen nicht eindeutig und ...", er holte tief Luft, „... es gibt auch Stellen in ihrem Erbgut ..."

„Jaaaa?", fragte Steve gedehnt.

„... die vampirischen Ursprungs zu sein scheinen."

„Wie bitte? Das sollte unmöglich sein."

„Das denke ich auch. Allerdings hat Julius Sophia gebissen, und wenn dieser Biss nun den Anfang der Verwandlung in eine Vampirin bedeutet, dann ..."

„... sollte Julius Mike nicht mehr unter die Augen kommen", murmelte Steve. Laut sagte er: „Nun gut. Also, was habt ihr vor?"

„Sybill, eine Genetikerin und führend in der serologischen Forschung, denkt, sie bekommt einen Impfstoff hin, der genau die vampirartigen Stränge in Sophias DNA blockieren kann."

„Ihr wollt die eventuellen Vampireigenschaften blockieren? Reversibel oder irreversibel?"

„Du weißt, dass das erst die Studien zeigen müssen."

„Selbst wenn ich eure Forschungen unterstützen wollte, könnt ihr nicht mehr auf die Insel kommen. Durch die ganze Geschichte mit Sophia und Mike bin ich nur noch stellvertretender Leiter. Edgar und Julius haben jetzt das Sagen."

„Na toll. Das erzählst du mir erst jetzt? Was ist mit eurer sagenumwobenen Bruderschaft? Euren Kriegern? Gemeinsam könnten wir
das Institut doch bestimmt wieder von diesen Blutvampiren be-
freien!?"
Steve seufzte.

Sophia lauschte weiter. Alles hatte sie nicht verstanden, aber das Gehörte bestärkte sie nur noch mehr in ihrem Beschluss, auf die Insel
zurückzukehren. Vampirgene? Vogelgene? Redeten die wirklich von
ihr? Aber egal, impfen lassen würde sie sich bestimmt nicht. Nicht
mit einem Zeug, das Sybill mixte.

Steve wusste, dass Mike und die anderen nur darauf warteten, einen
Grund zu finden, sich mitten in einen Kampf mit den Rotaugen zu
stürzen. Doch dann wären alle Diplomatie, alle Ergebnisse der letzten
Jahrzehnte, das Gleichgewicht, wofür er sein Leben lang gearbeitet
hatte, dahin. Nein, es musste einen anderen Weg geben.
Er sah Stephano in die Augen und schüttelte dann den Kopf.
„Was ist eigentlich mit deinem Sohn, Steve?", fragte dieser nach einer
geraumen Zeit.
„Er wird nicht kommen."

Sophia öffnete die Augen, und eine tiefe Traurigkeit stieg in ihr auf.
„Er wird nicht kommen", hallte es in ihrem Innern nach. Mike würde
nicht mehr zurückkehren. Sie hatte es befürchtet und doch so gehofft,
dass es nicht wahr wäre. Sie stand immer noch am Steg und sah Phil
an. Die letzten Sonnenstrahlen der Abendsonne beleuchteten ihr
bronzefarbenes Haar, das ihr auf die Schultern fiel. Ihr Entschluss

stand jetzt endgültig fest. Sie lockerte ihre Muskeln und warf einen Blick zum Institut.

Phil nahm sie an der Hand und drückte sie. Er würde sie unterstützen. Er konnte gar nicht anders.

„Lass uns erst noch etwas essen gehen und in Ruhe überlegen, wie wir dich da rüberbringen können. Aufgrund der Versammlung heute Abend werden die Clanmitglieder dich kaum freiwillig gehen lassen."

Dankbar erwiderte Sophia seinen Händedruck.

Wenn Sophia Steve und Stephano noch etwas länger zugehört hätte, hätte sie auch erfahren, dass die Befürchtung von Phil, sie nicht gehen zu lassen, längst eine von den Ratsmitgliedern der Vögel beschlossene Sache war.

Optionen

Steve zeigte sich durch die Argumentation von Stephano noch nicht gänzlich überzeugt.

„Du meinst also, solange die Vampiranlagen, sofern diese Anomalien in Sophias DNA, die ihr gefunden habt, überhaupt Vampiranlagen sind, nicht blockiert oder zerstört sind, wird immer das Risiko bestehen, dass sie zum Feind überläuft? Wieso traust du ihr nicht zu, dass sie sich zum Guten entscheiden und so werden könnte wie Mike oder ich? Immer vorausgesetzt, dass es überhaupt zu einer Transformation kommen sollte, was ja gar nicht sicher ist."

„Weil sie weder von dir noch von Mike verwandelt wird, sondern von Julius, dem Schlimmsten von euch allen! Und eins ist sicher: Sophia ist intelligent und stark. Sie würde das Gleichgewicht massiv stören. Aber so weit wird es nicht kommen. Das garantiere ich dir. Wir werden auf sie aufpassen, und ich bin mir sicher, dass sie keinerlei Interesse hat, ihre Vampirseite, sofern es diese geben sollte, auszuleben."

Doch Steve musste an Sonja denken, an das, was sie gesagt hatte, und an Eya, die ebenfalls großes Interesse an Sophia gezeigt hatte. Irgendetwas hatte er übersehen. Nur – was konnte das sein? Und dann fiel sie ihm endlich ein, die Frage, die er schon längst hätte stellen müssen.

„Stephano, mein langjähriger Freund, sag mir, wann habt ihr das Blut von Sophia untersucht? Vor oder nach dem Biss?"

Stephano schwieg lange, bevor er zögernd antwortete: „Davor und danach."

Sophia und Phil waren inzwischen wieder im Haus und saßen mit den anderen am Tisch bei dem Versuch, halbwegs normal miteinander umzugehen. Doch Sophia wusste, dass sie sie argwöhnisch beäugten.

„Sagt mal, was haben wir denn heute eigentlich für ein Datum?"

„Den siebenundzwanzigsten September, warum?"

Na, dann hatte sie ja heute noch gar nicht Geburtstag, sondern erst morgen.

„Ach, nur so."

Sophia nahm sich gedankenverloren ein reich belegtes Sandwich und verzog sich dann auf einen Sessel, um den Brief ihres Großvaters fertig zu lesen.

Jeder von uns hat sein Schicksal, und jeder geht unwillkürlich seinen Weg ...

Sophia suchte die Stelle, an der sie aufgehört hatte zu lesen, und versuchte sich in ihren Opa hineinzuversetzen. Der stand mit seiner Tochter, also ihrer Mutter, an deren Geburtsstätte. Wo war das? Und was hatte das mit ihr zu tun? Sie seufzte und rieb sich die Schläfen. Und plötzlich traf sie die Erkenntnis wie ein Blitz. Das war es, na klar! Warum war sie nicht schon früher darauf gekommen?

Ihr Opa stand da nicht mit ihrer Mutter, sondern mit ihr, Sophia als Kind, an ihrer Geburtsstätte.

Sie suchte das Datum, wann diese Seiten geschrieben worden waren: *28.9.1983*. Das war an ihrem zweiten Geburtstag gewesen.

Schnell suchte sie wieder den Anschluss im Brief.

Als sie die Zeile gefunden hatte, sah sie den Ort plötzlich vor sich, als wäre sie dort. Sophia schloss die Augen und erblickte ihren Opa, der nicht an einem Strand, sondern in der Höhle stand, von der sie schon so oft geträumt hatte, aber in der sie nie angekommen war. Da gab es eine Art Brunnen, in dem das Wasser türkisgrün leuchtete und einladend warm wirkte. Grünliche Flammen züngelten an der Kante der niedrigen Mauer entlang. Doch das waren keine Kerzen, die da aufgereiht waren. Die Flammen wirkten wie lebendige Wesen. Sie tänzelten und strahlten ein vollkommenes Licht aus.

Ihr Opa stand mit ihr im seichten Wasser. Die grünen Flammen tanzten in ihren Haaren und auf ihrem Körper, und sie lachte und freute sich. Doch ihr Opa wirkte irgendwie traurig, als hätte er etwas sehr Wertvolles verloren. Da glaubte Sophia, sich an eine Stimme zu erinnern:

Sei zufrieden, Reisender. Nicht viele Menschen haben es bisher geschafft, diesen Ort zu betreten und ihn vor allem lebendig wieder zu verlassen. Du hast ein Glück, das kaum jemandem zuteil wird. Also reiß dich zusammen."

Ihr Opa wischte sich eine Träne aus dem Augenwinkel und sah eine wunderschöne Frau an, die soeben gesprochen hatte. Ihre Haut war porzellanfarben, und ihre Gestalt wirkte zerbrechlich, doch der Ausdruck ihrer Augen versprach nicht nur Wärme und Weisheit, sondern auch Stärke und Entschlossenheit.

Eva hat ihre Entscheidung getroffen. Sie hat sich dir versprochen und damit den Weg zu ihresgleichen für immer versperrt. Sie hat ihr Leben für das des Kindes gegeben, und nur durch deine ehrliche Liebe zu ihr und weil Eva königlicher Abstammung war, werden wir dich wieder gehen lassen.

Sophia spürte den Schmerz ihres Großvaters. Oder sollte er womöglich ihr Vater sein? Ihr war, als stünde sie ebenfalls in dieser Höhle. Zärtlich sah ihr Opa zu ihr hinunter, und plötzlich war Sophia das kleine Kind an seiner Hand und spürte die Flammen auf ihrer Haut.

Sie verletzten sie nicht, sie kitzelten vielmehr und sie fühlte sich geborgen.

Dies war also ihre Geburtsstätte, ihr Zuhause. Diese Höhle.

Dein Vater ist ein bemerkenswerter Mann, flüsterten die Flammen ihr zu.

Er hat nicht nur drei Frauen betört; nein, er hat es geschafft, drei unterschiedliche Spezies von Frauen zu lieben und diese Liebe so weiterzugeben, dass das Schicksal wieder eine Wendung nehmen kann. Die Evolution steht kurz vor einem neuen Sprung.

Sophia, es wird an dir liegen, wie du dich entscheiden wirst. Am 28.9.2009 um vierundzwanzig Uhr, am Ende deines achtundzwanzigsten Geburtstags, musst du deine Bestimmung wählen. Du bist der Kieselstein in der Waagschale. Der Hauch des Schicksals. Triff eine gute Entscheidung! Höre auf dein Herz! Dein Vater ist ein guter Mensch, charmant, gut aussehend und doch unbelehrbar. Er teilt sein Herz mit einer Vogeldame, einer Menschenfrau und hat es mit Eva, einer Vampirin, geteilt. Vampire sind normalerweise unfruchtbar, das ist ein unumstößliches Gesetz. Doch Eva hat sich deinem Vater so hingegeben, dass sie das Leben in sich spürte, als er und sie sich berührten, wie es nur unter Liebenden sein kann. Sie spürte die Möglichkeit, auch etwas von sich weitergeben zu können, und traf mit dem Schicksal eine Vereinbarung. Ihr

Leben gegen das deine. Eva war die stärkste und mächtigste unter den Vampirfrauen. Sie war weise und gütig, aber auch willensstark und eine gute Verbündete im Kampf. Sie wusste, dass ihre Entscheidung eine Schwächung der Bruderschaft der Vampire bedeuten würde, ihres eigenen Volkes. Sie wusste, dass sie allein für die Entscheidung, dich auszutragen, verbannt werden würde, und sie spürte, dass sie deine Geburt nicht überleben würde. Dennoch hat sie beides aus Überzeugung und Liebe getan. Sie war deine leibliche Mutter, und ihre Anlagen stecken in dir. Du alterst zum Beispiel kaum. Heute ist dein zweiter Geburtstag in Menschenjahren. Doch dein achtundzwanzigster Geburtstag in menschlichen Jahren wird dein zweiter Geburtstag in Vampirjahren sein ...

Das Bild vor ihrem inneren Auge wurde plötzlich unscharf. Als sie aufsah, stand Phil neben ihr.

„Hey, Sophia, bist du eingeschlafen?"

Sophia blinzelte und versuchte sich zu orientieren. Wo war sie? Sie war doch gerade noch mit ihrem Opa – nein Vater – in der Höhle gewesen.

„Die anderen sind in die Stadt gegangen", sprach Phil weiter, „ich hab ihnen gesagt, ich pass auf dich auf." Er grinste.

„Du hast übrigens Ausgehsperre, bis Sybill den Impfstoff entwickelt hat. Sie kann allerdings nicht ins Institut, da die Vampire Steve abgesetzt haben. Deshalb arbeitet sie nachts im hiesigen Krankenhaus daran."

Sophia rieb sich die Augen, um die letzten Traumbilder zu vertreiben. Dann konzentrierte sie sich aufs Hier und Jetzt.

„Phil, du kannst nicht mit mir gehen, das weißt du, oder? Und dass ich gehen muss, das weißt du auch."

Phil sah sie lange schweigend an. Dann flüsterte er: „Wie willst du da rüberkommen?"

„Ich werde schwimmen. Ich nehm den Neoprenanzug und die Apnoeflossen."

Sophia stand auf, legte den Brief ihres Opas – nein Vaters! – in ihre Tasche und ging zur Tür. Phil hielt sie nicht auf.

„Die werden nicht begeistert sein, wenn sie merken, dass du mir geholfen hast."

„Ich werde dir nicht helfen. Ich werde sagen, du hast geschlafen, während ich in der Werkstatt war. Dann hast du wohl ein Fenster zerbrochen ..."

Phil nahm eine Blumenvase vom Tisch und schleuderte sie gegen das Fenster. Es zerbrach, und die Vase zerschellte draußen auf dem Hof. Er zitterte vor Wut. Er wollte Sophia nicht ihrem Schicksal überlassen. Doch was sollte er tun?

„... und bist abgehauen!"

Sophia trat zu ihm und nahm seine Hand.

„Vertrau mir ein wenig; ich muss gehen. Ich brauche Antworten!"

„Verdammt, Sophia, wie kann man nur so stur sein!" Er presste sie an sich und atmete ihren Duft ein, bevor er flüsternd hinzufügte: „Und lebensmüde!"

„Hey, vielleicht haben die ja schon eine Geburtstagsparty für mich vorbereitet.", versuchte Sophia die Situation etwas aufzuheitern.

Doch Phil traten Tränen in die Augen.

Rückkehr

Sophia streifte sich kurz darauf den Apnoeanzug über, setzte sich an die Stegkante und spuckte in ihre Maske.

Das Mondlicht versilberte die Meeresoberfläche, und das Plankton schimmerte türkisfarben. Aber – funkelte da wirklich nur das Plankton? Sophia bewegte ihren Fuß an der Wasseroberfläche. Da vernahm sie wieder dieses merkwürdige Lachen. Und jetzt wusste sie auch, wo sie dieses bereits gehört hatte. Im Traum von der Höhle. Das Lachen war aus diesen merkwürdigen Flammen gekommen. Himmel, drehte sie jetzt völlig durch? Sie sah auf die Wasseroberfläche. Leuchteten ihre Augen? Womöglich gar rot? Nein, sie schimmerten türkisblau, ganz leicht. Sie blinzelte und sah nochmals genau hin. Nix türkisblau, kein Schimmern. Das hatte sie sich wohl doch nur eingebildet. Sie zog sich die *Mares*-Flossen an und tauchte ins Wasser. Noch im Hineingleiten nahm sie plötzlich einen dunklen Umriss in der Tiefe wahr. Mist! Hatte man sie entdeckt? Wer war das? Kam Mike doch zurück? Oder gar Steve, der ja auch verhindern wollte, dass sie auf die Insel gelangte? Dann spürte sie ein Stupsen im Rücken und stieß einen erschrockenen Laut aus. Es war Bob, der Delfin. Eine Welle der Erleichterung durchflutete ihren Körper. Bob planschte erwartungsvoll mit der Flosse. Es war, als wüsste er genau, was Sophia vorhatte. Auffordernd zog er kleine Kreise um sie.

Sophia überlegte nicht lange, ergriff seine Rückenflosse, und kurz darauf pflügten sie durchs endlose Meer. Knapp unter der Oberfläche glitten sie schwerelos dahin. Das fluoreszierende Plankton begleitete sie, und Sophia wusste, dass sie nun einen Weg eingeschlagen hatte, bei dem es kein Zurück mehr gab.

Irgendwann wurde Bob langsamer und tauchte unter ihr weg. Sophia sah auf und merkte, dass sie bereits am Strand angekommen waren. Das Volleyballfeld lag verlassen im Mondlicht. Vollmond – auch das noch! Schon als sie ihren Blick Richtung Institut lenkte, sah sie das rote, durchdringende Leuchten der Augen der Vampire, die Patrouille gingen. Sie beugte sich hinunter und löste die Flossen von ihren Füßen. Sollte sie doch lieber wieder umkehren? Doch dann entdeckte sie ein rot leuchtendes Gitternetz unter Wasser, einen Stromzaun, der hinter ihr leuchtete. Also kein Rückweg mehr! Das war in diesem Moment klar. Die hatten sie reingelassen, die wussten, dass sie da war. Sie legte Anzug und Flossen ab, straffte die Schultern und ging die letzten Schritte Richtung Land.

Die Blutvampire trugen Fackeln. Zu Dutzenden strömten sie aus allen Richtungen herbei. Was hatte sie sich nur gedacht? Sie kam hierher, sprach vernünftig mit Julius, der sie im Labor arbeiten ließ, und verschwand wieder? Angst kroch in ihr hoch. Ein kleines Stück Plankton klebte noch an ihrer Hand, und sie wollte es unbewusst wegwischen. Doch das kleine grüne Etwas wuchs und wurde zu einer Flamme, die gleich darauf von einer Welle fortgespült wurde. Und mit der Welle – oder der Flamme? – verschwand auch Sophias Panik. Doch sie hatte keine Zeit, sich darüber Gedanken zu machen. Sie stieg aus dem Wasser und betrat damit endgültig die Insel.

Ein großer schwarzer Schatten näherte sich ihr. Sophia wusste, dass dies Edgar sein musste, der Blutvampir, der noch über Julius stand.

„Da bist du ja, Sophia. Zieht es dich zu deinem Schöpfer zurück? Spürst du bereits das Feuer in dir? Julius wird sich freuen, dich zu sehen."

Edgar befreite sich von seiner Kapuze und griff nach Sophias Hand, die deutlich die kleinen Narben von Julius Biss zeigte. Er zog genüsslich die Luft ein.

„Julius hat recht, du riechst verführerisch gut. Aber er hat dich nicht verwandelt, er hat dich lediglich benutzt." Er lachte anzüglich. „Julius wird dich teilen müssen."

Ein Brüllen zerriss die Nacht, und Julius landete mit ausgebreiteten Flügeln am Strand. Es sah elegant aus, als hätte er nie etwas anderes getan als zu fliegen.

„Lass sie los, Edgar, diese Frau gehört mir, mir allein!"

Angst breitete sich wieder in Sophia aus. Sie spürte die Macht, die versuchte, von ihrem Geist Besitz zu ergreifen, und fühlte sich wie kurz vor einer Ohnmacht. Doch bevor die Schwärze sie erfassen konnte, sah sie eine Frau vor ihrem inneren Auge. Sie leuchtete von innen heraus, ihre Augen funkelten türkisfarben und mit einer Intensität, die keinen Widerspruch duldete. Wer war das? Diese Frau blickte sie direkt an und lächelte. Und dieses Lächeln gab Sophia Kraft. Sie schaute auf und sah Julius direkt in seine rot leuchtenden Augen. Edgar war zur Seite getreten und die Vampire hatten sie umringt. Angst hatte verspürte sie keine mehr. Sophia wusste jetzt, was zu tun und weshalb sie gekommen war.

„Julius ...", begann Sophia zunächst zögernd, doch dann sprach sie mit sicherer Stimme weiter: „... ich bin zu dir zurückgekommen. Du kannst mich haben, aber nur unter einer Bedingung."

Ein Raunen ging durch die Menge. Man stellte einem König keine Bedingungen, vor allem nicht als Frau.

„Ich kann dich haben, so lange und so oft ich will. Du gehörst mir bereits", knurrte Julius und trat einen Schritt auf sie zu.

Aber er wusste, dass er vorsichtig sein musste. Er brauchte ihr Blut, denn er ahnte instinktiv, dass seine Mutationen keine bleibenden waren. Er würde noch oft Blut von Sophia benötigen, wenn er es nicht schaffte, die Erbanlagen zu verändern. Aber was spielte das jetzt noch für eine Rolle? – Schließlich war Sophia ja hier.

„Du brauchst mich, und ich muss es freiwillig tun. Ansonsten wirst du keinen Erfolg haben, das weißt du."

Sophia sah ihn an und wartete. Julius konnte sich keine Blöße geben vor seinen Leuten. Schon gar nicht vor Edgar.

„Was willst du?", knurrte er.

„Ich will im Labor arbeiten können. Meine Forschungen weiterbetreiben. Ich bin Biologin und möchte lernen. Im Gegenzug bekommst du mein Blut. Nur du. Als König kannst du bestimmen, dass du mich mit niemandem teilst."

Sie sah in Richtung Edgar.

Eine leichte Brise kam hinter ihr auf und wehte ihr Haar in Julius Richtung. Dieser atmete tief ein und verspürte schlagartig ein heißes Brennen in seinen Lenden. Begierde trat in seine Augen, sein Geschlecht pochte fordernd und brachte sein Blut förmlich zum Kochen.

„Einverstanden", zischte er. Seine Fangzähne verlängerten sich um das Doppelte. Zitternd stieß er den Atem aus, und betont langsam stellte er sich vor Sophia. Diese schloss die Augen. Dann versenkte Julius seine Zähne in ihren Hals.

Die Menge um sie herum begann rhythmisch mit einem Bein zu stampfen. Der Schein der Flammen vermischte sich mit dem silbernen Mondlicht wie Sophias Blut mit dem von Julius. Sie spürte seinen Hass, seine Macht und seinen Wahnsinn, aber sie spürte auch Mike – ihren Mike in Julius Blut – und seine bedingungslose Liebe zu ihr. Diese Erkenntnis traf sie unmittelbar ins Herz.

Sie brach zusammen, und Julius sank mit ihr zu Boden, während er sich langsam und widerwillig von ihr löste. Die Menge kreischte. Julius war im Rausch. Er hob die ohnmächtige Sophia wie seine Beute hoch und zeigte sie jedem anwesenden Vampir.

„Keiner rührt sie an. Verstanden? Keiner! Sie kann sich hier frei bewegen, die Labore benutzen und arbeiten. Und sie gehört mir. Jeder, der sie auch nur schief ansieht, stirbt durch mich persönlich!"

In diesem Moment schlug es Mitternacht. Heute war Sophias achtundzwanzigster Geburtstag. Bob drehte einen Salto und schwamm davon. In der Ferne war der Schrei eines Adlers zu hören, und ein Schwarm grünlich fluoreszierenden Planktons zog an der Insel vorbei.

Julius hob Sophia auf und trug sie zu seiner Unterkunft, während sich die Menge zerstreute. Edgar trat zu ihm und sagte: „Du hast eine Entscheidung getroffen, mein Sohn. Ich hoffe, die richtige. Ich werde sie akzeptieren, wenn du die richtigen Resultate lieferst. Ich fühle, dass du dich an Sophia binden willst, aber dazu musst du sie in eine von uns verwandeln!"

Julius senkte höflich sein Haupt und verneigte sich vor Edgar, wie es die alten Sitten vorschrieben, ohne allerdings Sophia loszulassen. Er wusste, dass er in einem Dilemma steckte. Er wollte diese Frau sein Eigen nennen. Sophia sollte die Vampirin an seiner Seite werden. Er konnte sie wandeln, dann aber nie mehr von ihr kosten. Denn wenn ein Vampir einen Menschen verwandelt hatte, dann war ein erneuter Blutaustausch danach zwischen diesen beiden nicht mehr möglich. Das Blut war unverträglich. Er konnte sie von einem anderen verwandeln lassen, um weiterhin ihr Blut zu genießen. Aber bei der Wandlung würde der andere von seinem Geheimnis erfahren, das in Sophias Blut durch seinen Biss bereits verborgen und gespeichert war. Nämlich, dass seine neuen Fertigkeiten mitnichten seinem Forschungserfolg zuzuschreiben waren. Dazu kam, dass diese Fertigkeiten dann vielleicht auch auf diesen übergehen würden durch Sophias Blut. Er zog die Stirn in Falten. Schluss damit! Heute wollte er erst einmal seinen Triumph feiern. Die Probleme, die ihm noch bevorstanden, konnten warten. Auch sein Geschlecht, das sich erneut meldete, würde warten müssen, bis sie verwandelt war. Vorher würde er sie nicht nehmen können, denn das würde eine Menschenfrau im sprichwörtlichen Sinn zerreißen.

Ein Knurren drang aus seiner Kehle, und er beschloss, sein Eigentum ins Schlafgemach zu bringen und sich anderweitig Befriedigung zu verschaffen. Ein Grinsen breitete sich auf seinem Gesicht aus.

Evolution

E s war bereits früher Morgen, als Sophia die Augen wieder aufschlug. Der Wecker neben ihr zeigte acht Uhr. Es war der Morgen des 28.9.2009. Ihr achtundzwanzigster Geburtstag! Na toll. Heute sollte sich die Bestimmung erfüllen. Sie musste unbedingt ins Labor!

Aber im Moment lag sie in einem Himmelbett. Rote Samtvorhänge waren vor den großen Fenstern angebracht, und rote Kerzen standen heruntergebrannt auf einem kleinen Tisch neben ihr. Ihre Handgelenke waren verbunden. Sie griff an ihren Hals, der sich anfühlte wie nach einem Schleudertrauma. Aber außer zwei kleinen Wunden neben ihrer Halsschlagader fand sie nichts. Unter den Verbänden war auch kaum etwas zu sehen oder zu spüren. Sie entfernte diese und trat ans Fenster.

Das Meer schimmerte golden, und sie glaubte wieder dieses merkwürdige Lachen zu hören. Sie fühlte sich frisch und ausgeruht, obwohl sie doch mehrmals gebissen worden war und nur wenige Stunden geschlafen hatte.

Merkwürdig! – Sie wusste, dass Julius alles unternehmen würde, damit weder er noch irgendein anderer Vampir sie verwandeln würde, denn wenn er es tat, hätte er keine Möglichkeit mehr, ihr Blut erneut zu trinken. Denn das war ja die Geschichte mit der Unverträglichkeit. Und dass seine neuen Eigenschaften mit ihrem Blut zusammenhingen, das wusste Sophia irgendwie auch. Sie konnte es noch nicht beweisen, aber sie würde es herausfinden. Also wenn Julius nun ihr Blut nahm, dann war das zumindest nicht im gegenseitigen Einvernehmen geschehen. Was hatte Mike erzählt? In dem Fall war dies nicht von Dauer. Somit konnte er sie erst verwandeln, wenn er ihr Blut nicht mehr brauchte, oder? Auf der anderen Seite wusste sie, dass er besessen war von der Vorstellung, sie an seiner Seite zu haben.

Sie öffnete das Fenster und ließ sich von den Sonnenstrahlen wärmen. Eine Sonnenunverträglichkeit bahnte sich also noch nicht an, und nach einem Betasten ihrer Eckzähne stand fest, dass alles gut war, zumindest im Moment. Dennoch spürte sie den vagen Hauch einer Veränderung oder – wie sollte sie es ausdrücken? – sie fühlte mehr die Möglichkeit einer Änderung. Vor allem fühlte sie sich stark. Und das war etwas, was eigentlich gar nicht sein konnte nach dieser Nacht. Die Menschen, die sich in der Hoffnung auf eine zukünftige Wandlung freiwillig als Diener der Vampire zur Verfügung stellten, wurden normalerweise immer schwächer und nicht stärker. Aber andererseits war sie ja auch kein normaler Mensch, wie ihr Großvater, nein Vater!, ihr mitgeteilt hatte. Mann, war das eine verworrene Geschichte!

Entschlossen riss sich Sophia von ihren Gedanken los und trat zur Tür, die nicht wie vermutet verschlossen, sondern offen stand. Der Flur war beleuchtet und menschenleer. Oder sollte sie vampirleer sagen? Sophia lächelte. Dann ermahnte sie sich. Keine Zeit für Scherze. Sie spürte, dass sie sich beeilen musste. Julius hatte das, was er wollte, zwar noch nicht ganz erreicht, aber er würde wiederkommen. Sie hatte aber noch nichts herausgefunden, außer dass Mike sie noch liebte. Diese Erkenntnis war zwar nicht unbedingt nützlich, aber zumindest doch motivierend. Sie horchte ganz tief in sich hinein, aber die Restmoleküle von Mikes Blut, die sich noch in dem von Julius befunden hatten, waren zu wenige, um sie noch eindeutig wahrnehmen zu können.

Sophia ging in Richtung der Arbeitsräume, die alle verlassen wirkten. Aber wieso? Die Sonne stand am Himmel, und niemand arbeitete? Sie betrat das Labor, das sie kannte. Es kam ihr wie eine Ewigkeit vor, dass sie das letzte Mal die Geräte bedient hatte. Es war so viel passiert seither. Sie fuhr den Computer hoch. Ihr Account befand sich noch auf dem Computer, auch ihr Passwort stimmte nach wie vor. Doch die Ergebnisse fehlten. Sie versuchte es mit Julius Account. Das Passwort stimmte nach dem ersten Versuch: Sophia. Sie verdrehte die Augen: „Mannomann, Männer!"

Aber so einfach es sich auch gestaltete, an Julius Daten zu kommen, die Blutanalysen waren gesondert gesichert. Während sie überlegte, auf welchem Weg sie an die Daten gelangen könnte, nahm sie plötzlich eine stechende Kälte wahr, und wusste im selben Augenblick, dass Edgar das Labor betreten hatte. Mit einer Handbewegung schloss er die Vorhänge im Raum, während seine Augen zu leuchten begannen. Er sah sie direkt an, doch Sophia hielt seinem Blick stand. Sie wusste, dass sich keiner mehr ohne ihren Willen Zutritt zu ihrem Kopf verschaffen konnte.

„Du magst deinen Geist verschließen können, kleine Menschenfrau, doch deine Angst kann ich riechen. Was tust du hier?"

„Arbeiten!"

Edgar musterte sie scharf. Er versuchte ihre Hand zu nehmen, doch Sophia zog sie ihm weg.

„Du bist sonderbar. Tagsüber arbeiten und nachts die Sklavin von Julius? Wenn ich mir deine DNA ansehe, bist du Ferdinands Tochter, richtig? Er war auch ein sonderbarer Mensch."

„Du kanntest meinen Vater?"

„O ja. Wir hatten die eine oder andere Diskussion, bis er sich an Eva heranmachte. Niemals hätte der hohe Rat dies zulassen dürfen."

„Was zulassen?"

Edgars Augen wurden schmal. „Eine Verbindung zwischen ihm und Eva. Es hat auch nicht funktioniert. Dein Vater war lediglich ein Diener unseres Volkes. Ein Blutlieferant, sonst nichts."

Die Temperatur im Raum sank spürbar, und Sophia schnürte es die Luft ab. Sie wusste, dass Edgar die Wahrheit nur zum Teil kannte. Doch sein Hass zwang sie in die Knie.

Edgar lachte und wandte sich zum Gehen. Sophia atmete hörbar aus und öffnete umgehend wieder die Vorhänge.

Als er an der Tür stand, raunte er ihr noch zu: „Nur zu deiner Information. Die Arbeitszeiten haben sich geändert. Wir arbeiten von Sonnenuntergang bis Sonnenaufgang. Es war eine demokratische Entscheidung aller Mitarbeiter."

Er lachte.

Na klar, dachte Sophia, hier gibt es ja auch keine menschlichen Mitarbeiter mehr.

Doch sie ließ sich keine Angst einjagen.

Als Edgar endgültig verschwunden war, überlegte sie, ob sie die Analyse von ihrem Blut noch einmal durchlaufen lassen sollte. Doch insgeheim wusste sie bereits, wie das Ergebnis lauten würde. Es wären Anlagen aller drei Spezies vorhanden, von denen die menschlichen Anlagen aktiv waren, die des Vogelclans wohl angelegt und teilweise aktiv, aber eben nicht dominant, und die der Vampire inaktiv. Oder besser: noch inaktiv!, ging es ihr durch den Kopf. Aber wie konnte das sein?

Sie nahm eine Nadel, stach sich in den Finger und strich den Blutstropfen auf einen Objektträger aus. Anschließend stellte sie das Mikroskop auf die richtige Vergrößerung ein und rieb sich verwirrt die Augen. Ihr Blut fluoreszierte ganz leicht. Sie sah nochmals hindurch, das Fluoreszieren ließ langsam nach, man konnte es aber immer noch deutlich wahrnehmen. Erst beim dritten Blick durch das Mikroskop verschwand es gänzlich. Sophia schob den Stuhl zurück und rieb sich die Schläfen. Was hatte das zu bedeuten?

Sie drehte sich zum Waschbecken, über dem ein Spiegel hing, und blickte in das Gesicht einer verwirrten jungen Frau. Sophia begutachtete ihre Eckzähne. Waren diese spitzer geworden? Eindeutig. Nicht unbedingt länger, aber dennoch schärfer. Und sie leuchteten perlmuttweiß. Erschrocken wich sie vor sich selbst zurück. Mist!

Wurde sie jetzt zu einer Kreatur wie Julius? Hatte er es doch gewagt, sie zu verwandeln? Sophia stützte sich am Beckenrand ab und unterdrückte eine Panikattacke. Nein, sie wurde nicht verwandelt. Ihre Vampiranlagen hatte es ja anscheinend bereits vor jedem Vampirkontakt gegeben. Das war es, was ihr Ferdinand, Vater, Opa oder wer auch immer, sagen wollte. Sie betrachtete nochmals ihre Zähne. Eigentlich ganz hübsch, dachte sie. Sie blinzelte. Auch ihre Augen veränderten sich. Aber nicht ins Rötliche, sondern ins Türkisblaue. Jetzt wurde ihr doch etwas mulmig zumute. Was passierte da? Sie ging wieder zum Fenster, setzte sich aufs Fensterbrett und schaute aufs Meer hinaus. Sie schloss die Augen und konzentrierte sich auf ihren Vater und die Höhle, bis sie die Grotte fast bildlich vor sich sah, in der sich ihr Vater und diese wunderschöne Frau befanden. Das musste Eva sein. War das ihre Mutter? Ihre leibliche Mutter? Bei diesem Gedanken hatte sie das Gefühl, dass die Vampirin sie direkt anblickte. Sie glaubte ihre Stimme zu hören: „Du bist auf dem richtigen Weg, Sophia." Und in diesem Moment wusste Sophia, wie sie ihre eigenen Gene aktivieren konnte. Sie brauchte Vampirblut! Und zwar nicht irgendeines, sondern das „blaublütige". Dasselbe, das einst auch in den Adern ihrer Mutter floss. Doch diese Erkenntnis war gar nicht so leicht umzusetzen! Geschweige denn zu begreifen. Hatte man sie ihr ganzes Leben lang betrogen? Oder führte dies alles zu einem vorbestimmten Ziel? Sie verließ das Labor, ging zurück ins Zimmer und atmete tief durch. Sie musste jetzt erst mal raus an den Strand und in die Sonne, um wieder einen klaren Gedanken fassen zu können. Sie fand einen Bikini in ihrer Größe und ein dazu passendes Strandkleid im Schrank. Sie schüttelte den Kopf. Julius hatte gut vorgesorgt, dachte sie, das musste man ihm lassen. Anschließend verließ sie das Institut.

Kurze Zeit später grub Sophia ihre Füße in den warmen Sand und genoss die Sonne auf ihrer Haut. Langsam beruhigten sich ihre Gedanken wieder. Jetzt musste Objektivität her. Wo stand sie im Moment? Sie hatte in den letzten Wochen neue Fähigkeiten erworben. Sie konnte Gedanken lesen, wenn auch nicht immer gewollt oder gezielt. Und sie konnte ihren Geist vor anderen verschließen, die das Gedankenlesen eigentlich perfekt beherrschten. Nun, sie wurde ab und zu ohnmächtig dabei, aber ihr Geist gehörte ihr, und keiner der Vampire konnte sie hypnotisieren. Das war gut. Ja, ihre Eckzähne hatten gerade eben ihre Form verloren, aber irgendwie sah das nicht schlecht aus, und sie fühlte sich nicht so, als müsste sie jeden Moment über einen Menschen herfallen, um sein Blut zu trinken. Ihre Iris wechselte eventuell die Farbe, na und? Jedenfalls konnte sie in der Sonne sein und nach wie vor im Meer baden. Das war ebenfalls beruhigend. Dass sie Hunger hatte, wie sie jetzt plötzlich feststellte, und zwar nach normalem Menschenessen, nun – auch das war nicht beängstigend. Ihr fielen die Sandwiches in der Tauchbasis ein, und bei diesem Gedanken lief ihr das Wasser im Mund zusammen. Sie ging zur Basis, die ebenfalls menschenleer wirkte. Sophia öffnete die Tür und entdeckte Steffi eng umschlungen mit ihrem Liebsten in der Hängematte. Sophia lächelte und rüttelte Steffi an der Schulter.

„Hey, Steffi, ich wollte nur mal hallo sagen."

Diese schlug verwundert die Augen auf.

„Sophia! Du Wahnsinnige, was machst du denn hier?"

Dann nahm sie die Wunden an Sophias Handgelenken und am Hals wahr. Ihr Blick wurde tieftraurig.

„Jetzt hat er dich doch bekommen."

Schluchzend warf sie sich in die Arme ihrer Freundin.

„Aber ich bin froh, dass du da bist."

Sie versuchte zu lächeln.

Sophia erwiderte die Umarmung herzlich, bemerkte aber, wie blass Steffi in der kurzen Zeit geworden war. Dann sah sie die vielen Bisswunden an ihrem Körper und erschauderte.

Steffi bemerkte Sophias Beklemmung und löste sich aus ihren Armen. Die Worte purzelten nur so aus Steffi heraus: „Julius und Edgar haben sämtliche Regeln geändert. Wir arbeiten jetzt alle nachts. Julius gibt ein Fest nach dem anderen und karrt schiffsweise Mädchen und Jungen auf die Insel, die er sich als Blutsklaven hält. Selbst die weiblichen Vampire gehen Julius aus dem Weg, da er nie genug bekommt.

Wenn er sich Mädchen nimmt, die er nicht verwandelt, sterben diese meist. Es ist grauenvoll, Sophia. Und jetzt sagt man, du bist an die Stelle all dieser Mädchen getreten."

Steffi fing wieder an zu schluchzen.

Sophia reichte ihr ein Taschentuch. In dem Moment setzte sich Uwe gähnend in der Hängematte auf und rieb sich den Schlaf aus den Augen.

„Wir haben Besuch, wie schön", begrüßte er sie erfreut. Er nahm Steffi in den Arm und versuchte sie zu beruhigen.

„Hungrigen Besuch." Sophias Magen knurrte lautstark.

„Das ist ja mal was ganz Neues." Uwe lächelte.

„Die besten Sandwiches sind hier im Kühlschrank, wie du weißt, das Corona steht daneben."

„Geht ihr mit nach draußen? Ihr seht so blass aus, dass ihr echt mal wieder Sonne vertragen könntet."

„Das sind wohl die geänderten Arbeitszeiten, die Sonne bekommen wir kaum noch zu Gesicht."

„Dann wird es mal wieder Zeit."

Sophia hakte Steffi unter, ein Corona und ein bereits angebissenes Sandwich in der Hand.

Kurze Zeit später saßen alle drei, die Beine über den Stegrand baumelnd, in der Nachmittagssonne und genossen die wärmenden Strahlen auf ihrer Haut.

Eine ganze Weile ließen sie das Meer und die sich an den Felsen brechenden Wellen auf sich wirken und schwiegen.

„Sophia, darf ich dich fragen, was dich bewogen hat, hierher ins Horrorkabinett zurückzukehren? Wir sind gestern Zeugen deiner spektakulären Ankunft geworden."

„Ich dachte, Julius bringt dich um, als er sich auf dich gestürzt hat", flüsterte Steffi.

„Nein, das tut er im Moment nicht. Das kann er nicht. Er braucht mich noch. Oder zumindest mein Blut."

Sophia seufzte tief.

„Ich muss unbedingt etwas herausfinden", antwortete sie schließlich, zu Uwe gewandt.

„Hast du einen Plan? Denn Julius wird dir nicht viel Zeit lassen."

„Na ja, zum Teil. Ich denke, ich habe einen Lösungsansatz gefunden, doch mir fehlt dazu noch ein Versuch."

„Julius wird dich trotzdem verwandeln, da bin ich mir sicher. Aber erst, wenn du schwächer bist."

Steffi starrte aufs Meer hinaus. Sophia fröstelte unwillkürlich.

„Wie meinst du das?"

„Er prahlt mit dir als seiner Frau, seiner Unterworfenen und von ihm Gezeichneten. Er kann eigentlich gar nicht mehr anders, wenn er sich nicht vor seinen Leuten blamieren will. Und das wird er niemals tun."

„Diese Narben auf euren Körpern. Ihr werdet gebissen von ihnen? Warum? Bisher war doch immer genug Blut da."

„Es geht um Macht und Machtausübung. Einmal in der Woche muss jeder Mitarbeiter des Instituts zur Berichterstattung."

„Berichterstattung. Aha. Einmal in der Woche wird also jeder Mitarbeiter gebissen?!"

„Edgar nennt das Abbau der Bürokratie. Es werden keine Berichte mehr über die Forschungsergebnisse geschrieben, sondern das Wissen wird sofort über das Blut weitergegeben und bei den Vampiren der hohen Kaste gespeichert."

„Tut es weh?"

„Eigentlich nicht. Eher das Gegenteil. Du wirst abgeholt und zum Essen eingeladen. Sie wollen ja nicht, dass du schwach wirst. Dann sehen sie dich auf ihre besondere Art an, und du hast überhaupt keine Angst mehr. Es ist ganz leicht. Du schwebst förmlich und bist sogar meist enttäuscht, wenn es wieder vorüber ist."

„Ihr spinnt ja."

Sophia schüttelte den Kopf und nahm einen tiefen Schluck Corona, um das Gesagte zu verarbeiten. Den hypnotischen Blick der Rotaugen kannte sie nur zu gut. Diese vermeintliche Wärme in den leuchtenden Augen. Nur dass dieser Trick bei ihr nicht funktionierte.

„Es gibt Listen, in die sich Freiwillige eintragen können, wenn sie sogenannte Zwischenberichte abgeben wollen. Julius und sein Clan haben Bonuspunkte eingeführt, damit du beim zehnten Bericht mit ihnen auf eine seiner berüchtigten Orgien darfst."

„Und das funktioniert?"

„Sehr gut sogar. Die Listen der Freiwilligen werden immer länger. Es ist wie eine Sucht."

„Und woher nimmt er all die Vampire? Die wachsen doch nicht auf Bäumen."

„Er erschafft sie sich nach Lust und Laune."

„Aber das ist doch streng verboten. Auch unter den Vampiren! Das fällt ja früher oder später auf, wenn die Menschen immer weniger werden."

„Das ist Edgar und Julius egal." Uwe seufzte. „Seit die hier den Ton angeben, läuft alles etwas anders. Wenn sich Mitarbeiter beschweren, dann wird ein klärendes Gespräch geführt. Und wie du dir vorstellen kannst, werden nach diesen Gesprächen alle Beschwerden wieder zurückgenommen." Steffi ergänzte: „Oft nehmen die Beschwerdeführer nicht nur ihre Beschwerden zurück, sondern verstehen nach dem Gespräch gar nicht mehr, worüber sie sich eigentlich aufgeregt hatten."

Sophia bekam erneut eine Gänsehaut.

„Ihr habt vorhin die hohe Kaste erwähnt. Was bedeutet das? Sind Edgar und Julius wirklich von adeligem Blut, oder haben sie sich selbst dazu ernannt?"

„Nein, das sind sie wohl tatsächlich. Ich fahre die beiden einmal die Woche zu einer Jacht, wo sie sich meist mit eher anmutigen, sehr gut gekleideten Frauen treffen. Vampirinnen ihrer Klasse, wenn du mich fragst."

Ja, das ergab Sinn, dachte Sophia. Vampire brauchten den Blutaustausch mit ihrer eigenen Spezies zum Überleben. Menschliches Blut war nur etwas für den Spaß und wirkte wie ein Stück Zucker, das zwar sofort Energie lieferte, aber nicht lange vorhielt. Nun hatte sie die Informationen, die sie brauchte, wenn ihre Theorie stimmte.

Die Sonne ging inzwischen unter, und Uwe und Steffi standen auf.

„Wir müssen an die Arbeit. Eine Stunde nach Sonnenuntergang kommt Julius von seinen täglichen Kaffeefahrten zurück. Er hat bestimmt wieder sechs bis acht neue ‚Schüler' für das Institut dabei."

Uwe lachte kurz auf.

„Weißt du, Sophia, im Ganzen gesehen geht es uns eigentlich gar nicht so schlecht. Und Berichte schreiben habe ich seit jeher gehasst."

„Das ist jetzt aber nicht dein Ernst, oder? Ihr werdet erst ausgebeutet und abhängig gemacht und dann möglicherweise eurer Menschlichkeit beraubt."

Steffi sah Sophia traurig an.

„Das ist aber nur für die weiblichen Vampire von Bedeutung, da die Männer zwar ihre Zeugungsfähigkeit verlieren, nicht jedoch ihre Potenz. Die steigert sich nach der Verwandlung sogar, und das ist für viele ein zusätzlicher Anreiz."

Deshalb die vielen männlichen Vampire, dachte Sophia und stand ebenfalls auf.

„Dann lasse ich euch mal wieder an die Arbeit gehen. Ich werde mich inzwischen um mein Experiment kümmern."

Sie versuchte zu lächeln.

„Wir wünschen dir viel Erfolg dabei, aber beeil dich und sieh zu, dass du es irgendwie schaffst, von hier zu verschwinden."

Steffi umarmte sie noch einmal herzlich.

Uwe sah ihr hinterher, als Sophia Richtung Volleyplatzfeld ging.

„Sie wird dann aber nicht mehr wegwollen. So wie wir alle nicht mehr wegwollen."

Er gab Steffi einen Kuss.

Blaues Blut

Die Sonne berührte gerade den Horizont, und Sophia ließ sich auf dem noch warmen Sand nieder. Sie saß fast an derselben Stelle wie damals, als sie mitten im Sturm von Julius gebissen worden war. Es kam ihr wie eine Ewigkeit vor. Damals war ihr alles egal gewesen. Sie hatte geglaubt, in dieser Nacht alles verloren zu haben: ihre Liebe, ihre Zukunft, ihre Familie.
Doch jetzt saß sie in der Abendsonne und hatte einen Plan und außerdem Geburtstag.

Ein kalter Windhauch streifte sie, und ihr war klar, dass Julius versuchte, sie telepathisch zu erreichen. Sie schloss die Augen und konzentrierte sich. Sie wusste nicht genau wie, aber sie schaffte es, ihn wissen zu lassen, wo sie sich befand, ihn aber aus ihren sonstigen Gedanken auszuschließen. Sie lächelte. Sie konnte gezielt Gedanken übertragen. Und anstrengen musste sie sich dazu auch nicht mehr besonders. Das war etwas, was sie sehr beruhigte.
Eigentlich ein schönes Geburtstagsgeschenk. Hatte dies mit der Fluoreszenz in ihrem Blut zu tun? Königlichem Blut sozusagen ...?!
War das der Schlüssel? Floss auch in ihren Adern königliches Blut? Wie das ihrer leiblichen Mutter? Wie das von Julius? Das konnte die Lösung sein. Sie brauchte königliches Blut. Sie erschrak bei diesem Gedanken über sich selbst. Doch sie spürte, dass die Lösung ganz nah war. Ihre noch nicht aktiven Gene, vor denen Sybill und die anderen solche Angst hatten, waren nicht böse. Man hatte immer eine Wahl, oder? Nur, half ihr das weiter? Selbst wenn sie nun wusste, was sie

brauchte, wie sollte sie da herankommen? Sie blinzelte in die unter-
gehende Sonne, und eine vage Idee entstand. Aber wollte sie die auch
tatsächlich durchziehen? Und wenn ja, so musste sie sich entscheiden, ob sie auch das Wie wollte. Na super! Doch eigentlich war ihre
Entscheidung längst gefallen. Sie brauchte das Blut eines Mitglieds
der Königsfamilie.

Die Sonne war bereits untergegangen, als sie das Johlen von Julius'
Bande hörte, die gerade mit dem *Sunseeker* anlegte. Also musste es
jetzt ungefähr 19.30 Uhr sein. Somit hatte sie noch viereinhalb Stunden Zeit, um ihr Experiment zum Abschluss zu bringen. Denn diese
ganze Geschichte hatte auch irgendetwas mit ihrem achtundzwanzigsten Geburtstag zu tun. Das fühlte sie. Und der endete in viereinhalb Stunden.

Es gab auf dieser Insel zwei männliche Vampire königlicher Abstammung: Edgar und Julius. Das hatten ihr Steffi und Uwe bestätigt.
Sollte sie zu Edgar gehen und sagen, sie hätte Blutdurst? Der würde
sie nur auslachen. Außerdem stellte dieser sein Blut wahrscheinlich
ausschließlich den weiblichen Vampiren seiner Kaste zur Verfügung.
Und falls er ihr sein Blut doch anbieten würde, hätte dieser vielleicht
sogar Spaß daran, sie zu verwandeln und Julius dann als Vampirin
zu präsentieren, damit dieser seine Gelüste an ihr ausleben konnte.
Sie schauderte. Nein, das wollte sie nicht.
Also blieb nur Julius übrig. Wenn dieser sie biss, übertrug er zu wenig
von seinem eigenen Blut. Sophia befürchtete, dass sie selbst königliches Blut eines Vampirs trinken musste, um alle Gene in ihrer DNA

zu aktivieren. Zumindest vermutete sie dies und musste es ausprobieren, um endlich zu wissen, wer sie war!

Sie würde Julius dazu bewegen, ihr mehr von seinem Blut zu geben, und dazu durfte sie nicht ständig ohnmächtig werden, wenn er sie biss. Und wie brachte man einen machtbesessenen und selbstverliebten Typen dazu?

„Mit weiblichem Charme!", sagte sie laut zu sich. Sophia stand entschlossen auf. Es war inzwischen stockdunkel, da der Mond noch nicht aufgegangen war. Dennoch wusste sie, dass sich Edgar in ihrer unmittelbaren Nähe befand.

„Danke, Edgar, für deine Aufmerksamkeit, aber ich finde den Weg zu Julius´ Zimmer allein zurück." Ein Knurren war die Antwort.

„Ich werde unsere zukünftige Prinzessin doch nicht einsam in der Dunkelheit stehen lassen. Das kann gefährlich sein für kleine Menschenfrauen. Kreaturen der Nacht sind unterwegs."

Er trat direkt neben sie, und sie spürte seinen gierigen Atem, während er ihr einen Umhang über die Schultern legte. Sophia zweifelte, ob ihr Plan wirklich funktionieren konnte. Aber jetzt war es ohnehin zu spät für eine Änderung.

Edgar begleitete sie bis direkt vor die Tür, die er hinter ihr abschloss. Sophia stieß einen tiefen Seufzer aus. Sie fühlte sich wie die Maus in der Falle. Doch dann betrat sie entschlossen die Dusche und ließ das heiße Wasser auf ihren Körper prasseln. Danach ging es ihr besser. Sie trocknete sich ab, öffnete den Kleiderschrank und zog ein eng anliegendes schwarzes Abendkleid an, das ihren Körper bestens zur Geltung brachte. Dass ein solches im Schrank hing, erstaunte sie erst gar nicht. Auf einem alten Eichentisch stand ein 1994er Merlot mit zwei Kristallgläsern. Julius hatte wohl auch etwas vor. Sie zündete alle Kerzen an, die sie finden konnte, und löschte das Licht. Anschließend schenkte sie sich ein halbes Glas des tiefschwarzen, fast öligen, schweren und sehr guten Rotweins ein, trat an die großen Panoramafenster, trank und wartete.

Julius fühlte sich großartig. Er hatte alles erreicht. Er war der Beste. Er wusste, dass Sophia sich in seinem Zimmer aufhielt. Er hatte Edgar gebeten, dies zu veranlassen. Sein Blutdurst war im Moment gestillt. So viele süße junge Frauen, die es auf ihn abgesehen hatten. Sie wollten es alle, und er wollte es auch. Er wollte ihnen nicht unbedingt wehtun, aber manchmal ging sein Temperament eben mit ihm durch. Außerdem musste er seinen Leuten immer wieder demonstrieren, dass er gefährlich sein konnte. Aber mit Sophia hatte er etwas ganz anderes vor. Sie wollte er richtig haben, ganz und gar besitzen. Das konnte er jedoch nur umsetzten, wenn sie eine der ihren wurde. Ansonsten würde ihr Serum sein eigenes Blut zerstören, wenn er sich nach der Verwandlung mit ihr vereinte. Nein, das konnte er nicht zulassen, zu süß und berauschend war ihr Blut. Ein heißes Brennen breitete sich in seinem Körper aus. Bereits bei dem Gedanken an Sophia begann sein Blut zu kochen. Er beschleunigte seine Schritte und betrat kurze Zeit später sein Gemach. Was er dort sah, verschlug ihm buchstäblich die Sprache.

Da stand seine Frau nicht etwa ängstlich im Raum - nein, er traf eine Sophia an, die mit einem Glas Rotwein am Fenster wartete und ihn direkt ansah. Ihre schwarzen Augen funkelten wie Kristalle im Schein der brennenden Kerzen, und im Mondlicht schimmerte ihr Haar silbern. Ein betörender Duft, der ihn sofort erschaudern ließ, ging von ihr aus. Jede Faser ihres Körpers sah er deutlich durch das eng anliegende, tief ausgeschnittene Kleid. Es war ein Anblick, der ihn ganz und gar fesselte. Ein besitzergreifendes Knurren drang aus seiner Kehle, und Sophia wich unwillkürlich zurück. Angst mischte sich in ihre Aura, doch das törnte Julius nur noch mehr an. Blitzschnell war er hinter ihr. Er fuhr ihr mit der Hand ins Haar und zog ihren Kopf so weit zur Seite, dass er die Ader an ihrem schlanken Hals deutlich pulsieren sah. Julius befand sich im Rausch, er nahm nichts mehr wahr außer Sophias Duft und ihren warmen Körper. Er wollte nur noch seine Zähne in ihrem Hals versenken, um ihr Blut ganz und gar genießen zu können.

Sophia wusste, dass sie mit dem Feuer spielte. Sie spürte, dass Julius sich nicht mehr lange beherrschen konnte und kurz davorstand, sie zu beißen. Sie würde wieder ohnmächtig werden und hätte ihre Chance vertan.

„Julius", flüsterte sie deshalb. Doch er nahm sie nicht wahr. Schon spürte sie seine Fangzähne an ihrem Schlüsselbein.

„Julius!", flüsterte sie erneut und ging dabei etwas in die Knie, um sich zu ihm umdrehen zu können.

Dieser war viel zu überrascht, als dass er sie hätte daran hindern können. Dass sie sich einfach so zu ihm umwandte, ohne sich zu wehren oder zu kreischen, wie er es erwartet hatte, brachte ihn aus dem Konzept. Sophia sah ihm in die Augen.

„Du hast dazu doch noch die ganze Nacht Zeit. Willst du sie nicht auskosten?"

Julius war ein Raubtier, ein guter Jäger, aber auch ein Spieler – und dies versprach ein interessantes Spiel zu werden. Sophia gehörte ihm, so oder so.

„Also gut." Er lächelte, steuerte auf einen Stuhl zu und griff nach der Rotweinflasche. Er nahm einen tiefen Zug und setzte sich Sophia gegenüber.

„Du wirst mich verwandeln, Julius. Richtig? Früher oder später werde ich eine von euch sein."

„Früher oder später, ja."

„Du brauchst mein Blut, und ich habe es dir versprochen. Du sollst es haben. Aber ich möchte dabei nicht ohnmächtig sein. Ich möchte dich fühlen können, wenn ich schon warten muss, bis du mich zu einer der deinen machst."

Julius erstaunte diese Menschenfrau immer mehr. Seine Augen blitzten auf.

„Diesen Wunsch erfülle ich dir gern, Menschenmädchen."

Er warf sie mit einer einzigen starken Armbewegung auf das Bett. Dann legte er sich zu ihr. Begierig strich er an ihrem Oberschenkel entlang.

„Und ich möchte auch von dir kosten", raunte Sophia ihm zu. Ihr Herz pochte, Adrenalin rauschte durch ihre Adern. Würde Julius sie durchschauen?

Julius hielt mitten in der Bewegung inne.

„Du möchtest von meinem Blut trinken?"

Seine Träume und Wünsche wurden also doch wahr. Sophia wollte freiwillig eine der seinen sein und sich mit ihm austauschen. Er konnte sich an sie binden und sie haben, sooft er wollte, wenn er sie von einem anderen Vampir verwandeln ließ. Aber noch nicht jetzt. Jetzt brauchte er erst noch ihre Gene für seine Forschungen.

„Hab Geduld, meine Liebe."

Er küsste sie und strich dabei mit der Zungenspitze über ihren Unterarm. Sophia erschauderte.

„Bald wird es so weit sein."

Sophia schluckte und schloss die Augen. Sie musste das jetzt durchziehen. Sie hatte nur diese eine Chance, und ihr lief die Zeit davon. Sie drehte sich zu ihm um.

„Heute ist mein Geburtstag, Julius. Vielleicht mein letzter in Menschengestalt. Da habe ich doch einen klitzekleinen Wunsch frei, oder?"

Sie strich ihm über die Haare. Allein diese Berührung wirkte elektrisierend auf seinen Körper.

„Du willst also einen Vorgeschmack auf deine Zukunft?"

Julius lächelte amüsiert.

„Das funktioniert als Mensch nicht. Oder willst du mich etwa beißen?" Unter gewissen Umständen wirkte diese Vorstellung sehr verlockend auf Julius.

„Das kann ich wohl nicht, aber wir könnten nach menschlichem Brauch Brüderschaft trinken. Erst mit Wein und dann mit Blut."

„Ist das wirklich dein Ernst?"

Sophia blickte ihm fest in die Augen.

„Ja!"

Sie stieg über seinen mächtigen Körper und flüsterte ihm noch ein „Bitte!" ins Ohr. Julius zog genüsslich ihren Duft ein, während Sophia wie eine Raubkatze aus dem Bett kletterte. Julius Körper brannte vor

Verlangen nach dieser Frau, doch Sophia stand bereits am Schreibtisch. Sie nahm den Brieföffner, der die Form eines kleinen, spitzen Dolchs hatte, und trat zum Fenster. Sie setzte ihr noch halb volles Rotweinglas an ihre Lippen und trank es langsam im Schein des Mondlichts aus.

Julius beobachtete sie vom Bett aus. Es hatte fast den Anschein, als tränke sie bereits Blut und gehörte zu ihm. Ja, so konnte er sich seine Zukunft vorstellen. Sollte sie doch sein Blut kosten. Für einen Menschen war sein Blut wertlos. Es war ihm zwar streng verboten, sein Blut außerhalb der Kaste zu teilen, doch wer konnte ihn davon abhalten und wie sollte dies entdeckt werden? Das einzige Risiko bestand darin, dass sich Sophia übergeben würde, da Vampirblut unbekömmlich für Menschen war. Aber wenn die Übelkeit vorbei wäre, würde er sich um sie kümmern können. Bereitwillig würde sie ihm zu Füßen liegen. Er würde sich an ihrem Blut berauschen. Er hatte es förmlich schon auf der Zunge. Begierig blickte er sie an.

Sophia hatte das leere Glas auf ein Tischchen gestellt und griff mit der linken Hand fest um die Schneide des Dolchs. Ein erster Blutstropfen rann an ihrem Handgelenk herab. Julius Blut pochte wild in seinen Adern, und er trat zu ihr, um ihr Handgelenk zu ergreifen.

„Nein, Julius. So nicht. Das ist meine Feier, oder? Zuerst der Wein."

Sophia schenkte mit ihrer Rechten beide Gläser halb voll mit dem würzigen Rotwein.

„Ganz wie du willst."

Julius gefiel dieses Spiel.

„Dein Geburtstag. Deine Regeln. Wein passt vorzüglich zu Blut."

Er nahm sein Glas und leerte es in einem Zug. Sophia tat es ihm gleich.

Dann hob sie ihre linke Hand mit dem Dolch, griff nochmals fester zu und zog dann mit ihrer Rechten das Messer über ihre Handfläche. Es brannte wie Feuer, und Blut quoll aus ihrer Faust. Sie nahm das leere Weinglas und fing damit ihr Blut auf. Julius beobachtete sie fasziniert. Als es knapp halb voll war, reichte sie Julius den Dolch.

„Jetzt du."

Julius lachte. Wenn sie unbedingt wollte, gerne. Auch er zog sich das Messer über die Handfläche und ließ sein Blut in das zweite leere Weinglas laufen, bis dieses ebenfalls halb voll war. Anschließend reichte Julius Sophia das Glas. Diese nahm es vorsichtig und reichte ihr Blut Julius. Der Vollmond schien fast taghell ins Zimmer. Sophia warf einen Blick auf die Standuhr: 23.55 Uhr.

Jetzt würde es sich gleich zeigen, ob etwas geschehen würde. Sie schloss die Augen und trank.

Kaum hatte das Blut ihre Kehle berührt, spürte sie, wie jede Faser ihres Körpers darauf reagierte. Noch bevor es in ihrem Magen ankam, bahnten sich bereits Enzyme einen Weg durch ihr Blutsystem zu ihrer DNA. Die kleinen Proteine fügten sich in ihre Doppelhelix und vervollständigten diese. Gene, die seit achtundzwanzig Menschenjahren schlummerten, wurden mit einem Schlag aktiv.

Sophia hatte das Gefühl, ihr Kopf würde explodieren. Ihre Augen brannten wie Feuer. Sie stürzte zum Badezimmer und schaffte es gerade noch, die Tür abzuschließen, bevor sie von Krämpfen geschüttelt zu Boden ging. Ein Feuerball breitete sich von ihrem Magen ausgehend in ihrem gesamten Körper aus. Sie glaubte bei lebendigem Leib verbrennen zu müssen und konnte ein schmerzhaftes Stöhnen nicht unterdrücken. O Gott, was hatte sie getan? Würde sie jetzt sterben? Sie wälzte sich krampfend am Boden.

Doch irgendwann war es plötzlich vorbei. Schwer keuchend und verschwitzt lag sie auf den Fliesen. Sie öffnete die Augen und atmete tief durch. Dann rappelte sie sich auf, stützte sich am Waschbecken ab und sah in den Spiegel.

Julius schenkte sich inzwischen Rotwein nach. Das Glas Blut von Sophia verstand er als Vorgeschmack auf die Köstlichkeit, die ihn hinter der Badezimmertür erwartete. Er spürte ein Aufwallen der Lust in seinen Lenden.

„Mist!" Er stellte fest, dass er bereits viel zu berauscht war, um sich zurückhalten zu können, wenn er Sophia jetzt in sein Bett tragen würde. Er musste sich zuerst noch anderweitig Befriedigung verschaffen. So wie es aus dem Badezimmer klang, hatte Sophia sein Blut nicht vertragen. Ganz wie erwartet! Er musste sich gedulden, bis ihre Übelkeit sich gelegt hatte, ansonsten würde er keinen Spaß mit ihr haben. Sehnsuchtsvoll warf er einen Blick auf die geschlossene Badtür, verließ aber daraufhin die Suite, um kurz darauf ein anderes Zimmer zu betreten, von dem er wusste, dass er hier zumindest den Druck zwischen seinen Beinen loswerden konnte.

Sophia blinzelte. Aus dem Spiegel blickte ihr eine etwas verschwitzte, aber athletische junge Frau mit makelloser Haut entgegen. Keine einzige Wunde war mehr zu erkennen. Ihre Haut glänzte bronzefarben, und ihre Augen leuchteten in dem tiefen Türkisblau, das sie bereits kannte. Sie lächelte und fühlte sich stark – oder eigentlich mehr als das –, sie wusste, dass sie keine Angst mehr haben musste. Und nein

– sie hatte keinen unstillbaren Blutdurst. Im Gegenteil: Endlich fühlte sich alles richtig an.

Sophia öffnete das Badezimmerfenster und atmete die frische, salzige Nachtluft ein. Sie sah auf das fünf Meter unter ihr liegende, im Mondlicht schimmernde Pflaster. Das Meer leuchtete einladend und silbern. Sie setzte sich auf das Fensterbrett.

Da zerriss ein durchdringender Schrei die Nacht. Es war Edgar. Er spürte, dass sich etwas ganz und gar Ungeheuerliches innerhalb seiner eigenen Mauern abspielte. Er wusste nicht was, erkannte aber, dass es etwas Neues, etwas Unfassbares sein musste. Seine Wut steigerte sich ins Unermessliche. Er spurtete los.

In einem Raum unweit des Badezimmers ließ Julius abrupt von einer seiner Geliebten ab, die sich erschrocken zurückzog. Auch Julius spürte, dass etwas nicht stimmte. Etwas war geschehen. Etwas Kraftvolles erschütterte die bestehenden Machtverhältnisse. Aber was? Da lauschte er auf sein Blut und spürte – Sophia?! Wie konnte das sein? Er zog seine Hose hoch, rannte über den Gang zu seinem Zimmer und riss die Tür zum Bad auf.

Sophia hockte nach wie vor auf dem Fenstersims.

Er wollte sich auf sie stürzen, doch Sophia war schneller. Sie lächelte ihn an, sprang behände wie eine Katze in die Tiefe und landete elegant auf Händen und Füßen. Es war ein berauschendes Gefühl. Sie konnte es selbst nicht fassen. War sie eben tatsächlich fünf Meter weit in die Tiefe gesprungen, ohne sich zu verletzen? Sie schaute zurück zum Fenster. Julius war bereit zum Sprung.

Die Alarmanlage des Instituts schrillte, und von überall her drängten Vampire aus dem Institut. Sophia bewegte sich schnell, aber die anderen waren in der Überzahl. Sie musste zum Strand, doch da befanden sich bereits überall Vampire! Sie suchte Deckung hinter einem Felsen, wusste aber im selben Moment, dass sie hier keine Chance hatte. Sie würden sie kriegen.

Sophia schloss die Augen. Sie konzentrierte sich auf alle Lebewesen, die sie kannte, und schickte einen Hilfeschrei los. Zumindest hoffte sie, dass das funktionieren würde und sich ihre telepathischen Eigenschaften verbessert hatten. Das Dumme daran war, dass sie damit ihre Deckung aufgab, da Julius und Edgar ebenfalls Telepathen waren. Sie wussten nun genau, wo sie sich versteckt hielt. Edgar war bereits auf dem Weg zu ihrem Felsen.

Weit draußen auf dem Ozean schreckte Steve auf der Felseninsel hoch. Ein unklarer Hilfeschrei hatte ihn erreicht. Es war der Schrei einer Vampirin gewesen – einer Vampirin von edlem Blut. Er kam von seiner Insel, von seinem Institut. Aber konnte das sein? Vergriffen sich Edgar und Julius jetzt bereits an Arteigenen? Und damit nicht genug, an Arteigenen von hohem Rang? Wenn das stimmte, musste dies ein Ende haben, und zwar sofort.

Er lief zu Lucius und Sonja, die kurz darauf eine außerordentliche Versammlung einberiefen. Auch Mike trat zu seinen Brüdern. Lucius lächelte ihm zu, während er sprach.

„Eigentlich dürften wir hier nicht stehen und uns überlegen, ob wir uns in die Angelegenheiten unserer Verwandten einmischen sollen. Ich hatte bisher Vertrauen zu den beiden ..."

Mike kniff gefährlich die Augen zusammen, und sein Puls beschleunigte sich.

„... denn sie haben zwar etwas absonderliche Methoden, bewahren aber die alten Bräuche."

Lucius machte eine Pause und sprach dann seufzend weiter: „Dennoch haben wir den Hilfeschrei einer Vampirin von edlem Blut empfangen, auch wenn nicht klar ist, was das zu bedeuten hat. Sonja ist ebenfalls sehr beunruhigt, da Eya sehr merkwürdige Andeutungen macht. Was für die Bruderschaft wiederum heißt, dass wir handeln müssen, um das Gleichgewicht zu erhalten und um die unsrigen zu beschützen."

Gemurmel wurde laut. Lucius hob die Hand, um für Ruhe zu sorgen.

„Mike, dich nehme ich mit, obwohl dein Aufnahmeritus noch nicht vollendet ist. Doch du bist einer unserer besten Kämpfer, und wahrscheinlich wird das ein harter Kampf werden."

Mike war verwundert. Er hatte nicht damit gerechnet, dass Lucius ihn von der Insel lassen würde, bevor seine „Verbannung" zu Ende war. Aber er war bereit. Endlich konnte er seinem inneren Drängen und seinen Aggressionen auch außerhalb der Jagd freien Lauf lassen. „Wohin geht es, mein König?", fragte er Lucius, noch während er seine Waffen verstaute. Dieser zögerte, bevor er Mike antwortete, woraufhin dieser verwundert aufsah.

„Zum Institut auf eurer Insel. Unsere Verwandten haben es wohl zu weit getrieben. Steve erhielt einen Hilfeschrei von einer Vampirin der hohen Kaste. Sonja hat Eya befragt, die ihr bestätigte, dass es sich nicht nur um eine Vampirin königlicher Abstammung, sondern eine Vampirin ihres eigenen Blutes handeln könnte."

Mike stieß ein Brüllen aus und machte sich bereit zum Sprung vom Felsen ins tiefschwarze Meer. Er hatte das mit den Verwandtschaftsverhältnissen gar nicht mehr mitbekommen. Er hörte nur Julius und Institut. Endlich bot sich ihm die Gelegenheit, diesem Mistkerl leibhaftig gegenüberzutreten.
„Damit eins klar ist, Julius gehört mir!"
Mit diesen Worten stürzte er sich in die Tiefe. Seine Brüder folgten ihm, freudig erregt wegen des nahenden Kampfes.

Bestimmung

Sophia hatte ihre Deckung verlassen und stand direkt vor Edgar. Dieser verstand jedoch nicht, was er da sah. Kleine grüne Flämmchen hüllten diese Frau ein, die es gewagt hatte, sich ihm und Julius zu widersetzen. Diese grünen Dinger sprangen von Sophias Schulter auf ihre Hände und blendeten ihn, sodass er nicht wusste, wie er Sophia packen konnte.
Diese spürte die kleinen Flämmchen kaum. Sie war fasziniert. Gerade noch hatte sie sich ergeben wollen, als plötzlich diese Flammen auftauchten und sie beschützten. Wo kamen sie her? Sie glaubte ein leises, fröhliches Lachen zu hören.

„Mach dir keine Gedanken darüber, wo wir herkommen, Sophia. Das Schicksal nimmt seinen Lauf. Die Evolution ist dabei, einen Sprung nach vorne zu machen."

„Was? Wer seid ihr?", flüsterte Sophia, die verwirrt einen Schritt von Edgar zurückwich.

„Das weißt du selbst. Ergründe deinen Geist und höre auf das Blut in deinen Adern. Spürst du es nicht? Survival of the fittest! Heute Nacht wird sich zeigen, ob es wahr ist, was dein Großvater prophezeit hat. Komm mit mir zum Ursprung, dann wirst du es verstehen."

Mit diesen Worten lösten sich die grünen Flammen um Sophia wieder auf.

Sophia verstand gar nichts. Sie musste hier weg, und zwar sehr schnell, wenn sie überleben wollte. Survival of the fittest? Ja, aber im Moment sah es nicht so aus, als könnte sie damit gemeint sein.

Auf dem Festland hatten sich die Adler in gefiederte Krieger verwandelt. Stephano hatte eindeutig den verzweifelten Hilfeschrei eines Menschenvogels von der Insel wahrgenommen. Wie war das möglich? Gab es jemanden ihrer Art, den sie bisher noch nicht kannten? Phil befand sich bereits in der Luft, hatte er doch sofort erkannt, woher der Schrei kam, und er spürte mehr, als dass er wusste, wer ihn ausgesandt hatte. So beobachtete Phil auch als Erster, wie sich kreischende Vampire auf eine Gestalt stürzten, die neben einer Felsennische stand, die nur spärlich Schutz bot. Die Augen der Person leuchteten wie die der Vampire, nur nicht in diesem aggressiven Rot, sondern in einem kräftigen Türkisgrün. Sie lief nicht weg, sondern stellte sich ihnen. Die ersten Angreifer warf sie einfach zu Boden, doch die der zweiten und dritten Reihe änderten ihre Taktik und griffen sie nicht mehr frontal an, sondern versuchten sie vom Wasser weg, Richtung Strand zu drängen.

Aber wo befand sich der hilfesuchende Vogelmensch, dessen Ruf er vernommen hatte? Und dann traf ihn die Erkenntnis wie ein Blitz. Es war Sophia gewesen. Das da unten, das war sie. Sie hatte es tatsächlich geschafft. Sie hatte sich verwandelt. Aber in was? Zumindest kämpften die Blutvampire gegen sie und nicht mehr um sie. Und sie hatte die Vögel zur Hilfe gerufen. Das bedeutete für ihn, dass sie gegen die verhassten Vampire arbeitete. Und dies hatte es verdient, unterstützt zu werden.

„Sophia?", rief er ihr zu.

„Ja, verdammt!", antwortete sie, während sie den nächsten Angreifer abwehrte. Aus ihrer Stimme hörte er Erleichterung.

„Ich bin wirklich froh, dass du das bist, Phil. Aber ich hoffe, du kommst nicht allein!"

„Nein, ich bin nur schneller als die anderen. Doch die werden nicht unbedingt an deiner Seite kämpfen, wenn sie sehen, dass du keine von uns bist."

Phil landete direkt neben Sophia.

„Flieh, Sophia, ich lenke sie ab, solange ich kann."

Phil stürzte sich auf zwei der Angreifer.

Die anderen Adler landeten. Doch diese zögerten nicht, wie von Phil befürchtet, sondern stürzten sich entschlossen ins Gefecht. Das so entstandene Kampfgetümmel versuchte Sophia zu nutzen, um an den Steg zu gelangen. Sie wusste nicht genau warum, aber sie spürte instinktiv, dass sie nur im Meer eine Chance hatte zu entkommen. Sie war schon fast am Ziel, als sie vom Meer her ein Rauschen vernahm, das normalerweise eine große Welle ankündigte. Dem Geräusch nach musste es eine Riesenwelle sein. Und das war sie auch. Allerdings bestand diese Welle aus acht großen Muskelpaketen, die sich mit Kriegsgeheul und weit ausholenden Schritten ins Kampfgeschehen warfen. Die Unterstützung von der Insel der Ältesten war eingetroffen.

Mike entdeckte seinen verhassten Feind sofort. Phil und ein weiterer Adler versuchten im Moment gegen Edgar und Julius gleichzeitig zu kämpfen, doch die beiden hatten keine Chance. Und genau darauf hatte Mike gewartet. Er stieß die beiden mächtigen Adler zur Seite und trat Julius gegenüber.

„Du gehörst mir!", knurrte er. Dieser war zu Boden gegangen und wischte sich Blut aus dem Mundwinkel. Er grinste ihn an und entgegnete süffisant: „Du bist zu spät, Krieger. Sophia ist von mir gezeichnet, sie gehört mir, und sie ist bereits mitten in der Verwandlung. Du hast sie für immer verloren!" Er kicherte schrill.

Mike spannte seine Muskeln an. Adrenalin schoss durch seine Adern, und er stürzte sich mit einer Gewalt auf Julius, dass dieser ohne die Hilfe Edgars diesem Angriff nichts entgegenzusetzen gehabt hätte. Und so waren es zwei ausgebildete Kämpfer, denen Mike entgegentrat.

Lucius wollte ihm beistehen, doch Mike wehrte ihn ab.

„Nein, überlass die beiden mir!", presste er hervor. „Für diesen Kampf habe ich hart trainiert und lang gewartet."

So wandten sich Lucius und seine Brüder gegen die anderen Blutvampire, von denen es reichlich gab, und kämpften Seite an Seite mit den Adlern.

Sophia hatte von der Szene nichts mitbekommen, sie war vielmehr damit beschäftigt, dem Rat Phils zu folgen und unbemerkt zu verschwinden – ein nicht gerade leichtes Vorhaben. Ihre Augen leuchteten wie kleine Taschenlampen, und ihre Haut schien zu schimmern. In diesem Augenblick durchdrangen zwei Suchscheinwerfer die Nacht. Sophia schaffte es gerade noch rechtzeitig mit einem Hechtsprung ins Meer zu tauchen, bevor der Lichtkegel sie erfasste. Sie war sich sicher, dass sie es ohne das schützende Neopren nicht lange im Wasser aushalten konnte, wurde jedoch eines Besseren belehrt. Als sie vollständig unter die Wasseroberfläche abtauchte, wurde ihr vielmehr warm. Das Wasser fühlte sich weich und wie Balsam auf ihrer Haut an. Wieder eine neue Eigenschaft. Sie war so fasziniert, dass sie abgelenkt war und die beiden Taucher nicht bemerkte, die sich ihr mit schussbereiten Harpunen näherten. Als sie diese endlich entdeckte, schien es zu spät zu sein. Sie waren bereits so gut wie bei ihr. Nach oben konnte sie nicht, außerdem würde ihr bald die Luft ausgehen. Da schnellte ein stromlinienförmiger Körper heran und rammte den ersten Taucher. Bob.

„O Bob! Schön, dass du da bist!", versuchte sie dem Delfin mitzuteilen. Nun hatte er ihr bereits das zweite Mal das Leben gerettet. Doch die Gefahr war noch nicht gebannt. Der zweite Taucher ließ sich von Bob nicht ablenken, zielte und schoss. Sophia spürte den Stützpfeiler des Stegs neben sich. Sie zog die Beine an und drückte sich mit einem verzweifelten Stoß ab. Es fühlte sich an, als steckte sie in einem Torpedo. Die Harpune verfehlte Sophia um mehr als zwanzig Meter.

Sophia war sprachlos, doch sie hatte keine Zeit, darüber nachzudenken, wie sie mit einem einzigen Beinschlag zwanzig Meter weit kommen konnte. Sie befand sich immer noch nicht in Sicherheit.

Auch an Land hatte man bemerkt, dass sich irgendetwas im Wasser tat. Aber bevor man Sophia entdecken konnte, machte diese einen eleganten Bogen knapp unterhalb der Wasseroberfläche und verschwand daraufhin in den Weiten des Meeres.

Sophias Flucht blieb auch anderswo nicht unbemerkt.

„Sie ist unterwegs. Ich habe es gewusst. Die Evolution wird ihren Weg finden, und das Schicksal auch. Lass sie uns begrüßen, Sonja!"

Sonja stand am Beckenrand des Lebensbrunnens, der türkisgrün leuchtete. Sie wusste, dass Eya recht hatte.

„Hat sie es allein geschafft? So wie es in den alten Schriften steht?"

„Allein oder nicht allein, glaubst du, das Schicksal und ich hätten uns ein schwaches Wesen ausgesucht? Versuch dich zu erinnern, Königin der Vampire, und hör auf dein Blut."

Und dann erinnerte sich Sonja an jenen Augenblick, den sie sich immer wieder bemüht hatte zu verdrängen.

Sie dachte an ihre Schwester Eva, die sich aus Liebe zu einem Menschen von ihrer Familie losgesagt hatte. Diese opferte sich für das Leben in ihrem Bauch, das es nicht geben durfte. Denn das Schicksal hatte sich damals für den Menschen und das Kind entschieden und nicht für die Vampirin. Als Eva die Geburt ihrer Tochter nicht überlebte, wurden alle Erinnerungen an sie verboten. Damals starb auch ein Teil von Sonja. Zwei Jahre lang hatten der Mann und das Kind anschließend bei ihnen auf der Insel gelebt. Im Laufe dieser Zeit wuchs ihr ihre Nichte ans Herz. Sie hatte sich dafür eingesetzt, dass zumindest die Kleine auf der Insel aufwachsen durfte, eine anständige Erziehung genoss und für die Bruderschaft ausgebildet wurde. Doch die Vorhersehung hatte andere Pläne und Lucius waren Ferdinand und seine Tochter sowieso ein Dorn im Auge. Er duldete die beiden nur, weil das kleine Mädchen von königlichem Blut war. Und so schickten sie Ferdinand und seine Tochter in die Menschenwelt zurück. Alle Erinnerungen an eine vampirische Abstammung wurden bei dem Kind gelöscht. Sonja hatte damals verzweifelt versucht, Eya umzustimmen. Aber das Schicksal konnte man nicht umstimmen. Eya war überzeugt, dass es nur einen Weg für das Mädchen geben konnte, und den musste dieses selbst finden. Die Anlagen waren alle vorhanden. Survival of the fittest eben, so wie es seit jeher gewesen war.

Sonja schüttelte den Kopf und atmete tief durch, um sich wieder von der Erinnerung zu lösen. Konnte das wirklich sein? Dass das kleine Mädchen von damals, ihre leibliche Nichte, Mikes Sophia war? Derentwegen er Abstinenz geschworen hatte und sogar Julia abwies? Ein Lächeln huschte über ihr Gesicht. Ja, genau so fühlte es sich an. Jetzt verstand Sonja auch, warum Eya so einen Narren an Mike gefressen hatte.

In der Zwischenzeit hatte Sophia jegliches Zeitgefühl verloren. Sie war einem inneren Impuls folgend immer weiter aufs Meer hinausgeschwommen und spürte, dass sie auf dem richtigen Weg war. Die Schwärze des Meeres hatte sie seit Stunden umgegeben, doch diese verwandelte sich nun in ein dunkles Blau und schließlich in ein Türkisgrün. Sophia wurde langsamer und sah eine Felsformation vor sich. Sie blickte sich um und bemerkte ein grünliches Licht, das aus einer Höhle zu kommen schien. Es schimmerte etwa fünf Meter unter der Wasseroberfläche. Sollte sie hineinschwimmen? Konnte das die Höhle aus ihrem Traum sein?

Sophia holte tief Luft und überlegte nicht weiter. Nach ein paar kräftigen Tauchzügen erreichte sie die Höhle. Sie zögerte, da sie in ihrem Traum an dieser Stelle immer Todesangst bekam. Doch es stellte sich weder ein beklemmendes Gefühl noch Atemnot ein. Sie spürte, dass sie ins Licht gelangen würde, ohne dass irgendjemand sie daran hindern konnte. Das Leuchten wurde immer intensiver, je mehr sie sich dem merkwürdigen Schimmern näherte. Und dann tauchte sie direkt in dieses ein. Fast wirkte es wie ein lebendiges Wesen. Es durchdrang sie ganz und gar. Sie holte noch einmal zu einem kräftigen Beinschlag aus und durchbrach die Wasseroberfläche.

Sophia fand festen Halt auf einer Stufe, schüttelte das Wasser aus ihren Haaren und schaute sich um. Ihre Gefühle fuhren Karussell. Und doch fühlte sie sich, als wäre sie endlich angekommen. Alles war ihr hier so vertraut. In diesem Moment wurde ihr klar, dass sie auf dieser Stufe schon einmal gestanden hatte. Mit Professor Dr. Ferdinand Baum. Ihrem Opa? - Nein Vater! Sie erinnerte sich wieder. An grüne Flämmchen, helles Lachen und Geborgenheit. Sie war damals erfüllt von Glück.

„Und glücklich sollst du auch jetzt wieder sein."

Sophia schreckte aus ihren Gedanken auf und stand einer anmutigen Frau gegenüber, deren Blick Weisheit, Güte und Liebe ausstrahlte. Instinktiv senkte sie die Augen und beugte ein Knie vor ihr.

Sofort kletterten kleine, kitzelnde, freundliche Flämmchen auf Sophias Arme und Schultern, die sie liebkosten und willkommen hießen.

„Der Hauch des Schicksals", flüsterte die Frau belustigt und betrachtete mit sichtlichem Wohlwollen das Schauspiel. Dann berührte sie Sophia beim Arm, woraufhin diese ihren Blick hob.

„Willkommen Sophia. Ich bin Sonja, die Königin der Bruderschaft und die Frau von Lucius, unserem König."

Sophia realisierte, dass sie nun antworten sollte, aber was? Sie wusste doch nicht mal genau, zu welcher Spezies sie gehörte: „Ich bin Sophia, die Tochter von Ferdinand Baum und einer Vampirin."

Sonja strahlte. Dort stand das fehlende Glied ihrer Familie, ihre Nichte. Sie konnte es kaum fassen. Diese Frau bestand aus Neugierde, Stärke und Mut. Alles Eigenschaften, die Eva auch besessen hatte. Tränen traten ihr in die Augen, und sie umarmte Sophia herzlich.

„Ich heiße dich im Kreis deiner Familie willkommen, Sophia. Denn ich bin nicht nur die Frau des Königs, sondern auch die Schwester deiner Mutter. Du hast der Familie gefehlt, doch du musstest deinen Weg selbst finden, um zu uns zurückzukehren."

In diesem Augenblick ertönte das Lachen, das Sophia bereits kannte, und eine Stimme sagte: „Ich hatte recht. Das kleine Mädchen hat es geschafft."

Sophia blickte sich suchend um, und Sonja schmunzelte.

„Was du da hörst, ist die Stimme des Schicksals. Du kannst sie meistens nicht sehen, nur manchmal hören."

Sie setzte sich zu Sophia auf die Stufen. „Du wirst viele Fragen haben ..."

O ja, die hatte sie. Vor allem wollte Sophia wissen, wer oder was sie war.

„Du bist genau das, was du sein willst. Du musst es nur herausfinden, und genau das ist das Schwerste. Die meisten Lebewesen denken, sie hätten keine Wahl. Sie glauben an ein Schicksal, in das sie hineingeboren werden und das ihrer Meinung nach nicht zu ändern ist. Und genau an diesem Glauben scheitern sie. Sie sind überzeugt, dass es keine andere Möglichkeit gibt. Aber das ist mitnichten so. Jeder hat eine Wahl. Und du hast durch deine Gene noch mehr Auswahl als andere. Als Mensch wärst du seit gestern achtundzwanzig Jahre alt. Als Vampirin königlichen Blutes alterst du ab jetzt vierzehnmal langsamer, als wenn du ein reiner Mensch wärst. Bisher hast du als Mensch gelebt, und deine DNA hat sich diesem Leben angepasst. Die Möglichkeit zur Entscheidung hat aber irgendwann ein Ende, und für dich war dieser Zeitpunkt gestern um null Uhr. Du hast dich entschieden, wie ich sehe. Dein Vater hat das gewusst. Deswegen war ihm das Datum deines achtundzwanzigsten Geburtstages so wichtig."

„Wo ist er? Lebt er noch?"

„Ferdinand?"

„Ja."

Sonja nahm Sophias Hände und blickte sie mit einem herzlichen Lächeln an.

„Ich weiß es nicht. Doch ich bin mir sicher, dass er immer wieder einen Weg im Leben finden wird. Er hat so viele Möglichkeiten entdeckt und ist so viele Vereinbarungen mit dem Schicksal eingegangen, dass ich mir um ihn eigentlich keine Sorgen mache. Wenn es so weit ist, wird er mit Sicherheit von sich hören lassen."

Sophia konnte das Ganze nur schwer verstehen und noch weniger begreifen, aber es fühlte sich dennoch richtig an.

„Du musst das Schicksal nicht verstehen, nicht in diesem Moment. Du wirst es begreifen. Lass dir Zeit. Du bist jetzt zu Hause."

Sonja lächelte.

Sophia hatte eine Entscheidung getroffen. Sie hatte sich für sich selbst entschieden. Zwar wusste sie nicht, was sie erwartete, aber ihr war klar, dass sie nicht ausschließlich in die Menschenwelt gehörte. Auch schien sie dem Vogelclan nur bedingt anzugehören. Und den Vampiren? Na ja, das würde sie sehen. Zärtlich streichelte sie die Flämmchen auf ihrem Arm.

„Die Männer werden bald zurück sein, hungrig, müde und hoffentlich ein wenig gebändigter durch den Kampf heute Nacht. Ich denke, du wirst zumindest einen selbst willkommen heißen wollen."

Sophias Puls begann zu rasen.

„Mike?!"

Sie schaute fragend zu Sonja auf. Diese lächelte, drehte sich aber um und verließ die Höhle mit den grünen Flämmchen auf ihrer Schulter.

Mike. Er war hier? Während Sophia ihr aufgewühlt nachblickte, hörte sie wieder das bereits vertraute, leise Lachen.

Zu Hause

Die Nacht war fast vorüber, und die Sonne ging auf. Durch einen breiten Spalt im Fels sah Sophia die Meeresoberfläche golden glänzen. Sie blickte Richtung Horizont und spürte eine Welle reiner Energie. Nicht aus Wasser, sondern gebildet aus den Körpern der stärksten Krieger der Bruderschaft. Und Mike würde mitten unter ihnen sein. – Herzklopfend trat sie von dem Felsspalt zurück.

Ein kräftiger Körper nach dem anderen durchdrang die grün schimmernde Wasseroberfläche der kleinen Grotte und sprang behände auf den Fels. Sophia bewunderte jeden einzelnen Krieger, das beeindruckende Muskelspiel und die machtvolle Aura, die sie umgab. Die Männer hatten sie bisher noch nicht bemerkt, und sie wagte nicht, diese anzusprechen. Doch dann tauchte der letzte Kämpfer auf und landete elegant vor den anderen. Es war – Mike! Er schüttelte sich das Wasser aus dem Haar. Sophia hielt den Atem an und trat einen Schritt nach vorn.

Mike stand mit dem Rücken zu ihr und bemerkte sie nicht, die anderen hingegen erkannten sie sofort. „Ich glaub es ja nicht. Das Objekt der Begierde, mitten unter uns."

„Aber sie riecht wirklich gut. Da hat Mike nicht unrecht mit seinen Schilderungen."

Mike richtete sich auf. Erstaunt bemerkte er, dass seine Freunde von irgendetwas in der Höhle fasziniert zu sein schienen. Dann erst drehte er den Kopf.

Er nahm Sophia mit all seinen Sinnen gleichzeitig wahr. Sein Körper reagierte reflexartig. Seine Augen wurden schlagartig tiefschwarz, und er sprang direkt vor sie. Er stieß ein gefährliches Knurren aus, und seine Muskeln waren zum Zerreißen gespannt. Mike befand sich im Jagdfieber. Er wusste, er konnte sich nicht mehr lange beherrschen. Dieser Duft machte ihn rasend. Seine Sinne spielten verrückt, sein ganzes Ich schrie nach dieser Frau. Aber war das überhaupt Sophia? Und wenn ja, war sie noch seine Sophia? Diese Frau, die der Feind gezeichnet hatte? Wie lange hatte er trainiert und sich gequält, um diesem Reiz zu widerstehen?

Mit den breiten Schultern, dem stählernen Körper und den markanten Gesichtszügen war Mike für Sophia der Inbegriff eines Kriegers. Seine Pupillen waren maximal erweitert und ließen seine Augen wild glitzern, doch sie jagten ihr keine Angst mehr ein. Zu lange hatte sie auf diesen Mann gewartet.

Mike stand zitternd vor Sophia und starrte sie an. Die Luft knisterte vor Spannung. Lucius und die anderen hielten die Luft an. Jeder wartete, wer den ersten Schritt tun würde.
Dann, nach einer gefühlten Ewigkeit, rührte sich Sophia. Gewiss, sie liebte diesen Krieger vor ihr. Seinen Körper, seine Stärke, seine Leidenschaft und seine strahlend blaugrünen Augen mit der ganzen Tiefe und Liebe darin, auch wenn davon im Moment nicht viel zu sehen war. Aber dieser Mann hatte sie auch im Stich gelassen. Er war einfach aus ihrem Leben verschwunden und hatte ihr das Herz gebrochen. Eine Woge der Wut überflutete sie. Sie spürte ein Kribbeln

in den Adern und trat einen Schritt näher an ihn heran. Dann holte sie aus und verpasste Mike eine Ohrfeige.

„Das könnte jetzt interessant werden", flüsterte Lucius und sagte laut: „Lasst uns gehen, Männer. Ich denke, die beiden haben etwas allein zu klären." Grinsend und unter Protest folgten die Krieger nur sehr zögerlich Lucius aus der Höhle.

„Du hast mich im Stich gelassen, du Mistkerl!"

Tränen standen in Sophias Augen. Sie hob die Fäuste und hieb auf Mike ein. Ihre Augen funkelten und sprühten kleine Blitze. Jeder einzelne davon sollte sich wie ein Brandmal in Mikes Haut brennen.

Tief berührt und doch wie in Trance stand Mike vor ihr. Das war seine Sophia, keine Frage, aber sie hatte sich verändert. Er hielt ihre Handgelenke fest und sah ihr in die Augen. Ihre Iris – sie hatte die Farbe gewechselt. Sie schimmerte Türkisgrün und unergründlich. Er atmete ihren so lange vermissten Duft tief ein. Ihr Wutausbruch hatte seine Aggression weggefegt. Dafür erfasste ihn jetzt eine Hitzewelle vom Kopf bis zu den Zehenspitzen.

„Ich wollte dich immer nur in Sicherheit wissen, Sophia. Ich liebe dich, habe dich immer geliebt", flüsterte er.

Mike vergrub sein Gesicht in ihrem Haar.

Sophia schluchzte auf und stieß ihn von sich. Er wunderte sich über ihre Kraft, doch dann packte er sie und zog Sophia an seine Brust. Erst als ihre Körperspannung nachließ, nahm er ihr Gesicht behutsam in seine Hände und küsste sie ganz vorsichtig, wie er es immer getan hatte. Nie wieder würde er sie loslassen. Ab heute wollte er immer für sie da sein. Keiner sollte sich jemals wieder an ihr vergreifen.

Dunkle Bilder stiegen vor seinem inneren Auge auf: Julius, wie er ihr Blut getrunken, wie er Sophia gezeichnet hatte. Julius, wie er ... Mike löste sich abrupt von Sophias Lippen und betrachtete ihre makellose Haut.

„Wo hat er dich gebissen, wie hat er dich verwandelt und wo sind die Wunden?"

Eine Welle heißer Wut wallte in seinem Blut auf und vergiftete es. Er wusste, er würde Sophia wehtun, wenn er dieser Aggression nachgab. Und das war das Letzte, was er wollte.

Sophia spürte seinen inneren Kampf und zog ihn durch einen Felsspalt nach draußen ins goldene Licht. Sie standen auf einem kleinen Felsplateau mitten in der strahlenden Sonne.

„Sieh mich an, Mike! Kannst du irgendwelche Narben erkennen?"

Mike blinzelte in der Sonne und betrachtete Sophias Körper. Ihre Haut schimmerte bronzen. Sie war makellos. Er sah keinerlei Verletzungen. Wie war das möglich?

Vorsichtig hob er seine Hand und berührte Sophias Handgelenk. Sophia war wie elektrisiert. Ihr Körper reagierte auf seine Berührung mit Feuer, das sich von der Hand über ihren Arm bis in die Tiefe ihrer Seele ausbreitete. Diese Wärme, seine suchenden Finger, seine Hände, sie fühlten sich so gut an.

Sie hielt ihm auch die andere Hand hin.

„Du wirst nichts mehr finden, Mike. Julius hat mich gebissen, ja. Aber verwandelt hat er mich nicht. Ich verstehe das Ganze auch noch nicht. Aber es ist gut."

„Was? ..."

„Nicht fragen, finde es selbst heraus."

Sophia nahm Mikes Hand und führte diese behutsam an ihren schlanken Hals. Mike stöhnte auf, aber seine Wut wich einer tiefen Sehnsucht. Vorsichtig strich er über die Stelle an Sophias Schulter, an der Vampire besonders empfindsam waren. Sophia legte ihren Kopf in den Nacken, und Mike stieß ein heiseres Knurren aus.

„Ich werde nicht aufhören können, Sophia! Bitte!"

Sophias Augen blitzten auf. Anstatt zurückzuweichen, drängte sie sich noch enger an ihn. Mike zitterte vor Erregung, dann gab er seinem Verlangen nach – und biss zu.

Sophia stöhnte auf, aber nicht vor Schmerz, sondern vor Lust. Endlich würde Mike durch ihr Blut alles erfahren und bei ihr sein.

Mikes Gefühle fuhren Karussell. Er spürte Sophias Verzweiflung in der Nacht am Volleyballfeld, ihre Angst und ihre Einsamkeit. Aber auch ihre neue Stärke, ihre Klarheit und Entschlossenheit. Er sah förmlich die Doppelhelix ihres Blutes, die sich immer mehr vervollständigte, und er fühlte, dass sie nun sie selbst war und gleichzeitig eine von ihnen, ach was, nein, die seine! Diese Erkenntnis traf ihn mit einer solchen Wucht, dass er erneut aufstöhnte. Er löste sich von ihr und blickte in ihre türkisgrünen Augen, in denen er versinken und nie wieder daraus auftauchen wollte. Er begehrte sie so sehr, dass es schmerzte. Jede Faser seines Körpers schrie förmlich nach ihr.

Sophia schmiegte sich an seinen Körper, spürte seine Männlichkeit. Sie wollte nur noch ihn, sein Blut, seinen Körper, seine Härte, seine Wärme. Sie wusste, dass sie nun zusammen eins sein und dennoch sich selbst treu bleiben konnten.

Beide zitterten vor innerer Erregung, als sich ihre Finger erneut berührten. Mit brennender Leidenschaft trafen sich ihre Körper, ihre Seelen und ihre Herzen. Eng umschlungen gaben sie sich ihrer Liebe hin.

EPILOG

Sophia saß auf dem Plateau eines Felsens und ließ sich von der Abendsonne wärmen. Sie hatte ein Zuhause gefunden, nein, es wiedergefunden, berichtigte sie sich. Und doch traf es das auch nicht ganz. Zu Hause war man an dem Ort, an dem man sich frei fühlte, wo man so akzeptiert wurde, wie man war. Das wurde sie hier auf der Felseninsel aufgrund ihres Blutstatus sehr wohl, doch sie gehörte auch irgendwie zu den Menschen, und auch zu den Vögeln. Fast täglich tauschte sie sich telepathisch mit Phil und Edi aus. Seufzend atmete sie tief ein, schmeckte das Salz in der Luft und lauschte auf ihren Herzschlag. Sie fühlte sich vollständig und lebendig. Sie hatte sich verändert. Nicht nur was ihre körperlichen Fähigkeiten anging, nein, sie hatte das erste Mal in ihrem Leben das Gefühl, sie selbst zu sein. Sie war angekommen, vielleicht nicht am Ende ihres Weges, aber zunächst mal bei sich. Keine Zweifel mehr, keine Ängste. So musste sich Glück anfühlen.

Und dann gab es da diesen Krieger, braun gebrannt, kraftvoll, leidenschaftlich und mit dem süßesten Lächeln der Welt. Ihre Haut begann zu kribbeln, wenn sie an ihn dachte. Ein Lächeln stahl sich auf ihr Gesicht. Es würde also definitiv nicht langweilig werden in ihrem Leben, und das fing gerade erst an.

ENDE

MIX

Papier | Fördert
gute Waldnutzung

FSC® C083411

Zeitfracht Medien GmbH
Ferdinand-Jühlke-Straße 7
99095 Erfurt, Deutschland
produktsicherheit@kolibri360.de